ケン・フォレット/著
戸田裕之/訳

ネヴァー（上）

Never

JN116032

扶桑社ミステリー
1592

NEVER (Vol.1)
by Ken Follett
copyright © Ken Follett 2021
Japanese translation rights arranged with
The Follett Office Limited
through Japan UNI Agency, Inc., Tokyo

『巨人たちの落日』を執筆するための調査をしていたとき、第一次世界大戦が誰一人欲していない戦争だったことに気がついた。ヨーロッパのどちらの側の指導者も、その戦争を起こす意図を持っていなかった。しかし、皇帝と首相が下した判断——論理的で節度あるものだった——の一つ一つが、世界が知っているなかで最も悲惨な戦争へと、徐々にわれわれを近づけていったのである。私はそれがまったく悲劇的な偶発事故だったと信じるに至った。

そして、考えた——同じことが再現される恐れはないだろうか、と。

二頭の虎《とら》が同じ一つの山に住むことはできない。

――中国の格言

ネヴァー（上）

登場人物

タマラ・レヴィット——中央情報局《CIA》職員
タブダル・サドウル——フランス対外治安総局《DGSE》職員
アブドゥル・ジョン・ハダッド—CIA職員、潜入捜査官
デクスター・ルイス——CIAンジャメナ支局長
スーザン・マーカス——大佐、特殊部隊指揮官
カリム・アジズ——チャド大統領側近、情報提供者
アル - ファラビ——ジハーディの指導者
キア——チャド人女性
ナジ——キアの息子
ポーリーン・グリーン——アメリカ合衆国大統領
ガス・ブレイク——同国家安全保障問題担当顧問
ジャクリーン・ブロディ——同大統領首席補佐官
ジェイムズ・ムーア——同上院議員、共和党
ジェリー・グリーン——ポーリーンの夫
ピッパ・グリーン——ポーリーンの娘
チャン・カイ——中国国家安全部対外情報局長
タオ・ティン——カイの妻、人気女優
フー・チューユー——中国国家安全部大臣
ウー・ベイ——中国外務大臣

マンチキンの国

プロローグ

ジェイムズ・マディソンは身長が五フィート四インチしかなく、長いことアメリカ合衆国史上最も背の低い大統領という肩書を持ちつづけていた。しかし、その肩書は四フィート十一インチの身長しかないポーリーン・グリーン大統領に奪われることになった。グリーンはマディソンが身長六フィート三インチのドウィット・クリントンを大統領選挙で破ったことを好んで指摘した。

彼女はマンチキンの国を訪れるのをすでに二度延期していた。大統領になって以来毎年予定されていたが、それより重要ななすべきことが常に出来《しゅったい》したのである。三度目になる今回はさすがに行かなくてはならないだろう、と彼女は感じていた。ホワイトハウスの主《あるじ》になって三年目の、九月の穏やかな朝だった。

これからやることになっているのは、アメリカが攻撃下にあると仮定した〈リハーサル・オヴ・コンセプト・ドリル〉と呼ばれている訓練で、そういう事態に至ったとき、閣僚をはじめとする政府高官がどう対処するかに慣れさせることを目的とするものだった。彼女はいますでにその状況を想定し、大統領執務室《オーヴァル・オフィス》を出て足早にホワイトハウスのサウス・ローンへ急いでいた。

その後ろに数人の、彼女のそばから離れることの滅多にない重要人物がつづいた。国家安全保障問題担当顧問、彼女の上級秘書官、彼女の護衛を担当している二人のシークレットサーヴィス、そして、若い陸軍大尉。その手には〝アトミック・フットボール〟の異名を持つ革のブリーフケースがあった。なかに入っているのは、大統領が核戦争を始めるのに必要なすべてだった。

大統領専用のヘリコプター隊もあり、どれであれ彼女が乗り込んだ機が〈マリーン・ワン〉と呼ばれることになる。いまも常と変わらず、ブルーの正装軍服に身を固めた海兵隊員が一人、彼女が近づくと直立不動で敬礼し、軽快にタラップを駆け上がった。

ポーリーンが初めてヘリコプターに乗ったのは二十五年ほど前だったが、そのときの記憶では、乗り心地は決していいとは言えなかった。機内は窮屈なほどに狭く、座席は硬い金属で、話もできないほどやかましかった。これは違っていた。機内はプライヴェート・ジェットのようで、座席は淡褐色の革張りで坐《すわ》り心地がよく、エアコンと小さなバスルームまでついていた。

国家安全保障問題担当顧問のガス・ブレイクが彼女の隣りに坐った。退役した大将で、アフリカ系アメリカ人の肌を持ち、白いものが増えたせいで髪が灰色に見える大男だった。人を安心させるような強さを醸《かも》し出していて、ポーリーンより五つ年上の五十五歳、大統領選挙では運動の指揮を執《と》ってくれて、いまは最側近でもあった。

「この訓練に参加してくれて感謝するよ」ブレイクが離陸するヘリコプターのなかで言った。「気は進まなかったんだろ？」

当たりだった。気を散らされるのが恨めしく、早く終わらせてしまいたくてたまらなかった。「やりたくなくてもやらなくちゃならないわ、仕事の一つだもの」ポーリーンは言った。

空の旅は短かった。ヘリコプターが高度を下げはじめると、ポーリーンは手鏡を覗《のぞ》いて顔を検《あらた》めた。ブロンドのショートヘアはすっきりしていて、化粧は薄かった。形のいい薄茶色の目は彼女がしばしば感じる同情を隠すことなく表わしたが、まっすぐな口は後悔とは無縁なほどに意志堅固であるように見えた。彼女はぱちんと音を立てて手鏡を閉じた。

ヘリコプターはメリーランド近郊の倉庫団地《ウエアハウス・コンプレックス》に着陸した。その正式名称は〈アメリカ合衆国政府文書臨時保管施設二番〉だったが、この施設の本当の役割を知る極端に数少ない者たちからは、『オズの魔法使い』でドロシーが竜巻に運ばれていった国に因《ちな》み、〝マンチキンの国〟と呼ばれていた。

マンチキンの国は秘密だった。コロラドのレイヴン・ロック・コンプレックスについてはだれもが知っていた。核戦争のときに軍のリーダーが退避することになっている、核戦争用の地下壕《ごう》である。本当に重要な施設だが、大統領はそこに退避することになっていなかった。やはり多くの者たちが知っていたが、ホワイトハウスのイースト・ウィングの地下が大統領緊急作戦運用本部になっていて、そこが使われるのは9／11といった危機のときだった。しかし、大惨事のあとも長期にわたって使うようには設計されていなかった。

マンチキンの国は百人が一年暮らせるはずだった。

グリーン大統領はウィットフィールド大将の出迎えを受けた。五十代後半、丸顔の肥満体で、穏やかな物腰が軍人の威圧感を消していた。彼は敵を殺すこと――結局のところ、それが兵士の存在理由なのだが――にこれっぽっちも興味がないはずだと、グリーンはかなり強い確信を持っていた。好戦性の欠如が彼を最終的にこの仕事に導いた理由だろう、と。

そこは純粋に倉庫保管施設で、標識をたどっていくと荷物が搬入口へたどり着くようになっていた。ウィットフィールドに案内されて、一行は小さなサイド・ドアをくぐった。

目の前に、とたんに空気が変わった。最重警備刑務所の入口でも通用するような巨大な両開きの扉が現われた。

その扉を開けて入った部屋は息が詰まりそうだった。天井が低く、厚さが数フィートはありそうな壁が迫って、空気は淀《よど》んでいた。

「この部屋は爆発にも耐えられるように造られていて、その主たる目的はエレベーターを保護することにあります」ウィットフィールドが説明した。

エレベーターに乗り込んだとたんに、ポーリーンは辛抱ができなくなりだした。こんな訓練はほとんど必要ないとしか思われなかった。嫌な予感がしはじめた。

ウィットフィールドが言った。「よろしければ、いったん最下層まで降りて、そこから上がってくるというのはどうでしょうか、大統領」

「いいんじゃないかしら、お願いするわ、大将」

下降するエレベーターのなかで、ウィットフィールドが誇らしげに言った。「この施設は、大統領、アメリカ合衆国が被《こうむ》る可能性のあるいかなる災厄からも、あなたを百パーセント守ることができるのです。たとえば、疫病の爆発的流行、巨大隕石《いんせき》の衝突、反乱、大規模暴動、通常軍事力による侵攻、サイバー攻撃、核戦争などですが」

この潜在的な災厄を列挙して見せたのがポーリーンを安心させるためだとしたら、その目論見《もくろみ》は成功していなかった。文明社会が潰《つい》えてしまう可能性、生き残った人類を救うために地下のこの穴のなかに逃げ込んでいなくてはならない可能性を思い出させただけだった。

地上で死ぬほうがまだましだ、とポーリーンは考えた。

エレベーターは高速で降下していき、減速するまでにかなり長く下ったように思われた。ようやく停止すると、ウィットフィールドが言った。「エレベーターの問題が生じても、階段があります」

彼としては気の利いたことを言ったつもりで、実際、一行のなかの年若の者たちは膨大な数の階段を上り下りしなくてはならないことを思って笑ったが、ポーリーンは崩れ落ちる国際貿易センタービルを思い出しただけだった。人々はあそこの階段を下りるのにどれだけの時間がかかったのだろう？　これっぽっちも笑う気にはなれなかった。ガスも同じ思いでいるようだった。

壁は気持ちを落ち着かせる緑、不安を慰撫《いぶ》するクリームがかった白、緊張を和らげる淡いピンクで塗られていたが、それでも地下壕であることに変わりはなかった。背中がぞくぞくするような嫌な感じが消えないまま案内されていくと、大統領専用居住区《プレジデンシャル・スイート》、寝台が列をなしている兵舎区画、病院、ジム、カフェテリア、そして、スーパーマーケットまであることがわかった。

シチュエーションルームはホワイトハウスの地下にあるそれとまったく同じ造りで、中央に長テーブルが据えられ、両側の壁に沿って補助員のための椅子《いす》が並んで、壁には複数の大型スクリーンが掛かっていた。「ホワイトハウスで知ることのできる視覚的データは、すべて、ここで時間差なく取得できます」ウィットフィールドが言った。「交通監視カメラ、防犯カメラに侵入して、世界じゅうのすべての町を見ることができます。軍事レーダーをリアルタイムでとらえられます。ご承知のとおり、衛星写真は撮影して地上に届くまでに二時間かかりますが、ここでも国防総省《ペンタゴン》と同時にそれを見ることができます。どのテレビ局の番組も視聴でき、そのおかげで、滅多にないことではありますが、ＣＮＮやアルジャジーラが特ダネを手に入れて保安機関より早く公にしたときなどに役に立ってくれます。さらに、翻訳集団を抱えているので、いかなる外国語のニュースでも、同時に字幕を付けることが可能です」

設備階にはディーゼル燃料貯蔵池を持った発電所、空調システム、地下から汲《く》み上げた水を五百万ガロン溜《た》めておける水槽が完備していた。ポーリーンは特に閉所恐怖症というわけではなかったが、外の世界が荒廃し、混乱しているあいだ、ずっとここに閉じ込められていなくてはならないのかと思うと息が苦しくなるような気がして、意識して呼吸しなくてはならなかった。

その胸の内を見透かしたかのように、ウィットフィールドが言った。「空気は外界から充分に供給されます。爆発に損傷なしに耐えられる爆発物濾過《ろか》フィルターが大気中の汚染有害物質を、化学的なものであれ、生物的なものであれ、あるいは放射性のものであれ、すべて濾過したうえで、です」

案内ツアーの終わりに、ウィットフィールドが言った。「お帰りになる前に昼食はとられないと事務方から聞いていますが、大統領、もしお考えが変わったのであれば、用意はできております」

いつものことだった。一時間かそこら大統領と非公式な会話をしたいと、だれもが考えるらしかった。一瞬、地下に閉じ込められて重要ではあるが人に知られることのない仕事をしているウィットフィールドに同情を感じたが、いつものようにその衝動を抑え込み、予定に従わなくてはならなかった。

家族以外のだれかと食事をして時間を無駄にすることは滅多になかった。一つの会議で情報が交換され、決定が下されると、すぐに次の会議へ移るのが常だった。パーティへの出席要請も大半を断わった。「わたしは自由世界のリーダーです」彼女は言った。「ベルギーの国王とどうして三時間も話さなくてはならないの?」

いま、彼女は言った。「ありがとう、大将。でも、ホワイトハウスに戻らなくてはならないのよ」

ヘリコプターに戻ってシートベルトを締めると、ポケットから小振りな財布か折《おり》畳《たたみ》式の紙入れのような、プラスティックの容器を取り出した。〝ビスケット〟と呼ばれているもので、開けるには容器を壊すしかなかった。なかに入っているのは文字と数字が羅列されたカードで、核攻撃を許可する暗号だった。大統領は昼は肌身離さずそれを携行し、夜はベッドサイドに置いていなくてはならなかった。

彼女がしていることを見て、ブレイクが言った。「冷戦が終わったことを神に感謝しなくてはな」

ポーリーンは言った。「あの気味の悪い地下施設を見て思ったんだけど、わたしたちはまだその瀬戸際にいるんじゃないかしらね」

「絶対にその容器を壊さなくてすむようにしないとな」

そして、ポーリーンには世界のだれよりもその責任があった。この何日かその重さを肩に感じていたのだが、今日はそれが一段と重く肩にのしかかっていた。

彼女は言った。「もしマンチキンの国に戻ることがあったら、わたしがその責任を果たせなかったからよね」

防衛準備態勢《デフコン》5

最低レベル

1

飛行機から見ると、その車は果てしなくつづく浜辺をのろのろと這《は》っているカブトムシのように見えるはずだった。磨き上げた黒い背中が太陽を強く照り返していた。実はその車は時速三十マイルで走っていて、思いがけない窪《くぼ》みや罅《ひび》割《わ》れが出現するこの道路を無事に走ることのできる最高速度だった。サハラ砂漠でのタイヤのパンクなど、だれだろうと願い下げだった。

道路はチャドの首都ンジャメナから北へ、砂漠を突っ切って、サハラ最大のオアシスであるチャド湖のほうへ伸びていた。砂と岩からなる平らな景色はどこまで行っても変わらず、ときどき枯れてしまった淡黄色の藪《やぶ》が現われたり、大小の石が散らばっていたりするだけで、全体がまるで月面のように同じ色調の淡い茶色に覆われていた。

この砂漠は嫌になるほど宇宙に似ているわね、とタマラ・レヴィットは思った。さしずめ、この車はそこを行く宇宙船というところかしら。宇宙服に不具合が生じたら、死んでしまうかもしれない。でも、比較としては突飛すぎる。タマラは苦笑した。それでも、車の後部を一瞥《いちべつ》した。そこには水の入ったプラスティックの大瓶が二本、乗っている者を安心させるかのように鎮座していた。何かあっても、助けがくるまで全員が生きていられるはずの量だった——たぶん。

車はアメリカ製で、難しい地形を走るよう設計されていて、最低地上高が高く、ギア比は低かった。スモークウィンドウで、タマラはサングラスをかけていたが、それでも、コンクリートの道路に反射する陽射しは目が痛くなるほどに強烈だった。

タマラだけでなく、同乗している三人もサングラスをかけていた。運転手のアリは現地人で、生まれも育ちもチャドだった。街にいるときはブルージーンズにTシャツを常用していたが、今日はくるぶしが隠れるほど裾《すそ》の長いガラビアというローブを着て、スカーフをゆったりと頭に巻いていた。無慈悲な太陽から身を護る伝統的な服装だった。

助手席ではアメリカ陸軍のピーター・アッカーマン伍長《ごちょう》が、アメリカ陸軍の標準装備である銃身の短いカービン・ライフルを膝《ひざ》に置いて軽く握っていた。二十歳で、過剰なほどに快活で愛想よく見える若者の一人だった。三十が近いタマラには、人を殺す武器を持つには、彼は滑稽《こっけい》なほど若いように思われた。だが、自信は溢《あふ》れていて、一度など、生意気にもタマラにデートを申し込んでみせたことさえあった。「あなたのことは好きよ、ピート。でも、あなたはわたしには若すぎるわ」と、彼女は断わったのだった。

　後部席でタマラの隣りにいるのは、タブダル・〝タブ〟・サドウル、ンジャメナ駐在欧州連合事務所のアタッシェだった。濃すぎもせず淡すぎもしない豊かな茶色の髪を、長めに格好よく整えていたが、そうでなければ、カーキのズボンにスカイブルーのボタンダウンのシャツを合わせ、袖《そで》をまくって褐色の手首を見せている姿は、勤務を離れたときの会社の重役のように見えた。

　タマラ自身はンジャメナ駐在アメリカ大使館へ派遣されていて、ズボンの上に長袖の服というふいつもの仕事用のいでたち、黒い髪をスカーフで包んでいた。それはだれの気分も害する心配のない実用的な服装で、茶色の目とオリーヴ色の肌が、外国人に見えないようにしてくれてもいた。チャドのような犯罪率の高い国では、目立たないほうが、特に女性にとっては安全だった。

　タマラは走行距離計に気を配りつづけていた。この道路をすでに二時間走っていて、そろそろ目的地が近かった。タマラはそこでの待ち合わせを思って緊張した。自分自身のキャリアを含めて、たくさんのことがそれに懸かっていた。

「わたしたちの表向きの任務は実情調査だけど」彼女は言った。「あなた、あの湖のことをよく知ってるの？」

「充分じゃないかな」タブが答えた。「シャリ川は中央アフリカから発して八百七十マイルを下り、あの湖に流れ込んで終わっている。チャド湖のおかげで四つの国の数百万の人々が生命を維持している。ニジェール、ナイジェリア、カメルーン、そして、チャドだ。彼らは零細な農民、放牧者、漁師だ。お気に入りの魚はナイル・パーチ、全長六フィート、重さ四百ポンドに育つことができる」

フランス人が英語を話すと、いつだって女性をベッドに誘おうとしているように聞こえるわね、とタマラは思った。もしかすると、実際にそうなのかしら。「こんなに水量が減ってしまったいまとなっては、ナイル・パーチもそんなにたくさんは獲れていないんじゃないかしら」彼女は言った。

「そうなんだ。昔は一万平方マイルの広さがあったんだけど、いまは五百平方マイルほどに縮んでしまっているからね。多くの人々が飢える寸前で苦しんでいる」

「中国の計画をどう思う？」

「千五百マイルの運河を掘って、コンゴ川から水を持ってくる計画か？　チャドの大統領は一応乗り気だね、驚くほどじゃないけど。まあ、実現しないとは限らないんじゃないかな――中国はびっくりするようなことをするからね。だけど、安くは上がらないし、すぐにってこともないと思う」

中国のアフリカへの投資については、ワシントンにいるタマラの上司もパリにいるタブの上司も、畏敬《いけい》を伴う羨望《せんぼう》と深い疑いという、同じ思いを持って注視していた。

北京《ペキン》は数十億ドルを費やして様々なことを成し遂げていたが、その狙《ねら》いがどこにあるのかがよくわからなかった。

タマラの目の隅で、遠くに何かが閃《ひらめ》くのが見えた。陽の光が水に反射してきらめいているのだ。「実際に湖に近づいているの？」彼女はタブに訊《き》いた。「それとも蜃気楼《ミラージュ》だったの？」

「近づいているんだと思う」タブが答えた。

「左折の標識を見落とさないでね」タマラはアリに言い、それをアラビア語でも繰り返した。タマラもタブも、チャドの主要な二つの言語であるアラビア語とフランス語を流暢《りゅうちょう》に操ることができた。

「ここです」アリがフランス語で言った。

車は減速しながら、標識がわりに石が積み上げられているだけの交差点に近づいていった。

一行は幹線道路を降り、砂利《じゃり》の多い砂地を突っ切る道とも言えない道へ入った。ときどき周囲の砂地と道との判別が難しいところが出てきたが、アリは自信ありげだった。暑さのせいで立ち昇る陽炎《かげろう》を透かして、遠くに点々と緑が見えた。おそらく水辺で育っている藪や樹木だと思われた。

道の脇《わき》に、ずいぶん前からそこに放置されているのだろうと推測される、プジョーのピックアップ・トラックの残骸《ざんがい》があった。車体に錆《さび》が浮き、ハンドルも窓もなかった。やがて、人が住んでいるもう一つの印が目に入った。一頭の駱駝《らくだ》が藪につながれ、雑種の犬が鼠《ねずみ》をくわえていて、ビールの缶や擦《す》り切れたタイヤ、破れたビニール袋が散らばっていた。

きちんと列をなして植えられた植物に男がバケツから水をやっている、畑らしきものの横を通り過ぎて村に入った。五十軒か六十軒の家が不規則に広がっていて、通りにも規則性はなかった。住居の大半は昔ながらの一部屋しかない小屋で、壁は泥煉瓦《れんが》を積み上げて円形に造られ、先端が尖《とが》った円錐形《えんすいけい》の屋根は椰子《やし》の葉で葺《ふ》かれていた。アリは歩くような速度で車を進めながら家と家のあいだを擦り抜け、裸足《はだし》の子供や痩《や》せた山羊《やぎ》、家の外に造られている竈《かまど》を避けつづけた。

アリが車を降りてフランス語で言った。「着きましたよ」

タマラは言った。「ピート、そのカービン銃を車の床に下ろして見えないようにしてくれる？　環境学を勉強している学生に見えるようにしたいから」

「わかりました、ミズ・レヴィット」アッカーマン伍長がライフルを床に置き、銃床を座席の下に突っ込んで見えないようにした。

タブが言った。「昔は栄えた漁村だったんだけど、いまは水際がずいぶん後退してしまったからな。少なくとも一マイルは遠くなっているはずだ」

集落は胸が張り裂けそうになるぐらい貧しく、タマラがこれまでに見たなかでも極貧と言えた。かつては水の下にあったと推測される平坦《へいたん》な広い浜の周囲に民家があった。以前は水を汲み上げて畑を潤していたはずの風車が、湖が遠ざかってしまったせいでいまは見捨てられ、風受けが虚《むな》しく回転しているばかりだった。痩せた羊の一群が藪を食《は》み、棒を持った少女がそれを見守っていた。遠くで湖がきらめいていた。ラフィア椰子とモシの藪が岸の近くで育っていた。湖のなかに低い小島が点在していた。タマラは知っていたが、もっと大きな島は住民を苦しめているテロリストの隠れ家《が》になっていた。住民のないに等しい所有物を盗み、それを止めようとする者には見境なしに暴力を振るった。人々はただでさえ貧しいのに、究極の貧困に追いやられていた。

タブが訊いた。「あの女性たち、湖で何をしていると思う?」

六人ほどの女性が浅瀬の水をボウルで掬《すく》っていた。タマラはタブの質問の答えを知っていた。「水面に浮かんでいる、食べられる藻《も》を採っているのよ。わたしたちが〝スピルリナ〟と呼んでいる藻だけど、ここの人たちの言葉では〝ディヘ〟よ。それを漉《こ》して日干しにするの」

「食べてみたことは?」

タマラはうなずいた。「恐ろしくまずいけど、栄養があるみたい。健康食品の店で売っているわ」

「それは初耳だな。フランス人が食べてみたくなるような種類のものじゃなさそうだ」

「そうでしょうね」タマラは応え、ドアを開けて車を降りた。エアコンのきいた車のなかにいた身体には、外気は火傷《やけど》するのではないかと思うほど熱かった。タマラは髪を包んでいるスカーフを前に引っ張って陽射しをさえぎろうとした。そのあと、携帯電話を出して湖の岸の写真を撮った。

タブが鍔《つば》の広い麦藁帽子《むぎわらぼうし》をかぶって車から出てきて、彼女の横に立った。帽子は似合っていなかったが——実際、ちょっと滑稽に見えた——、気にする様子はなかった。身なりはきちんとしているけれども、見栄っ張りではなかった。タマラはタブのそういうところが好きだった。

二人して村を観察した。家が並ぶなかに耕作地がいくつもあり、水路が帯状に伸びて広がっていた。あの水は遠くから運ばれているに違いないとタマラは気づき、その苦行を担《にな》っているのは女性なのだと暗い気持ちになった。煙草を売っているらしいガラビアを頭に巻いた男が賑《にぎ》やかに男たちとお喋《しゃべ》りをし、気が向くと軽く女性を冷やかしていた。金色のスフィンクスをあしらった白い煙草の箱がタマラの目に留まった。〈クレオパトラ〉というエジプトの銘柄で、アフリカで一番人気のある煙草だった。たぶん盗んだか密輸した煙草だろうと思われた。家の前にオートバイとスクーターが数台、恐ろしく古いフォルクスワーゲン・ビートルが駐まっていた。この国では、個人を運ぶ手段としてはオートバイが一番人気だった。タマラはさらに何枚か写真を撮った。

服の下を汗が伝い落ちた。髪を包んでいるコットンのスカーフの端で額の汗を拭《ふ》いた。タブが白い水玉模様の入った赤いハンカチを取り出し、ボタンダウンのシャツの襟の下を拭《ぬぐ》った。

「半分は空き家なんだ」タブが言った。

目を凝《こ》らすと、何軒かが朽《く》ちはじめているのがわかった。椰子の葉で葺いた屋根は穴が開き、泥煉瓦の壁は崩れ落ちようとしていた。

「この地域を離れた住民は大勢いる」タブが言った。「行く当てがある者は例外なくそこへ行ってしまったんじゃないかな。だけど、まだ何百万人も残っている。ここは災厄の地なんだ」

「それはここだけじゃないんじゃないの？」タマラは言った。「このサハラ南端の砂漠化と同じことが、紅海から大西洋までのアフリカじゅうで起こっているわ」

「フランス語では、そこを〝ル・サヘル〟と呼んでいるよ。サハラ砂漠に接する半砂漠化した草原地帯のことだ」

「英語でも同じよ、〝ザ・サヘル〟と呼んでいるわ」タマラはちらりと車を振り返った。エンジンはいまもかかったままだった。「アリとピートがエアコンをつけたま車内に残っているみたいね」

「あいつらに多少でも理性があれば当然だよ」タブが言い、懸念《けねん》を顔に浮かべた。

「会うことになっている男の姿が見えないな」

タマラも心配だった。死んでいる可能性だってある。しかし、冷静に言った。「わたしたちが受けた指示では、彼のほうがわたしたちを見つけることになっているわ。それまで、わたしたちは与えられた役を演じつづけなくちゃ。さあ、調査をしている《レッツ・ディップ・》振りをつづけましょう《アンド・ルック・アラウンド》」

「何だって？」

「調査をしている《レッツ・ゴー・》振りをつづけましょう《アンド・ルック・アラウンド》」

「その前は何って言ったんだ？　ディップ？」

「ごめんなさい、たぶんシカゴのスラングだと思う」

「だったら、ぼくはその表現を知っている唯一のフランス人かもしれないな、いまのところだけどね」タブがにやりと笑みを浮かべた。「だけど、村の長老たちを表敬訪問したほうがいいんじゃないかな」

「それはあなた一人で大丈夫じゃない？　どのみち、女性なんかどうでもいいと思っている人たちだもの」

「確かに」

タブが長老の表敬訪問に出かけると、タマラはなるべく怪しまれないよう、目立たないようにしながら村を歩き、写真を撮ったり、人々にアラビア語で話しかけたりした。村人の大半は猫の額ほどの不毛の土地を耕しているか、何頭かの羊か一頭の牛を飼っているかだった。一人の女性は漁網の修繕《しゅうぜん》という専門技術を持っていたが、漁師がほとんど残っていなかった。一人の鍛冶屋《かじや》は鍋《なべ》を作っていたが、人々にはそれを買う金がなかった。だれもが多かれ少なかれ諦《あきら》めていた。

柱を四本立てて枝を網状に編んだものを上に乗せた、粗末《そまつ》な構造物が物干しとして使われていて、若い女性が一人、二歳ぐらいの男の子に見守られながら、その網に洗濯物を洗濯挟みで留めていた。彼女の着ている服はチャドの人々が愛している、原色のオレンジと黄色だった。彼女は最後の一枚を干し終えて男の子を腰に乗せると、学校で習った訛《なま》りの強いフランス語でたどたどしくタマラに話しかけてきて、寄っていかないかと誘った。

その女性は、自分はキア、息子はナジだと告げて、寡婦《かふ》なのだと打ち明けた。二十歳ぐらいか、驚くほどの美人で、眉《まゆ》は黒く、頬《ほお》は高く、鼻はサラセン人のような弧を描き、黒い瞳《ひとみ》には意志力と決断力が宿っているように見えた。彼女は面白いかもしれない、とタマラは考えた。

キアにつづいて低いアーチ形の入口を入ると、サングラスを外した。そこは陰が深く、眩《まぶ》しい陽射しから目を護る必要がなかった。小屋のなかは仄暗《ほのぐら》く、狭くて、シナモンとターメリックの匂《にお》いが鼻を突いた。靴を隔てても、分厚い敷物が敷いてあるのがわかった。目が慣れると、ローテーブル、収納箱代わりの籠《かご》が二つ、床にクッションがいくつかあることがわかった。だが、通常の家具のようなものはないらしく、椅子も戸棚も見えなかった。一方には寝床なのだろう、カンヴァス地の藁布団が二つと、厚手のウールの毛布がきちんと畳んで置いてあった。砂漠の夜は冷えるのだった。

これを見たら、大半のアメリカ人は絶望的に貧しい家庭だと見なすだろうが、実はこの小屋は住み心地がいいだけでなく、住人は平均よりもいくらか裕福でさえあるのが普通だった。キアが深皿に水を張って冷やしてあった地元のビール、〈ガラ〉のボトルを誇らしげに差し出した。このもてなしを受けるのが礼儀にかなっているのだろう、とタマラは考えた。それに、いずれにしても喉《のど》が渇いていた。

聖母マリアの肖像画が安物の額縁に入れて壁に掛かっていて、それがチャドの人々の四十パーセントがそうであるように、キアもクリスチャンであることを教えてくれていた。タマラは言った。「あなた、修道女の経営する学校に通っていたことがあるんじゃないの？　そこでフランス語を勉強したんでしょう」

「そうよ」

「とても上手だわ」実はそうではなかったが、タマラは気を惹《ひ》こうとして言った。

キアが敷物に坐ったらどうかと勧めてくれたが、タマラはその申し出を受ける前に入口へ引き返し、神経質に戸外に目を走らせた。いきなりの眩しさに目が痛かった。車のほうを見ると、煙草売りが〈クレオパトラ〉を手に、運転席側のウィンドウに向かって腰を屈《かが》めていた。スカーフで頭を包んでいる運転席のアリが、小馬鹿《こばか》にしたようにひらひらと手を振り、安煙草を買うつもりはないと追い払おうとしたそのとき、煙草売りが何かを言い、アリの態度が劇的に変わった。彼は運転席を飛び出すと、謝罪を顔に表わして後部席のドアを開け、煙草売りが乗り込んだとたんにドアを閉めた。

彼だ、とタマラは確信した。それにしても、見事な変装じゃないの。わたしだって騙《だま》されたんだから。

タマラは安堵《あんど》した。少なくとも彼はいまも生きている。

彼女はあたりを見回した。煙草売りが車に乗り込んだことに気づいた村人はいないようだった。彼はいま、スモークウィンドウの向こうに隠れて見えなくなっていた。

タマラは満足し、キアの家のなかに戻った。

キアが訊いた。「白人の女の人は服を七着持っていて、毎日一着ずつメイドに洗濯させているというのは本当なの?」

キアのフランス語がどの程度のものかわからなかったから、タマラはアラビア語で答えることにし、ちょっと考えてから言った。「アメリカやヨーロッパの女性の多くは服を複数持っているわ。数はその人がどのぐらいお金を持っているかによるけど、普通はそんなに持っていないわね。お金を持っていない女性なら二着か三着ぐらいかしら、お金を持っている女性なら五十着ぐらいは持っているかもしれないけど」

「みんながメイドを雇っているの？」

「お金がなければメイドは雇えないわ。お医者さんとか弁護士のような収入のいい仕事をしている女性は、普通、家をきれいにしてくれる女性を雇っているわね。大金持ちは何人もメイドを使っているけど、どうしてそんなことを知りたいの？」

「フランスへ移住することを考えているの」

やっぱりね、そんなことだろうと思った。「理由は何？」

キアは考えをまとめようとしてすぐには答えず、新しいビールをタマラに差し出した。タマラは首を横に振った。まだ気を許すわけにはいかなかった。

キアが言った。「夫のサリムは漁師で、自前の舟を持っていたの。三人とか四人で乗り組んで漁をし、水揚げの半分をサリムが取り、残りを乗組員で分けていたわ。どうしてサリムが半分かというと、舟が彼のもので、魚の居場所を知っていたからよ。だから、わたしたちはこのあたりの大半の人たちよりいい暮らしができたの」そして、誇らしげに顔を上げた。

タマラは訊いた。「何があったの？」

「ある日、聖戦士《ジハーディ》を名乗るやつらがやってきて、水揚げをよこせとサリムに言ったの。大人しく渡せばよかったんだけど、そのときはナイル・パーチが獲れていて、サリムは渡すのを拒否したのよ。それで、やつらはサリムを殺し、獲物を奪っていったというわけ」キアは震え、美しい顔が悲しみにゆがんだ。彼女は間を置き、込み上げるものを何とか抑え込んでから話をつづけた。「彼の友だちが現場へ連れて行ってくれたわ」

タマラは腹が立ったが、驚きはしなかった。ジハーディはイスラム原理主義のテロリストだが、犯罪者でもあり、テロと犯罪を並行して行なう集団だった。そのうえ、世界で最も貧しい人々を食い物にしていた。それが我慢ならないほど腹立たしかった。

キアがつづけた。「夫の葬儀を終えて、これからどうすべきか自分に訊いた。舟を操る能力はないし、魚の居場所を突き止める能力もない。それに、たとえその二つの能力があったとしても、男の人たちがわたしをリーダーとして受け容れてくれるはずがない。だから、舟を売ったわ」一瞬、激しい怒りが顔をよぎった。「何人かは安く買い叩《たた》こうとしたけど、そんなやつらは相手にしなかった」

タマラはキアの内側にある、鋼《はがね》のような意志力の核を垣間見たような気がした。

話を進めていくうちに、キアの声に絶望の色が混じりはじめた。「でも、舟を売ったお金が永久につづくわけじゃないし」

この国では家族が重要だということをタマラは知っていた。「あなたのご両親は？」

「父も母も死んでしまい、兄弟はスーダンのコーヒー農園で働いているわ。サリムには妹がいて、自分に舟を安く売ってくれたらわたしとナジの面倒をずっとみてやると、彼女の夫が言ってくれたんだけど」キアが肩をすくめた。

「彼を信用しなかったのね」タマラは言った。

「約束だけで船を売りたくなかったの」

この女性は意志堅固なうえに馬鹿じゃない、とタマラは思った。

キアが付け加えた。「いまはあの夫婦に嫌われてるわ」

「それでヨーロッパへ行きたいのね――非合法に」

「みんな、ずっとやってることだもの」キアが言った。

それは事実だった。砂漠は南へと広がっているから、何十万もの人々が仕事を求めて命がけでザ・サヘルをあとにし、その多くは危険を顧みずに南ヨーロッパを目指す旅を企てていた。

「それにはお金がかかるけど」キアが言った。「でも、舟を売ったお金で何とかなるんじゃないかしら」

いくらかかるかは本当の問題ではなかった。彼女が怯《おび》えていることは、その声でわかった。「普通はイタリアへ行くの。わたしはイタリア語を話せないけど、イタリアへ入れたらフランスへは簡単に行けるって聞いたことがあるわ。本当なの?」「本当よ」急いで車へ戻らなくてはならなかったが、キアの質問に答えなくてはならないと感じていた。「車で、あるいは鉄道で国境を越えればいいだけだから。でも、あなたがやろうとしているのはとんでもなく危険なことよ。人々を密出入国させているのは犯罪者なの。お金だけ取って、姿をくらますかもしれないわ」

キアが少し間を置いて考えた。特権的な西欧からの訪問者に自分の人生をどう説明しようか、方法を探しているのかもしれなかった。閉ざされていた口が、やがて開いた。「食べるものが充分になかったらどうなるかはわかってるわ。この目で見てきているもの」それを思い出したのか、顔をそむけ、声がさらに小さくなった。「赤ん坊が徐々に痩せていくんだけど、最初はそんなに深刻には見えないの。そのあと、その子は病気になる。多くの子供がかかるような小児感染症ね。発疹《ほっしん》ができたり、鼻水が出たり、お腹《なか》が下ったりする。でも、栄養が足りないから回復に時間がかかり、そのあいだにまた病気にかかるの。いつもぐったりして、しじゅうぐずっていて、あまり遊ぶこともせず、じっと横になって咳《せき》をしている。そして、ある日目を閉じて、二度と開かなくなる。ときどきだけど、疲れ果てて、泣くこともできない母親がいるわ」

タマラは涙に曇る目でキアを見た。「本当に可哀そうに。あなたの幸運を願っているわ」

キアが気を取り直して声を張った。「色々と質問に答えてくれてありがとう」

タマラは立ち上がり、おずおずと言った。「わたし、そろそろ行かなくちゃ。ビールをご馳走《ちそう》さま。お願いだから、お金を払う前に、人を密出入国させる人たちのことをもっと調べてね」

キアが微笑してうなずき、月並みな助言に丁寧に応えた。お金については用心深くなくてはならないことなど、この人のほうがわたしなんかよりはるかによくわかっているわよね、とタマラは後悔した。

外へ出ると、タブが車のほうへ向かっているところだった。正午が近く、村人の姿はもはやなかった。陽射しを逃れて家に戻ったのだろうと思われた。家畜は明らかにその目的で造られた、応急の避難所の下に陰を見つけていた。

タマラはタブの横に立ったとき、彼の肌から汚れが消え、新しい汗の匂いがかすかに鼻を突いて、白檀《びゃくだん》の香りもほのかに感じられることに気がついた。「彼なら車のなかよ」彼女は報告した。

「どこに隠れていたんだろう?」

「煙草売りに変装していたの」

「このおれがまんまと騙されたわけか」

二人は車に乗り込んだ。エアコンの冷房が北極海のように感じられた。タマラとタブに挟まれて坐っている煙草売りは、長いあいだシャワーを浴びていないかのように臭《くさ》かった。その手には煙草の箱があった。

タマラは我慢できずに訊いた。「それで、フフラを見つけたの？」

煙草売りの名前はアブドゥル・ジョン・ハダッド、二十五歳、レバノンで生まれてニュージャージーで育ち、いまはアメリカ国民で中央情報局員《CIA》だった。

四日前、彼は隣国のニジェールにいて、ぼろぼろではあるけれども走るぶんには何の不足もないフォードのオフロード用ピックアップを駆り、マラディの町の北の砂漠の長い傾斜を上っていた。

履いているのは底の厚いブーツだった。新しかったが、古びて見えるように手を入れてあり、表面は人工的にくたびれさせ、ひっかき傷がつけられて、靴紐《くつひも》は左右が同じものではなく、しっかり使い込まれているように見せるために全体を注意深く汚してあった。靴底が厚いのは、そこに秘密の隠し場所が作ってあるからだった。片方には最新式の電話、もう一方にはある特殊な信号だけを受信する受信機が潜ませてあった。そして、ポケットには目くらまし用に安物の電話が入っていた。

いま、受信機は助手席に置いてあり、アブドゥルは数分おきにそれに目をやっていた。これまで追っていたコカイン移送グループが前方のどこかで停止したらしいことが確認されていた。ガソリンスタンドのあるオアシスで止まっているだけかもしれなかった。しかし、そこが〈グレーター・サハラのイスラム国《ISGS》〉の宿営地の可能性があるのではないかとアブドゥルは考えていた。

　CIAはドラッグの密輸犯よりテロリストに関心があったが、世界のこの部分では密輸犯がテロリストで、テロリストが密輸犯という構図になっていた。地元のグループの一団がISGSと緩く連携し、ドラッグの密輸出入と人間の密輸出入という儲《もう》かるビジネスを二本立てでやって、自分たちの政治的な活動の資金を調達しているのである。アブドゥルの任務はドラッグの密輸ルートを突き止めることだった。それがわかれば、ISGSの隠れ家の在処《ありか》がわかるかもしれなかった。

　あるISGSのリーダー——そして、今日の世界で最悪の大量殺人者——と信じられている男はアル・ファラビとして知られていた。それはほぼ別名に間違いなかった。アル・ファラビというのは中世の哲学者の名前だった。彼はまた〝ジ・アフガン〟とも呼ばれていたが、それはアフガン戦争の古強者《ふるつわもの》だったからである。報告書を信じるなら、彼の手は遠くまで伸びていた。アフガニスタンを本拠にしながら、パキスタンを経由して政府に反抗している中国の新疆《しんきょう》ウィグル自治区へ行き、そこで東トルキスタン独立党——大半がイスラム教徒であるウィグル民族の自治権を要求しているテロリスト・グループ――と接触していた。

いま、アル・ファラビは北アフリカのどこかにいた。見つけることができれば、ISGSに致命的な打撃を与えることができるかもしれなかった。

アブドゥルはすでに遠くから撮影された写真、画家が鉛筆で描いた似顔絵、モンタージュ写真、人相書きで何度も検めていたから、見ればわかるという確信があった。黒い髪に白いものが増え、黒い鬚《ひげ》を伸ばした長身の男。視線は鋭く、権威をまとっているという評判だった。充分に近づければ、アル・ファラビの一番の特徴で本人だと確認できるかもしれなかった。その特徴とはアメリカ軍の銃弾に付け根まで吹き飛ばされた親指である。彼はそれをしばしば誇らしげにこれ見よがしにして、人々にこう言っていた――神は私を死から護ってくださり、同時に、もっと用心するよう警告してくださったのだ、と。

何があろうとアル・ファラビを捕らえようとしてはならず、居場所を特定して報告するだけに留めなくてはならなかった。噂《うわさ》では、〝穴《フフラ》〟と呼ばれる隠れ家を持っていたが、全西側情報機関の誰一人として、それがどこにあるかを知らなかった。

アブドゥルは傾斜を上り切ると、徐々に減速して下り傾斜に車を止めた。

そこからは長い下り傾斜がつづき、さらにその向こうは平原が広がって、暑さのせいで陽炎が揺れていた。アブドゥルは眩しさに目をすがめた。サングラスは持っていなかった。現地人はサングラスを金持ちの印と考えていた。アブドゥルは現地人と同じように見られなくてはならなかった。数マイルほどか、遠くに村が見えるような気がした。アブドゥルは運転席に坐ったまま身体を捻《ひね》ると、ドアのパネルを外して双眼鏡を取り出し、車を降りた。

双眼鏡のおかげで遠くがはっきりし、アブドゥルはレンズの向こうに浮かび上がったものを見て、鼓動が速くなるのを感じた。

それはテントと応急の木造小屋からなる集落だった。たくさんの数の車があったが、その大半は粗末な遮蔽物《しゃへいぶつ》の下に置かれ、衛星カメラに捉《とら》えられないようになっていた。それ以外の乗り物は砂漠迷彩模様のカヴァーに覆われていたが、形状からして機関砲か何かがトラックに搭載されているのではないかと思われた。数本の椰子の木が、どこかに水源があることを示していた。

そこが何であるか、疑問の余地はまったくなかった。準軍事組織の基地である。

重要な基地のようであり、数百人が宿営しているのではないかと思われた。あの砂漠迷彩のカヴァーの下にあるのが自走砲なら、あそこにいる連中の武装を侮《あなど》ることはできないはずだった。

伝説のフフラかもしれなかった。

アブドゥルはその写真を撮ろうと、ブーツの底に隠してある携帯電話を取り出すために右足を上げた。が、そのとき後方でトラックのエンジン音が聞こえた。まだ遠かったが、急速に近づいていた。

舗装道路を降りてからずっと、車の姿は一台もなかった。宿営地を目指すISGSのトラックにほぼ間違いないと思われた。

アブドゥルは周囲を見回した。身を隠すところはどこにもなく、まして車は尚更《なおさら》だった。この三週間、自分がスパイしている連中に見つかる危険は常にあったが、いま、それが現実になろうとしていた。

正体がばれないようにするための作り話は準備してあった。いまは連中がそれを信じてくれるのを願うことしかできなかった。

安物の時計を見た。午後二時だった。ジハーディでも、祈りを捧《ささ》げている男を殺そうとはしないのではないか。

アブドゥルはすぐさま行動に移り、双眼鏡をドア・パネルの裏の隠し場所に戻すと、トランクを開けた。そして、祈りを捧げるときのための使い古した敷物を取り出し、トランクを閉めると、その敷物を地面に広げた。キリスト教徒だったが、イスラムの祈りを真似《まね》られるぐらいの知識はあった。

一日の二度目の祈りはズフルと呼ばれ、太陽が中天に達したあと、正午から午後三時までのどこかで行なわれる。アブドゥルは正しい方向を向いてひれ伏し、鼻、両手、両膝、爪先《つまさき》を敷物に着けて目を閉じた。

トラックのエンジン音が唸《うな》りに変わって近づいてきた。尾根の向こう側で傾斜を上るのに苦労しているのだった。

不意に受信機のことを思い出した。助手席に置いたままだった。アブドゥルは呪詛《じゅそ》の言葉を吐き捨てた。あれが見つかったら、おれはその場で終わりだ。

弾《はじ》かれたように立ち上がって助手席のドアを開け、受信機をつかんだ。左のブーツの底を開けて、隠し場所の引き出しを親指と人差し指で引き出した。急ぐあまり、受信機を砂の上に取り落とした。慌てて拾いあげて引き出しの上に置き、ブーツの底に押し込んで隠し場所を閉じると、すぐさま敷物に戻った。

そして、ふたたび両膝を突いた。

トラックが傾斜を上り切り、アブドゥルの車の横で急停車するのを目の隅で見ることができた。アブドゥルは目をつぶった。

祈りの言葉を暗記してはいなかったが、何度となく聞いていたから、それらしい文言をつぶやくことぐらいはできた。

トラックのドアの開閉音が聞こえ、重たい足音が近づいてきた。

アラビア語の声が命じた。「立て」

アブドゥルは目を開けた。男が二人だった。一人はライフルを持ち、もう一人は拳《けん》銃《じゅう》をホルスターに収めていた。彼らの背後のトラックには麻袋が積み上げられていた。小麦のようであり、だとすれば、ジハーディたちの食料に決まっていた。

ライフルを持っているほうはまだ若く、鬚も薄かった。迷彩柄のズボンを穿いて、雨の日のニューヨークのほうがもっと似合いそうな、ブルーのアノラックを着ていた。彼がしわがれた声で訊いた。「おまえ、だれだ?」

アブドゥルはすぐさま人懐《ひとなつ》こい行商人の振りをすることにし、笑顔で言った。「友よ、なぜ祈りの邪魔をするんです?」流暢なアラビア語だった。レバノン訛りがあるのは、六つまでベイルートに住んでいて、アメリカへ移住したあとも家ではアラビア語が使われつづけたからだった。

拳銃の男は髪に白いものが増えつつあった。彼が落ち着いた声で言った。「おまえの祈りの邪魔をしたことは神に赦《ゆる》しを乞《こ》おう。だが、一体ここで何をしている、この砂漠の道とも言えないような道で? どこへ行こうとしているんだ?」

「私は煙草売りです」アブドゥルは答えた。「あなたたちもどうです? 半値ですよ?」アフリカのほとんどの国では、〈クレオパトラ〉二十箱は現地通貨で一ドル相当だった。アブドゥルはその半額で売っていた。

若いほうの男がアブドゥルの車のトランクを開けた。〈クレオパトラ〉の十箱入りカートンが山になっていた。「どこで手に入れた?」男が訊いた。

「スーダン陸軍のビレルという大尉からです」作り話だが説得力はあった。スーダンの軍人が堕落していることは周知の事実だった。

沈黙があった。年上のジハーディは考えているようだった。若いほうは早くライフルを使いたくてたまらないという顔をしていた。こいつ、これまでに人間を撃ったことがあるんだろうか、とアブドゥルは訝《いぶか》った。だが、年上のほうには緊張が感じられなかった。撃つまでに時間はかかるかもしれないが、腕はよさそうだった。

命が危険にさらされているのは間違いなかった。おれの言うことを信じるか、殺そうとするか、どちらかだろう。後者なら、まず年上のほうをやっつける。若いほうは発砲してくるだろうが、たぶん当たらない。この距離だから、二度目は当たるかもしれないが。

年上のほうが言った。「しかし、ここにいる理由は何だ？　どこへ行こうとしている？」

「この先には村があるんですよね？」アブドゥルは言った。「私にはまだ見えないんですが、カフェにいた男が教えてくれたんです、あそこに行けば客がいるってね」

「カフェにいた男？」

「私はいつだって客を探しているんですよ」

年上のほうが若いほうに言った。「こいつを身体検査しろ」

若いほうの男がライフルを背中にかけ、アブドゥルは束の間ではあったがほっとした。しかし、若いほうの男の手が服の上から身体を触っていくあいだ、年上の男の拳銃に額を狙われることになった。

安物の携帯電話が見つかり、年上の男に渡された。

男がその携帯電話の電源を入れ、確信ありげな手つきでボタンを押した。通信履歴と最近の通話履歴を見ているのだろうと思われた。そこに並んでいる履歴は、アブドゥルの作り話を補強してくれるものばかりだった。安ホテル、車の修理工場、現金の両替屋、そして、娼婦《しょうふ》が二人。

年上のほうがふたたび命じた。「車を調べろ」

アブドゥルはそれを見守った。開け放しになっているトランクから始めたと思うと、アブドゥルの旅行鞄《かばん》を取り出し、中身を道路にぶちまけた。大したものはなかった。タオルが一枚、コーラン、いくつかの簡単な洗面用品、電話の充電器。煙草も箱ごと全部トランクの外に放り出し、その床を剝《は》がしたが、スペア・タイヤと工具箱が露わになっただけだった。何一つ元に戻さないまま、今度は後部席のドアを開けた。両手を背もたれと座面の隙間《すきま》に突っ込んだと思うと、次に座席の下を覗いた。

運転席へ移動すると、ダッシュボードの下、グローヴボックスのなか、ドア・ポケットの内側を検めた。運転席側のドア・パネルが緩んでいることに気づき、それを外した。「双眼鏡だ」男が勝ち誇って宣言し、アブドゥルはぞっとした。双眼鏡は銃ほど致命的ではないが、高価だから、煙草売りがそんなものを持っているのは不自然ではあった。

「砂漠ではとても役に立ちますからね」アブドゥルは言った。われながら必死になりはじめていた。「あなたも持ってるんじゃないですか?」

「ずいぶん高級に見えるな」年上の男が双眼鏡を調べて言った。「昆明《クンミン》製造と書いてある。中国製だな」

「そうです」アブドゥルは答えた。「煙草を売ってくれたスーダン陸軍の大尉から安く手に入れたんです」

これも説得力があった。スーダン陸軍は中国から大量に買い付けをしていて、最大の貿易相手国だった。買い付けた装備の大半がブラック・マーケットに流れていた。

年上のほうが抜け目なく言った。「おれたちがやってくるのを、こいつで見ていたのか?」

「祈りを終えたあとで使うつもりだったんです。村の大きさを知りたかったんですよ。どう思います?——五十人ぐらいですか? それとも、百人はいますかね?」まだ見ていないという印象を与えるために、わざと低く見積もってみせた。

「それはもうどうでもいい」男が言った。「おまえはあそこへは行かない」そして、しばらくアブドゥルを見据えた。相手の言葉を信じるか、それとも殺してしまうか、たぶん決めようとしているのだった。「銃はどこだ?」男がいきなり訊いた。

「銃? そんなもの、持っていませんよ」事実、アブドゥルは銃を持たなかった。銃の携帯は潜入工作員を危機から救い出すより、危機に追い込むことのほうが多かった。そして、いまがまさにその絶好の見本だった。いまここで銃が見つかったら、無辜《むこ》の煙草売りとは見なしてもらえないに決まっていた。

「ボンネットを開けてみろ」男が若いほうに指示した。

若いほうの男が指示に従った。何かを隠せるような空間はエンジンルームにないことをアブドゥルは知っていた。「何もないですね」若いほうが報告した。

「あんまり怖がっていないようだな」年上のほうがアブドゥルに言った。「おれたちがジハーディだということはわかるだろう。おまえを殺すかもしれないんだぞ」

アブドゥルは目を逸《そ》らさずに見つめ返したが、かすかな身体の震えは抑えられなかった。「神の御意志《インシャラー》のままに」

男はどうするか決めたらしく、安物の携帯電話をアブドゥルに返してうなずいた。

「車の向きを変えて、きたほうへ引き返せ」

アブドゥルはほっとしたが、それを顔に出し過ぎないよう用心しながら言った。

「しかし、私としては煙草を売らなくちゃ……」そこで、抵抗を試みるのを思い直した振りをした。「一カートン、どうです？」

「プレゼントしてくれるのか？」

アブドゥルは思わずうんと言いそうになったが、いま演じている役柄はそう気前がいいはずはなかった。「私は貧乏なんです、申し訳ないんですが……」

「引き返すんだ」ジハーディが繰り返した。

アブドゥルは落胆の肩をすくめて、販売をつづけるのを諦める振りをした。「わかりました」

男が若いほうを手招きし、二人してトラックへ戻っていった。

アブドゥルはそこらに放り出されて散らばっているものを拾い集めはじめた。

トラックが音高く走り去った。

アブドゥルはその姿が砂漠に消えてしまうまでトラックを見送り、そのあとでようやく英語で独りごちた。「いやはや、まさに危機一髪だったな」そして、息をついた。

タマラがＣＩＡに入ったのは、キアのような人たちがいるからだった。

タマラは自由、民主主義、正義を心の底から、一片の疑いもなく信じていたが、それらの価値は世界じゅうで攻撃されていて、キアはその犠牲者の一人だった。自分が大切にしているものを護るためには闘わなくてはならないことも、タマラはわかっていた。古くから歌われている歌の歌詞をたびたび思い出した。「もし私が死に、魂が失われるとしたら、それはだれのせいでもない、私のせいだ」全員に責任があった。その歌はゴスペルで、タマラはユダヤ教徒だったが、そのメッセージはすべての人に当てはまった。

ここ北アフリカでは、暴力、偏見、恐怖に価値を置くテロリストに敵対してアメリカ軍が戦っていた。イスラム国《IS》と結託している武装した無法者どもが、宗教や民族性が原理主義的統治者のそれと同じでないアフリカ人を殺し、拉致《らち》し、レイプしていた。そういう者たちが暴力をもってサハラ砂漠の南へじりじりと浸透してきたせいで、キアのような人々は命の危険を覚悟のうえで、当てにならないディンギーで地中海を渡らなくてはならなくなっていた。

アメリカ陸軍はフランス軍と現地軍と連携し、テロリストの宿営地を、それが発見され次第攻撃し破壊していた。

しかし、宿営地を見つけるのが難しかった。

サハラ砂漠はアメリカ合衆国と同じぐらいの広さがあり、タマラはそういうところにいるのだった。ＣＩＡはほかの国と協力して攻撃軍のための情報を提供していた。タブはその任務に就いているのだが、実はフランス版ＣＩＡである対外治安総局《DGSE》の要員であり、アブドゥルも同じ任務に就いている一人だった。

その戦いは現状では成果を上げているとは言いにくく、ジハーディは多かれ少なかれ自由に北アフリカの大半を荒らしまわっていた。

アブドゥルがそれを変えてくれるのではないか、とタマラは期待していた。

アブドゥルと会ったことはなかったが、電話で話してはいた。しかし、CIAが潜入工作員を使ってISGSの宿営地を探らせようとしたのは、これが最初ではなかった。タマラはアブドゥルの前任者のオマルを知っていた。そして、彼の死体の第一発見者でもあった。その遺体は砂漠に投げ捨てられていたが、手首から先と膝から下がなく、それは百ヤード離れたところに残されていた。それはつまり、瀕死《ひんし》のオマルが肘《ひじ》と膝を使って百ヤードを這い進み、ついに失血死したことを意味していた。自分がそれを絶対に乗り越えられないことを、タマラはわかっていた。

そしていま、アブドゥルがオマルの後を継いでいた。

彼は断続的にではあるが、電波が届く範囲にいるときには必ず電話での報告をしてきていた。昨日、また電話があり、いまチャドに着いたが、いい知らせがあるから直接伝えたいと告げて、補給を要請したあと、ここへやってくる方法を詳しく伝えたのだった。

そしていま、タマラたちはアブドゥルが何をしていたかを知った。

タマラはアブドゥルの報告を聞いて痺《しび》れるような強い興奮を覚えたが、何とかそれを抑え込んで言った。「フフラかもしれないわね。たとえそうでなくても素晴らしい発見だわ。五百人？　機関砲を搭載したトラック？　一大宿営地じゃないの！」

アブドゥルが言った。「それで、出動するのにどのぐらいかかる？」

「二日、遅くとも三日ね」タマラは答えた。アメリカ、フランス、ニジェールの合同部隊が宿営地を壊滅させるのだ。テントや小屋を焼き払い、武器を押収《おうしゅう》し、戦闘の生き残りのジハーディを尋問する。ものの何日かのうちに、風が灰を吹き飛ばし、太陽がごみを腐らせて地上から消してしまい、砂漠はふたたびそのあたりを自分のものにする。

そして、アフリカがキアやナジのような人たちにとってもう少し安全になる。

アブドゥルが宿営地の正確な位置を教えた。

タマラとタブは膝の上にノートを広げ、アブドゥルの一言一言を細大漏らさず書き留めた。タマラは畏敬の念に打たれた。いまだ実感できているとは言えなかったが、いま自分の前にいる男は自分の命を的《まと》にこれほどの危険を引き受け、これほどのことを成し遂げていた。彼が話しているあいだ、タマラはノートを取りながら、すべての機会を捕まえて相手を観察した。肌は黒く、黒い鬚をきちんと整えて、滅多にないほど淡い茶色の、意志堅固に見える目を持っていた。顔は細く引き締まり、二十五歳という実年齢より老けて見えた。長身でがっちりしていて、彼がニューヨーク州立大学時代に複合格闘技の選手だったことをタマラは思い出した。

その彼が煙草売りでもあるのがなんだか奇妙に思われた。煙草売りのときには愛想がよく、饒舌《じょうぜつ》で、だれかれなしに話しかけ、男の腕に触り、女にウィンクし、赤いプラスティック・ライターでだれにでも煙草の火をつけてやっていた。対照的に、いまは静かで危険だった。タマラは彼のことが少し怖くなった。

アブドゥルはコカインの移送に使われるルートについて克明に説明してくれた。それはいくつかの無法者のグループを経由し、三回、別々の車で輸送されることになっていた。また、準軍事組織の基地だけでなく、小規模な宿営地二つと、ＩＳＧＳグループがいるいくつかの都市をも突き止めてくれていた。

「滅多に手に入らない貴重な情報だ」タブが言い、タマラも同感だった。期待していた以上の結果で、歓声を上げたいほど気持ちが高ぶった。

「よし」アブドゥルがぶっきらぼうに言った。「頼んでおいたものは持ってきてくれたか」

「もちろん」アブドゥルに頼まれていたものとは、現地で通用する金《かね》、北アフリカを訪れた者がよく苦しめられる慢性的な胃病の薬、簡単な羅針盤《コンパス》、そして、何に使うのかタマラには見当がつかない道具――長さ一ヤードの細いチタンのワイヤーの両端に木のハンドルを取り付け、それ全体を伝統的なローブを着た男性がベルトの代わりに腰に巻くようなタイプのコットンの飾帯の内側に縫い込んだもの。何のためのものなのか説明してくれるだろうか、とタマラは訝った。頼まれたものすべてを渡すと、アブドゥルは礼を言っただけで、それ以上の説明はしなかった。そして、周囲を見回し、すべての方向を検めた。「よし」彼は言った。

「以上で終わりか?」

タマラはタブを見た。「以上だ」タブが答えた。

タマラはアブドゥルに訊いた。「必要なものは全部揃《そろ》ってる?」

「ああ」彼が車のドアを開けた。

「幸運を祈っているわ」心の底からの言葉だった。

タブがフランス語で言った。「幸運を祈ってる」

アブドゥルはスカーフを深くかぶって顔を隠すと、車を出てドアを閉め、村のほうへ引き返していった。その手にはいまも〈クレオパトラ〉が一カートン握られていた。

タマラは彼の後ろ姿を見送りながら、その歩き方に特徴があることに気がついた。大半のアメリカ人は、まるでそこが自分の所有地であるかのように大股《おおまた》に歩くのが普通だが、アブドゥルは違っていた。俯《うつむ》いて陽射しを避け、体熱の上昇を抑えようとせめてもの努力をしていた。

タマラはアブドゥルの勇気に頭が下がった。捕まったらどんな目にあわされるかを思うと身体が震えた。　首を切り落とされてすむのなら、ありがたいと思わなくてはならないはずだった。

アブドゥルの姿が見えなくなると、タマラは運転席へ身を乗り出してアリに言った。

「行《ヤ》きましょう《ッラ》」

車は村をあとにし、小道を伝って幹線道路へ出ると、そこで南へ折れてンジャメナへ引き返した。

タブがノートに目を通しながら言った。「こいつはすごい情報だぞ」

「共同報告書にすべきね」タマラは先のことを考えて言った。

「いい考えだ。戻ったら一緒に報告書を作ろう。そうすれば、二か国語の報告書を同時に提出できる」

この人とならうまくやれそうだ、とタマラは思った。今朝は大半の男がこの仕事の指揮を執ろうとしたに違いない。でも、タブはアブドゥルを対等の仕事仲間として話していた。タマラはタブが好ましくなりはじめていた。

タマラは目を閉じた。気持ちの高ぶりは徐々に収まろうとしていた。今日は朝が早かったし、帰り着くまでに二時間か三時間はかかるだろう。しばらくは、さっきまで自分たちがいた名前も知らない村のありさまが、瞼《まぶた》に浮かんでは消えていった。泥煉瓦の家、哀れを誘う野菜畑、遠く離れた水場。しかし、車の単調なエンジン音とタイヤの音が、子供のころに家族仕様のシヴォレーでシカゴからセントルイスまで行った長い旅を思い出させた。そのとき、タマラは兄の隣りで広い後部席に沈み込み、最後にはときどきうたた寝をしたのだった。

ぐっすりと眠ってしまい、車が急ブレーキを踏んだとたんに何事かと目が覚めた。タブが悪態をつくのが聞こえた――「プタン」。英語の〝くそ《ファック》〟と同じ意味のフランス語だった。前方を見ると、一台のトラックが横向きに止まって道を塞《ふさ》いでいて、それを囲むようにして六人の男が立っていた。全員が軍服と伝統的な衣装を合わせたような奇妙な服装だった。軍服の上を着て頭には被り物をし、軍服のズボンの上から長いローブをまとっていた。

民兵で、全員が銃で武装していた。

アリが仕方なく車を止めた。

「いったい何なの？」タマラは訊いた。

タブが答えた。「政府が非公式道路封鎖と言っているものだよ。退役したり現役だったりする兵士の副業さ」

非公式道路封鎖のことはタマラも聞いていたが、実際に経験するのはこれが初めてだった。「いくら徴収されるの？」

「もうすぐわかるんじゃないかな」

民兵の一人が運転席側のウィンドウへやってきて、猛然と何かを叫んだ。アリはウィンドウを下ろし、現地の言葉で怒鳴り返した。ピートは床に置いていたライフルをつかんだが、膝下に留めた。ウィンドウの向こうにいる民兵が銃を振りかざした。タブは冷静だったが、タマラにはいつ爆発しても不思議はない状況に思われた。軍帽をかぶって穴だらけのデニムのシャツを着た年配の男が、フロントガラスを狙ってライフルを構えた。

ピートが反射的にカービン銃を肩に当てた。

タブが諫《いさ》めた。「落ち着け、ピート」

「こっちから撃ったりはしませんよ」ピートが応えた。

タブが座席の背中越しに手を伸ばし、後部に置いてある段ボール箱からTシャツを取り出して車を降りた。

タマラは不安になって訊いた。「どうするつもり？」

答えはなかった。

タブはそのまま進んでいき、何挺《ちょう》もの銃が彼に向けられた。タマラは握った拳《こぶし》を口に押し当てた。

だが、タブは怖がっているようには見えず、彼の胸にまっすぐ銃口を向けているデニムのシャツの男に近づきつづけた。

そして、アラビア語で言った。「こんにちは、大尉。今日は外国人を連れているんですよ」ガイドか護衛を装っているのだった。「お願いします、通してもらえませんか」そして、車を振り返ると、やはりアラビア語で叫んだ。「撃たないでください！　撃たないで！　彼らは私の兄弟なんです！」そして、英語に切り替えた。「ピート、銃を降ろせ！」

ピートが渋々ライフルの銃床を肩から放し、胸の前で斜めに抱えた。

直後、デニムのシャツの男もライフルを下げた。

タブがTシャツを渡すと、男がそれを広げた。ダークブルーの地に赤と白の縦縞《たてじま》が入っていて、タマラは一瞬考えて見当をつけた。フランスで一番人気のあるサッカー・チーム、〈パリ・サンジェルマン〉のレプリカ・ユニフォームじゃないかしら。

男が破顔した。

タブがなぜあの段ボール箱を持ってきたのか、タマラはずっと不思議だったが、その答えがわかった。

男は古いシャツを脱ぐと、新しいTシャツを頭からかぶった。

空気が変わった。兵士たちが男を取り囲んで羨《うらや》ましそうにTシャツを見ていたが、全員が期待の目をタブに向けた。タブが車に戻ってきてタマラに言った。「タマラ、その箱を取ってくれないか」

タマラは車の後部に手を伸ばして段ボール箱をつかむと、開いている車のドア越しにタブに渡した。タブは全員にTシャツを配った。

兵士は全員が嬉《うれ》しくてたまらないといった様子で、早速着てみる者も何人かいた。

タブはさっき自分が〝大尉〟と呼んだ男と握手をして言った。「では、失礼します《マア・アス・サラーム》」

そして、ほとんど空《から》同然になった段ボール箱を持って車に戻ると、勢いよくドアを閉めて言った。「行こう、アリ。だけど、急ぐなよ」

車はゆっくりと前進した。いまや幸福な無法者どもが幹線道路の縁にあらかじめ造られたルートを手を振って教えてくれ、アリは道を塞いでいるトラックをそれに従って迂回《うかい》することができた。

そして、タイヤがコンクリートで舗装された幹線道路に触れるや否や、アリがアクセルを一杯に踏み込み、車は一散に道路封鎖から遠ざかった。

タブが段ボール箱を後部に戻した。

タマラは長い安堵のため息をつき、タブを見て言った。「あなた、すごくかっこよかったわよ！　怖くなかったの？」

タブが首を横に振った。「あいつらは気が小さくて危険だけど、簡単に人を殺したりはしないんだ」

「そうなのね、いいことを聞いたわ」タマラは言った。

2

四週間前、アブドゥルは二千マイル離れた西アフリカの無法地帯、ギニア‐ビサウ共和国にいた。国際連合が麻薬国家と認定している国である。そこは季節風《モンスーン》を伴う湿気の多い暑いところで、一年の半分は大雨が降り、小雨が降り、蒸していた。アブドゥルがいたのは首都のビサウ、港の見える一部屋しかないアパートだった。エアコンなどあるはずもなく、シャツは汗で肌に張りついていた。

一緒にいるのはフィル・ドイル、二十歳年上のCIA上級局員で、いまはエジプトのカイロに駐在するアメリカ大使館にいて、アブドゥルの任務の責任者だった。

二人とも双眼鏡を覗いていた。部屋は暗かった。見つかったら、拷問され、殺される。外が白みはじめるころになって、ようやく周囲の家具を何とか見分けられるようになった。ソファ、コーヒーテーブル、テレビ。

双眼鏡の焦点はウォーターフロントに合わせられていた。三人の港湾労働者がアーク灯の下、上半身裸で、汗にまみれながら仕事に精を出していた。一つのコンテナから荷を降ろし、特別頑丈に作られているビニール製の大袋を担《かつ》いで、小型ヴァンへ運んでいるのだった。

そこにいるのは自分とドイルだけだとわかってはいたが、アブドゥルはそれでも小声で訊いた。「あの大袋の重さはどのぐらいなんです?」

「二十キロ」ドイルが答えた。歯切れのいいボストン訛りだった。「ほぼ四十五ポンドだ」

「こんな天気に大変だ」

「どんな天気でもだよ」

アブドゥルは眉をひそめた。「あの袋には何と印刷されてるんです? おれには読めないんですが」

「〝警告――危険化学物質〟だ。数か国語で書いてある」

「以前に見たことがあるんですね」

「コロンビアのブエナベントゥラ港を牛耳《ぎゅうじ》っている悪党どもがあのコンテナに大袋を積み込むのを見張り、さらにそれを追跡して大西洋を横断し、ここまできたんだ。ここからがおまえさんの仕事だ」

「あのラベルは間違ってないんじゃないですか。純度の高いコカインは非常に危険な化学物質ですからね」

そのヴァンはフル・サイズのコンテナの中身を全部積み込むには小さすぎたが、アブドゥルの推測では、コカインはその積荷の一部で、隠れ区画に封じ込めてあるのかもしれなかった。

三人の港湾労働者をドレスシャツを着た大男が監督していて、大袋の数を一度数え、もう一度数えることをつづけていた。さらに、黒ずくめの護衛が三人、突撃ライフルを持って位置に着いていた。リムジンが一台、エンジンをかけたまま近くで待機していた。三人の港湾労働者は何分かおきに作業を中断し、大きなプラスティックのボトルに入ったソーダ水を飲んでいた。あいつらは自分たちが扱っている荷物の価値を多少でもわかっているんだろうか、とアブドゥルは考えた。おそらく、知らないはずだ。だが、袋の数を数えている大男はわかっているに違いない。それに、だれだか知らないがリムジンのなかにいるやつも。

ドイルが言った。「あの大袋の三つに、われわれの小型無線発信機が仕込んである。どうして三つかというと、一つが盗まれたり、もう一つが移送から外されたりすることがあった場合に困らないようにするためだ」そして、ポケットから黒い小さな装置を取り出した。「こいつを使って無線発信機を遠隔操作できる。スクリーンに彼我《ひが》の距離と方向が現われる。用がすんだら電源を切るのを忘れるなよ。発信機のバッテリ

「そうだな」

ーを節約する必要があるからな。携帯電話でもできるが、おまえさんは電波の届かないところにも行くことになるだろうから、無線信号でなくちゃ駄目なんだ」

「わかりました」

「充分な距離を保って追跡可能だが、ときとして接近しなくちゃならなくなるはずだ。おまえさんの任務はコカインの移送を請け負っているやつらを特定し、その行先を突き止めることだ。連中はテロリストだし、行先はやつらの隠れ家だ。そこにどのぐらいの数のジハーディがいて、どのぐらいの武装をしているかを知る必要がある。そうでないと、こっちがそこを襲撃して、やつらを掃討するときに、どの程度の反撃があるかがわからないし、こっちにどのぐらいの戦力が必要かがわからないからな」

「心配無用です、しっかり近づいて見てきます」

それから一、二分、沈黙がつづいたあとで、ドイルが言った。「おまえさんの家族は、おまえさんが何をしているか、本当のところは知らないんだろうな」

「家族はいません。両親は死にました。妹もね」アブドゥルは応え、ウォーターフロントを指さした。「作業が終わったようですよ」

港湾労働者がコンテナとトラックの金属のドアを勢いよく閉じた。人に知られることを心配している様子はまるでなく、おそらく袖の下をたっぷり弾《はず》んでいるのだろう、警察を恐れている気配もなかった。みんなが煙草を点《つ》けて一塊《ひとかたまり》になり、談笑しはじめた。護衛も手にしていたライフルを肩に掛け、お喋りの輪に加わった。

リムジンから運転手が姿を現わし、後部席のドアを開けた。背中に金の縫い取りがあるタキシードの下がTシャツという、ナイトクラブへ行こうとしているかのような服装の男が降りてきた。男はドレスシャツの男と言葉を交わし、そのあと、二人は携帯電話を取り出した。

ドイルが言った。「いま、スイスのある銀行からもう一つの銀行へ金が動いているところだ」

「どのぐらいの金額でしょうね？」

「二千万ドルかな」

アブドゥルは仰天した。「おれが思っていたよりはるかにでかいな」

「トリポリへ行ったらその倍の価値になり、ヨーロッパへ行ったらさらに倍の価値になり、通りではそのまたさらに倍の価値になる」

電話が終わり、二人の男は握手をした。タキシードのほうはリムジンに戻り、〝ドバイ免税店〟と英語とアラビア語の文字があるビニール袋を引っ張り出した。帯封でまとめられた紙幣がぎっしり詰まっているようだった。男はその紙幣の束を三人の港湾労働者と三人の護衛それぞれに一つずつ手渡した。全員が笑顔になった。充分過ぎるぐらい充分な報酬を得たということだった。男は最後に車のトランクを開け、それぞれに〈クレオパトラ〉を一カートンずつ与えた――ボーナスだな、とアブドゥルは想像した。

男がリムジンに乗り込んで走り去り、港湾労働者と護衛はどこへともなく立ち去って、コカインを満載したトラックも動き出した。

アブドゥルは言った。「おれも行きます」

ドイルが手を差し出し、アブドゥルと握手をした。

「おまえさんは勇敢な男だな」ドイルが言った。「幸運を祈ってるぞ」

キアはあの白人女性との会話に何日も悩まされた。

ヨーロッパ人女性はみな修道女なのだと、子供のころは想像していた。白人と言えば修道女しか見たことがなかったからだ。初めて出会った普通のフランス人女性は、膝丈《たけ》のドレスを着てストッキングを穿き、ハンドバッグを持っていた。そのときは、お化けでも見たようなショックを受けた。

しかし、いまはもうそういう女性に慣れていたし、タマラは信頼できると本能的に確信していた。彼女はざっくばらんで正直で、狡《ずる》さなど微塵《みじん》も感じさせなかった。

経済的に余裕のあるヨーロッパ人女性は男のする仕事をするし、そのせいで家の掃除をする時間がなく、チャドをはじめとする貧しい国の女をメイドとして雇って家事をさせるのだということも、いまのキアは知っていた。キアは安心した。フランスには自分の役目があり、生きていける生活があり、子供を食べさせる方法がある。ただし、豊かな女性が弁護士や医者になりたがる理由を理解できなかった。どうして自分の子と遊んだり、友だちとお喋りをして暮らさないのだろう？ ヨーロッパ人について知らなくてはならないことはいまもたくさんあった。それでも、一番大事なことはわかっていた。それは飢えているアフリカからの移民を彼らが雇いたがっているという事実だった。

対照的に、人間を密輸している者たちについてタマラが教えてくれたのは、安心とは正反対のことだった。彼女は恐れているように見えた。それがキアを悩ませている原因だった。タマラの話はつじつまが合っていることを否定できなかった。わたしは犯罪者の手に自分を委ねようとしている。でも、わたしをさらってしまえばすむことなのに、そうしないのはなぜなのか？

ちょっとのあいだそういう疑問を考えている横で、ナジは昼寝をしていた。キアは息子を見つめた。コットンのシーツに裸で寝そべり、静かに眠っていて、世話をすることを束の間忘れさせてくれていた。両親よりも、夫よりも、この息子を愛していた。ナジへの想いはほかのすべての想いを圧倒していて、人生は彼に捧げられていると言っても過言ではないほどだった。しかし、愛だけでは充分でない。食べるものと水、灼熱《しゃくねつ》の太陽から柔らかな肌を守る衣服が必要だ。それを与えてやるのがキアの役目なのだ。だが、彼女自身も砂漠で命の危険にさらされることになるはずだった。そして、息子は小さく、弱く、人を疑うことを知らなかった。

助けが必要だ。この危険な旅をつづけることができるとしても、一人では無理だ。味方が一人いたら何とかなるかもしれないけれど。

ナジを見ていると、その目が開いた。大人のようにゆっくりとではなく、いきなり覚醒《かくせい》すると、立ち上がってよちよちとキアのところへやってきて、「レーベン」とせがんだ。ナジは米とバターミルクのこの料理が好物で、キアは昼寝から目を覚ました息子に必ず少し食べさせてやることにしていた。

それを食べさせてやっているあいだに考えて、従兄弟《いとこ》のユスフと話してみることにした。同い年で、二マイルほど離れた隣り村に、妻とナジと同い年の息子と一緒に住んでいた。というわけで、羊を飼っていたのだが、餌《えさ》になる草が不足したせいで大半が死んでしまった。ユスフ自身も貯えが尽きる前に移住することを考えていた。キアは自分が抱えている問題のすべてを打ち明けて相談したかった。ユスフが行くと決めてくれれば、彼の一家と一緒に行動すればいい。そのほうがずっと安全だし安心できる。

ナジに服を着せてやったときには午後も半ばを過ぎていて、太陽も中天を回っていた。キアはナジを腰に乗せて家を出た。体力には自信があったし、ナジを腰に乗せていても、かなりの距離を歩き通す自信はあった。だが、そのかなりの距離がどのぐらいかがよくわからなかった。遅かれ早かれナジを腰から下ろさなくてはならなくなるかもしれず、そうなったら、進む速度は一気に落ちてしまうはずだった。

何分かおきにナジを右の腰から左の腰へ、左の腰から右の腰へと移し替えながら、湖に沿って岸を歩きつづけた。日中の暑さが盛りを過ぎ、人々は仕事を再開していた。漁師は網を修理し、ナイフを研《と》いでいた。子供たちは山羊や羊を追っていた。女たちは昔ながらの壺《つぼ》や大きなプラスティックの容器に水を汲んで運んでいた。

みんなと同じように、キアも湖から目を離さなかった。腹を減らしたジハーディがいつ襲ってきて肉や小麦粉や塩を奪っていくかわからないからだ。ときどきは女の子――特にクリスチャンの女の子――をさらっていくこともあった。キアは鎖で首に懸かっている小さな銀の十字架を服の上から触った。

一時間後、彼女の村と同じような村に着いた。違っているのは、六軒のコンクリートの家が並んでいることだった。いい時代に建てられ、いまはずいぶん傷《いた》んでいたが、それでも人が住んでいた。

ユスフの住まいはキアの住まいと似ていて、泥煉瓦と椰子の葉でできていた。彼女は入口で足を止め、声をかけた。「だれかいる？」

ユスフが彼女の声だと気づいて答えた。「キアだろ、入ってこいよ」

ユスフは胡坐《あぐら》をかいて坐り、自転車のタイヤのパンクを直そうと、内側のゴムチューブにあいた穴につぎをあて、糊付《のりづ》けして塞ごうとしていた。陽気な顔の小男で、そこらの亭主のように威張ったりはしていなかった。その顔に大きな笑みが浮かんだ。キアの顔を見ると喜ぶのが常だった。

妻のアズラは赤ん坊に乳を含ませていた。一応笑顔を見せたが、あまり歓迎しているふうではなかった。細面《ほそおもて》で生気に乏しかったが、近づきにくく見えるのはそれだけが理由ではなかった。実を言うと、ユスフは従姉妹のキアを少しかわいがり過ぎていた。サリムが死んだあと、ユスフは保護者的な雰囲気を漂わせながら、必要以上に頻《ひん》繁《ぱん》にキアの手を握ったり、肩を抱いたりするようになっていた。彼はアズラだけでなく自分とも結婚したがっているのではないかとキアは疑っていたが、たぶんアズラも同じ疑いを抱いているのではないかと思われた。一夫多妻はチャドでは合法で、キリスト教徒であろうとイスラム教徒であろうと、何百万もの女性が複婚状態にあった。

キアはユスフの立居振舞いを助長するようなことは何もしていなかったが、やめさせようともしなかった。実際に保護を必要としていたし、チャドにいる男の血縁者はユスフしかいなかった。いまキアは、この三角形の緊張が自分の計画の邪魔をするのではないかと懸念せざるを得なかった。

ユスフが石の甕《かめ》に貯めてある羊乳を深皿に汲んでキアに薦《すす》めた。キアはそれをナジと分け合った。「先週、ある外国人と話したの」キアはナジが羊乳をすすっている隙を見て口を開いた。「湖が縮んでいることを調べにきたアメリカの白人女性なんだけど、彼女にヨーロッパについて訊いてみたのよ」

「やるじゃないか」ユスフが言った。「それで、どんなことがわかったんだ？」

「人の密輸をしているのは犯罪者で、わたしたちを丸裸にするかもしれないんだって」

ユスフが肩をすくめた。「ここにいてもジハーディに丸裸にされるかもしれないだろう」

アズラが言った。「でも、砂漠のほうが人を丸裸にしやすいわよ。そのあとはそこに放っておけば勝手に死ぬわけだし」

「そうだな」ユスフが応えた。「おれはどこにだって危険はあると言ってるだけだ。だけど、ここに居つづけても、死を待つことにしかならないんじゃないのか？」

ユスフは素っ気《そけ》なくなりはじめていて、それはキアの望むところだった。彼女はこう言って彼の言葉を補強した。「わたしたち、一緒にいるほうがもっと安全よね、五人一緒のほうが」

「もちろんだ」ユスフが同意した。「おれがみんなの面倒をみられるからな」

それはキアの意図するところではなかったが、否定はしなかった。「そうね」ユスフが言った。「三本椰子にハキムという男がいる」三本椰子というのは十マイル離れた小さな町だった。「彼ならイタリアへ連れていってくれるという話だ」

キアの心臓の鼓動が速くなった。ハキムという男のことは知らなかったが、いまの話を聞いて、脱出の可能性が想像以上に大きくなった。先の見通しが突然現実味を帯び、同時に怖さも増した。「わたしが会った白人女性が言ってたけど、イタリアからフランスへ行くのは簡単なんだって」キアは付け加えた。

アズラの赤ん坊のダンナはもうお腹が一杯になっていた。アズラは赤ん坊の顎《あご》を袖で拭いてから立たせてやった。ダンナはよちよちとナジに歩み寄り、並んで遊びはじめた。アズラは小瓶に入った油を少し乳首に塗ってから、着ているものの前を合わせて言った。「そのハキムって人にいくら払わなくちゃならないの？」

ユスフが答えた。「通常は二千アメリカ・ドルだ」

「一人当たり？　それとも、一家族当たり？」アズラが訊いた。

「それはわからない」

「赤ん坊の分も払わなくちゃならないの？」

「席が必要なほど大きいかどうかによるんじゃないかな」

根拠となる事実がないままの議論は意味がなく、キアは焦《じ》れて言った。「わたしが三本椰子へ行って、彼に訊いてみるわ」いずれにせよ、そのハキムという人物を自分の目で見て、彼と話をして、どういう人物なのか感触だけでも得ておきたかった。十マイルなら、一日で往復できる。

アズラが言った。「ナジはわたしが預かるわ。あの子を腰に乗せて往復するのは無理だもの」

たぶんできるだろうし、必要とあらばそうするしかないと思っていたが、キアはこう答えた。「ありがとう、そうしてもらえれば大助かりだわ」お互いの子供を預かることはよくあったし、ナジはここへくるのが大好きだった。ダンナのすることを見て、それを真似るのを楽しんでいた。

ユスフが明るい声で言った。「遠くから歩いてきたんだから、今夜はここに泊まって、明日の朝早く出発するほうがいいんじゃないか」

それは賢明な考えだったが、ユスフはキアと同じ部屋で寝るのが楽しみなのを少しあからさまにし過ぎていて、ちらりとではあったがアズラの眉間《みけん》に不快の皺《しわ》が寄るのをキアは見逃さなかった。「ありがとう、でも、帰らなくちゃならないのよ」キアは機転を利かせて言った。「だけど、ナジは明日の朝一番に連れてくるわ」そして、腰を上げ、ナジを抱き上げた。「羊乳をご馳走さま。明日まで神があなたたちとともにありますように」

チャドの給油のための停車はアメリカより時間がかかった。人々も乗り降りしたり、車を道路に戻したりするのに、そんなに急ぐ様子がなかった。タイヤの状態を調べ、エンジンにオイルを足し、ラジエーターに給水する。とにかく用心する必要があった。路肩の補修が終わるまで何日も待たされる可能性があった。ガソリンスタンドは社交の場だった。ドライヴァーは互いに話をしたり、店主に尋ねたりして、道路封鎖があるかどうか、軍用車両の車列がありそうか、ジハーディが出没しそうか、砂嵐《すなあらし》がきそうか、様々な情報を収集していた。

アブドゥルとタマラはンジャメナとチャド湖のあいだの道路で待ち合わせることになっていた。アブドゥルは砂漠に向かう前に、もう一度彼女と話しておきたかったが、できることなら電話を使いたくなかったし、メールのやりとりもしたくなかった。

アブドゥルはタマラより早くガソリンスタンドに到着し、〈クレオパトラ〉を何カートンか店主に売った。自分の車のボンネットを開けてフロントガラス除染水タンクに注水しているとき、一台の車が入ってきた。運転しているのは現地人だったが、助手席にタマラの姿があった。この国では、大使館職員が一人で旅をすることは決してなく、女性なら尚更だった。

一見しただけなら現地の女性で通用するかもしれないなと、アブドゥルは車から降りてくるタマラを見て思った。髪は黒く、目は茶色で、長袖の服を着てズボンを穿き、スカーフで頭を覆っていた。それでも、注意深い観察者なら、その確固たる歩き方、正面から見据える視線、対等な声のかけ方から、アメリカ人だと見抜くはずだった。アブドゥルは微笑した。彼女は美人で魅力的だった。彼女への興味はロマンティックなものではなかった――ロマンスでは二年前にしたたかな目にあっていて、その痛手から立ち直ることができないでいた――が、彼女の生の喜び《ジョワ・ド・ヴィーヴル》は好もしかった。アブドゥルは周囲を見回した。事務所は泥煉瓦造りの小屋で、店主が食べ物と水を売っていた。ピックアップ・トラックが出ていくところだった。ほかにだれもいなかった。

それでも、アブドゥルとタマラは危険を冒すのを避けて、見知らぬ二人を装った。彼女の運転手が給油しているあいだ、タマラはアブドゥルに背を向けたまま小声で言った。「わたしたちは昨日、あなたがニジェールで見つけた宿営地を急襲し、勝利した。宿営地を破壊し、大量の武器を捕獲して、捕虜を尋問しているところよ」

「そのなかにアル‐ファラビはいたか？」

「いいえ」

「では、あの宿営地はフフラではなかったわけだ」

「捕虜はあそこをアル‐ブスタンと呼んでいるわ」

「〝庭〟という意味だな」アブドゥルが翻訳した。

「それでも大手柄だわ、あなた、時の人《ヒーロー・オブ・ジ・アワー》よ」

アブドゥルはヒーローに興味はなかった。さらに先を見ていた。「戦術を変える必要があるな」彼は言った。

「そうね……」タマラが曖昧《あいまい》に応じた。

「ぼくが目立たないでいつづけることが難しくなりつつある。これからのルートは北へ向かってサハラをトリポリへと突っ切り、トリポリから地中海を渡ってヨーロッパのナイトクラブへ行きつく。ここから沿岸までは大半が剝《む》き出しの砂漠で、交通量はないも同然だ」

タマラはうなずいた。「だとしたら、運転手があなたに気づきやすくなるものね」

「ここがどんなところか、きみも知ってるだろう。煙もなければ、靄《もや》もかからない、大気汚染もない。天気のいい日なら何マイルも向こうまで見渡せる。それに加えて、荷を積んだ車と同じオアシスで一晩過ごさなくちゃならない――砂漠では選択の余地がないんだ。そういうところの大半は隠れようにも隠れるところがないぐらい狭い。見つかりに行くようなものだ」

「それは問題ね」タマラが心配そうに言った。

「幸いなことに、解決策が向こうからやってきてくれた。二日前に荷物の移送が再開されたんだが、今回はその荷物が不法移民を乗せたバスへ移されている。これは珍しいことじゃない――二種類の密輸をうまくまとめて一つにしたら、両方が儲かるわけだからな」

「それでも、不審に思われることなくその車を追跡するのは難しいんじゃないの？」

「だから、ぼくがそのバスに乗るんだよ」

「移民になりすまして旅をするの？」

「それがぼくの計画だ」

「うまいことを考えたわね」タマラは言った。

フィル・ドイルやＣＩＡ上層部がこの計画をどう受け取るか、アブドゥルはよくわからなかった。だが、彼らにできることはほとんどなく、第一線の工作員は自分が最善だと考える行動をとるしかなかった。

タマラが実際的な質問をした。「いま乗っている車と煙草はどうするの？」

「売るよ」アブドゥルは答えた。「煙草売りの商売を引き継ぎたいやつは必ずいるだろうし、ぼくも高く売りつけようとは思っていないから」

「あなたの代わりに売ってあげることもできるわよ」

「いや、結構だ。ぼくが自分で売るほうがいい。そうすれば、煙草売りだったってことにしつづけられるし、人を密輸する連中に払う金をどうやって得たかの説明にもなる。隠れ蓑《みの》を補強できるというわけだ」

「なるほど、確かにそうね」

「それに、もう一つ」アブドゥルは言った。「実は多少偶然の気味はあるけれども、役に立つ人材に出くわした。カメルーンのクーセリ——ンジャメナから橋を渡ってすぐのところだ——にいる、幻滅したテロリストだ。内情に通じていて、情報を提供すると言ってくれている。きみたちのほうから接触してみたらどうだ？」

タマラが訊いた。「幻滅した、とは？」

「理想主義の若者で、無意味な殺戮《さつりく》をあまりに多く目《ま》の当たりにしたために、もはや聖戦《ジハド》を信じられなくなったらしい。彼の名前を知る必要はないが、自分ではハロウンと名乗っている」

「接触する方法は？」

「彼のほうから連絡がある。メッセージは数字で伝えられる。たとえば、八キロメートルとか十五ドルといったようにだ。そして、その数字が会いたい時間を意味している。二十四時間表示だから、十五ドルは十五時、すなわち、午後三時。最初の待ち合わせ場所は、大市場《ル・グラン・マルシエ》だ」タマラはそこを知っていた——知らない者はいない、首都の中央市場である。「一回目に会ったときに、二回目の待ち合わせ場所を決めるんだ」

「あの市場はとても広いし」タマラが言った。「あらゆる人種の人たちが大勢集まっているじゃない。どうやってお互いを見分けるの？」

アブドゥルはガラビアの下からオレンジ色の円をちりばめた特徴的な模様の青いスカーフを取り出した。「これを着けていればいい。彼のほうで見つけてくれる」

タマラがスカーフを受け取って言った。「ありがとう」

「どういたしまして」アブドゥルはアル・ブスタンの攻撃に話題を戻した。「捕虜にはアル・ファラビについての尋問をしているんだよな？」

「全員にしているけど、実際にその姿を見たと言っているのは一人だけね。いつもの人相書きで確認したわ——白いものが増えて灰色に見える髪、黒い鬚、切断された親指。その捕虜はマリのグループの一員で、アル・ファラビの訓練を受けて地雷の作り方を覚えたんですって」

アブドゥルはうなずいた。「残念ながら、信憑性《しんぴょうせい》は高いな。われわれのわずかな知識によれば、アル・ファラビはアフリカのジハド勢力を糾合《きゅうごう》することに興味はないようだ。そいつらを閉鎖的で後先考えないグループだと見なしているのかもしれないが、その見立てはたぶん正しい。だが、もっと効率的にもっと多くの人間を殺す方法を教えたがってはいる。アフガニスタンで技術的な専門知識を得て、いまはそれを分け与えようとしている。だから、そういう連中の訓練もするし、教えもしているというわけだ」

「頭のいい、やり手じゃないの」

アブドゥルは苦い声で応えた。「だから、捕まえられないんだ」

「ずっと隠れてはいさせないわ」

「是非ともそうであってくれるといいんだがね」

タマラがアブドゥルに向き直り、何かを理解しようとするかのように見つめた。

アブドゥルは訊いた。「何だ？」

「あなた、これを本気でやってるわよね」

「きみはそうじゃないのか？」

「あなたほどではないかもしれないわ」タマラは相手の視線を受け止めた。「あなた、何かあったんでしょう。何があったの？」

「そういえば、教えてもらってたな」アブドゥルが答えたが、その顔には優しい笑みが浮かんでいた。「きみは無遠慮なところがあるとね」

「ごめんなさい」タマラは謝った。「相手の個人的なことに立ち入り過ぎると言われてはいるわね。怒ってない？」

「この程度じゃ腹なんか立てないさ」アブドゥルはボンネットを閉めながら言った。

「支払いをしてくる」

そして、事務所代わりの小屋へと歩きだした。タマラは正しかった。アブドゥルにとって、これは仕事ではなくて任務だった。アル・ブスタンの情報を手に入れたいま、ISGSにダメージを与えるだけでは、彼は満足していない。掃討してしまいたいのだ。しかも、完璧《かんぺき》に。

ガソリン代を払うと、店主が冗談のように言った。「煙草はいらないか？　恐ろしく安いぜ！」

「煙草はやらないんだ」アブドゥルは断わった。

タマラの運転手が入ってくるのと入れ違いに事務所を出て車に戻ると、束の間タマラと二人だけになった。彼女はいい質問をしたな、と彼は思った。答えてやる価値はある。

「妹が殺されたんだ」彼は言った。

彼は六歳だった。自分はほとんど大人で、四歳の妹はまだ赤ん坊だと思っていた。当時、知っている世界はベイルートだけだった。暑く、埃《ほこり》っぽく、車が多く、爆弾で破壊された建物の瓦礫《がれき》が通りに散乱していた。ベイルートは普通ではない、大半の人々の暮らしはこうではないとわかったのは、もっと後になってからだった。

一家はカフェの上のアパートに住んでいた。建物の奥の寝室で、アブドゥルは妹のヌラに読み書きを教えていた。二人は床に直《じか》に坐っていた。彼女は彼の知っていることをすべて知りたがった。そして、彼は彼女を教えるのを気に入っていた。自分が賢くて大人になった気にさせてくれるからだった。

両親は居間にいた。そこは建物の表側で、通りに面していた。祖父母はコーヒーを飲みにやってきていて、二人の叔父と一人の叔母も姿を見せていた。アブドゥルの父親はカフェの菓子職人で、客のためにハラウェット・エル・ジブン――スウィート・チーズ・ロール――を作っていた。アブドゥルはもう二切れ食べてしまい、母にたしなめられていた。「もうよしなさい、具合が悪くなるわよ」

というわけで、そのロールケーキをもう少しもらってくるようヌラをけしかけた。いつでも兄を喜ばせたい妹は、急いで寝室をあとにした。

そのとき、アブドゥルがこれまで聞いたことのないほど大きな音が轟《とどろ》いたと思うと、直後に世界が完全に静まり返った。耳がどうかしてしまったかのようで、アブドゥルは泣き出した。

居間に駆け込むと、そこは見たことのない場所になっていた。外壁全体が消えてしまって部屋が外気にさらされていることを理解するのに、しばらく時間がかかった。埃と血の臭《にお》いが充満していた。大人たちの何人かが泣き叫んでいるようだったが、声は出ていなかった。実際、音はまったくなかった。ほかの者は床に倒れて動かなかった。

ヌラも身じろぎ一つしないまま横たわっていた。

どうして妹がそうなってしまっているのか、アブドゥルは理解できなかった。膝を突き、腕を取ってみたが、だらりと力が抜けたままだった。目を開けたまま寝ることはないだろうと思いながらも、起こしてやろうと揺すってみた。「ヌラ」アブドゥルは声をかけた。「起きろ、ヌラ」かすかだったが、自分の声が聞こえた。耳が元に戻りはじめているに違いなかった。

不意に母が現われ、掬うようにしてヌラを抱き上げた。直後、よく知っている父の手がアブドゥルを持ち上げた。両親はわが子を寝室へ運び、それぞれのベッドにそうっと下ろした。

父が言った。「アブドゥル、気分はどうだ？　どこか痛くないか？」

アブドゥルは首を横に振った。

「怪我《けが》はないか？」父は注意深く息子を目で検めて安堵の表情を浮かべると、次いで母に視線を移し、まったく動く様子のないヌラを二人して見つめた。

母が言った。「息をしてないんじゃないの？」そして、すすり泣きを始めた。

アブドゥルは訊いた。「ヌラはどうしちゃったの？」甲高《かんだか》い金切り声にしかならなかった。とても怖かったが、何に怯えているのかはわからなかった。「しゃべらないけど、目を開けてるよ！」

父が息子を抱きしめた。「ああ、アブドゥル、愛しいわが子。おまえの妹は死んでしまったんだ」

あれが自動車爆弾だったことを、アブドゥルは何年も経《た》ってから知った。その車は居間の窓のすぐ前の路肩に駐まっていた。標的はカフェだった。アメリカ人が贔屓《ひいき》にしていて、甘いケーキに人気があった。アブドゥルの一家は巻き添えを食ったということだった。

犯人は捕まらなかった。

一家は苦労してアメリカへ渡った。そこは難しかったが、可能性が皆無ではなかった。父の従兄弟がニューアークでレバノン料理の店をやっていて、父はその店で仕事をすることになった。気候は想像もしなかったほど寒く、アブドゥルはマフラーをしっかり巻きつけてその寒さに耐えながら、黄色いスクールバスで学校へ通った。だれの言葉も一言も理解できないことがわかったが、アメリカ人は子供に親切で、アブドゥルを助けてくれた。そのおかげで、すぐに両親より英語がうまくなった。

妹が新しくできるかもしれないと母は言ったが、何年経っても実現しなかった。アメリカはベイルートとそんなに違わないように見えた。交通渋滞もあったし、アパートが建ち並んでいたし、カフェもあれば警官もいた。

しかし、サハラは実際にまったくの別世界、未知の景色だった。棘《とげ》だらけの藪が強烈な陽に焼かれ、剝き出しの地面で渇死しようとしていた。

三本椰子は小さな町で、モスクと教会が一つずつ、修理工場付きのガソリンスタンドが一軒、商店が六軒あるだけだった。看板や標識はどれもアラビア語で、例外は〝エグリーズ・ド・サン・ピエール〟というフランス語だけだった。聖ペトロ教会、である。砂漠の村には通りがなかったが、ここでは窓のない家が条分かれする形で並んで建てられていて、その外壁に沿って道路を曲がると通りに入ることができた。通りは狭かったが、両側に車が駐まっていた。中心部ではガソリンスタンドの隣りにカフェがあり、男たちがそのカフェの異常に背の高い扇状葉の椰子の木の陰に坐って、コーヒーを飲んだり煙草を喫《す》ったりしていた。町の名前はこの椰子の木に因んでいるんだろう、とアブドゥルは推測した。カウンターは家の前の応急の差し掛け屋根の下にあったが、椰子の葉で葺いたその屋根は、ざっと枝を落としただけの細い木材でおぼつかなげに支えられていた。

アブドゥルは車を駐《と》めると、追跡装置を確認した。コカインの積荷はいまも移動しておらず、彼が立っているところから数ヤードのところにとどまっていた。

車を降りると、コーヒーの匂いがした。トランクから〈クレオパトラ〉を何カートンか取り出し、セールスマン・モードに切り替えてカフェへ向かった。

小分けして何箱か売っていると、豊かな髭を蓄えた肥満した店主が現われて文句を言った。アブドゥルは持ち前の魅力で店主を籠絡《ろうらく》し、一カートン買わせて、コーヒーを一杯持ってこさせた。そして椰子の木の下のテーブルに坐り、すでに砂糖を入れてあるにもかかわらず濃くて苦いコーヒーをすすりながら言った。「ハキムという男に話があるんですが、知ってますか？」

「どこにでもある名前だな」店主は曖昧な言い方をしたが、隣りのガレージへ反射的に目をやったのが無言の答えになった。

アブドゥルは言った。「とても尊敬されている人物なんですよ」それは〝重要な犯罪者〟という意味の暗号だった。

「ちょっと当たってみてやろう」

二分ほどして、店主はゆっくりと、あんまり自信はないがというようないい加減な雰囲気を漂わせながら、修理工場のほうへ歩いていった。それから間もなくして、肥った若い男がそこから姿を現わし、アブドゥルのほうへ歩いてきた。足を広げ、蟹股《がにまた》で、腹を突き出し、後ろへのけぞるという、妊婦のような歩き方だった。髪はカールして黒く、鼻の下にうっすらと髭らしきものが見えるだけで、顎も頬もつるんとしていた。着ているのは西側ヨーロッパの運動着——特大の緑のポロシャツに、汚れた灰色のジョギングパンツ——だったが、首にはヴードゥーのネックレスがあった。ランニングシューズを履いていたが、何年も走ったことはなさそうだった。声が届く距離になると、アブドゥルは笑顔を作り、通常価格の半値でどうだと〈クレオパトラ〉を差し出した。

男はそれを無視して言った。「人を探してるわけだ」それは断定で、質問ではなかった。こういう男は自分に知らないことがあるのを認めるのを嫌うものだった。

アブドゥルは言った。「あなたがハキム?」

「彼に用があるんだな」

こいつがハキムだ、とアブドゥルは確信した。「まあ、坐って。友好的にやろうじゃないですか」しかし、ハキムは肥満した毒蜘蛛《タランチユラ》のように友好的だった。

たぶんコーヒーを持ってこいということだろう、ハキムが店主に手を振り、そのあと、黙ってアブドゥルのテーブルに腰を下ろした。

アブドゥルは言った。「煙草を売って、多少の金ができたんです」

ハキムは無反応だった。

アブドゥルはつづけた。「ヨーロッパで暮らしたいんですよ」

ハキムがうなずいた。「金はあるわけだ」

「ヨーロッパまでいくらかかるんでしょうね?」

「一人当たり二千アメリカ・ドルだ。バスに乗るときに半分、リビアへ着いたときに半分」

週給の平均が十五ドルの国では大金だった。ちょっと値引き交渉をする振りをしなくちゃならないな、とアブドゥルは思った。「結構大きな金じゃないですか、払えるかな?」

ハキムがアブドゥルの車のほうへ首を振った。「あれを売れよ」

あらかじめアブドゥルの車を値踏みしていたのだった。店主が教えたに違いなかった。「もちろん、出発前に売るつもりです」アブドゥルは言った。「だけど、あの車を買うために借りた金を、兄貴に返さなくちゃならないんです」

「運賃は二千だからな」

「だけど、リビアはヨーロッパじゃない。最終支払いは最終目的地へ着いてからが普通でしょう」

「そんなことをしたら、払うやつなんかいないんじゃないのか? そのまま逃げるに決まってる」

「それはまずいですね」

「これは交渉じゃない。おれを信用するか、さもなければ、いま居るところに居つづけるんだな」

アブドゥルは危うく笑ってしまいそうになった。ハキムを信用するだって?「わかった、いいでしょう」アブドゥルは言った。「だけど、リビアまで乗っていく車を見せてもらえませんか?」

ハキムはためらっていたが、やがて肩をすくめ、何も言わずに腰を上げると修理工場のほうへ歩き出した。

アブドゥルはあとにつづいた。

小さなサイド・ドアからなかに入ると、透明なプラスティックの天窓から明かりが射し込んでいた。壁に工具が掛けられ、奥行きのある棚に新品のタイヤが積まれていて、エンジン・オイルの臭いがした。片隅で、ガラビアとヘッドスカーフの二人の男が、煙草を喫いながら退屈そうにテレビを観ていた。近くのテーブルに、突撃ライフルが二挺置いてあった。二人はちらりと目を上げてハキムを見たが、すぐにテレビの画面へ目を戻した。

ハキムが言った。「おれの警備員だ。ガソリンを盗もうとするやつがいるんでな」

二人は警備員ではなくてジハーディだろう、とアブドゥルは見当をつけた。それに、あの無頓着《むとんじやく》な態度からして、ハキムの手下ではあり得ない。

アブドゥルは依然として役に徹し、明るい声で訊いた。「煙草を買いませんか、半値ですよ? 〈クレオパトラ〉ですけど?」

二人は返事もしなかったし、見向きもしなかった。

修理工場のガレージの大部分はメルセデスの小型バスに占拠されていた。四十人ほど乗れそうだったが、安心していられそうには見えなかった。大昔にはスカイブルーだったはずだが、いまはその明るい色のところどころに赤い錆が浮いていた。スペア・タイヤが二本、屋根に括《くく》りつけてあったが、どちらも新品ではなかった。窓のほとんどにガラスがはまっていなかった。わざとそうしているのかもしれなかった。風が吹き込んでくれるほうがまだしも涼しいはずだった。なかを覗くと、座席は擦り切れて染みだらけで、ところどころ破れていた。フロントガラスは無事だったが、陽射しをさえぎるはずの運転席のシェードは留め具が緩んでだらりとぶら下がっていた。

アブドゥルは言った。「トリポリまでどのぐらいかかるんです、ハキム？」

「着いたらわかる」

「わからないんですか？」

「教えないことにしてるんだ。遅れは必ず出る。そうなると、がっかりしたり、腹を立てたりすることになるからな。着いたときに驚いたり喜んだりするほうがいいだろ？」

「料金には道中の食料や水の代金も含まれているんですか？」

「必需品は提供する。宿泊所のベッドを含めてな。ただし、贅沢品《ぜいたく》は別料金だ」

「砂漠の真ん中で手に入る贅沢品って、どんなものなんです？」

「そのうちわかる」

アブドゥルは二人のジハーディへ顎をしゃくった。「彼らも同行するんですか？」

「おれたちを護ってくれるんだよ」

コカインも、だろう。「どういうルートを通るんです？」

「訊きすぎだぞ」

確かに踏み込み過ぎているかもしれなかった。「申し訳ない。だけど、いつ出発するのか、それは教えてもらわないと」

「十日後だ」

「ずいぶん先ですね、どうしてそんなに遅れるんです？」

「色々と問題が出てきてるんだよ」ハキムの機嫌が悪くなりはじめた。「だからどうだというんだ？　おまえには関係ないことだろう。当日に金を持ってここへくればいいんだから」

問題というのはアル - ブスタンが攻撃されたことと関係があるな、とアブドゥルは推測した。指導的な立場の者たちが殺されるか負傷するかして、ほかのジハーディの活動に混乱が生じた可能性がある。「確かに、私に関係のあることじゃありません」

彼は穏やかに応えた。

ハキムが言った。「荷物は一人に一つだ。例外は認めない」

アブドゥルはバスを指さした。「ああいう乗り物には普通、車内の荷物棚のほかに、荷物収納庫が備わっているんじゃないですか？」

ハキムがついに腹を立てて繰り返した。「荷物は一人に一つだ！」

なるほど、とアブドゥルは納得した――荷物収納庫はコカイン用か。

「わかりました」彼は言った。「十日後にまたきます」

「朝一番だぞ！」

アブドゥルは修理工場を出た。

ハキムはニュージャージーのマフィアを思い出させた。短気で、偉そうで、愚かだ。アメリカのギャング同様、頭を使うのではなく暴力をちらつかせて脅し、大声で怒鳴り散らす。まあ、考える頭がないのだから仕方がないか。そう言えば、同級生でも最悪の連中がああいう世界へ流れ込んでいったっけ。ああいう連中の扱い方はよくわかっているが、あまり自信ありげに見えるのは禁物だ、役を演じつづけなくてはならない。

それに、ハキムは馬鹿かもしれないが、警備員は油断できない。

アブドゥルは自分の車に戻るとトランクを開け、売れ残った煙草をそこに戻した。ここでの今日の仕事は終わりだった。別の町か村へ移動し、正体がばれないようにするためにそこでもう少し煙草を売って、そのあと一晩過ごすところを見つけることにした。ホテルはないだろうが、金さえ出せば見知らぬ人間でも泊める者はいたし、それは珍しいことではなかった。

トランクを閉めたとき、知っている顔が見えた。以前、タマラとタブと待ち合わせた村で見た女性だった。実はあのとき、タマラは彼女の家から出てきたのだった。何よりも彼女を憶えていた理由は、美しい顔をさらに引き立たせている弧を描いた鼻梁《びりょう》が印象的だったからだ。いま、その彫りの深い顔にはわずかながら疲れが見て取れ、ビニールのビーチサンダルを履いた形のいい脚は埃にまみれて、自分の村からここまで十マイルほどの距離を歩いてきたに違いなかった。そこまでする用件とは何だろう、とアブドゥルは訝った。

彼は顔をそむけた。目を合わせたくなかった。それは反射的なものだった。潜入工作員は友だちを作りたがらない。ほんの顔見知り程度に留めておかなくてはならず、何であれそれ以上に深い関係になると、相手から危険な質問をされる恐れがあった。出身はどこ？　家族は？　チャドで何をしているの？　そういう質問に対して嘘《うそ》をつかなくてはならず、嘘はばれる可能性がある。安全でありつづけるための唯一の方法が、友だちを作らないことだった。

だが、彼女のほうがアブドゥルに気がついて声をかけてきた。「こんにちは《マルハバ》」会ったことが明らかに嬉しそうだった。

無視したらかえって人目を引くことになりそうなので、アブドゥルは形式ばった返事を返した。「平安があなたと主にありますように《サラモ・アライキ》」

彼女と話をしようと足を止めた彼女から、かすかにシナモンとターメリックの匂いがした。うっとりするような魅惑的な笑みが顔いっぱいに広がり、アブドゥルはどきっとした。弧を描いている鼻梁は高貴だった。アメリカの白人女性ならそういう鼻を気にして、経済的に余裕があれば整形手術をして直してしまうんだろうが、とアブドゥルは思った。この女性の場合はとてもよく似合っている。

彼女が言った。「煙草を売っているんですよね。村へきたでしょう。わたし、キアと言います」

アブドゥルは彼女を見つめたいという衝動を抑え込み、素っ気なく応えた。「そろそろ発《た》つところなんです」そして、車のドアに手を伸ばした。

彼女はそんなにがっかりした様子もなく訊いた。「ハキムという男性《ひと》をご存じないですか？」

アブドゥルはドアを開けようとした手を止めて彼女を見直した。疲れは上辺《うわべ》に過ぎないようだった。髪を包んでいるスカーフの下から彼を見ている黒い瞳に、強い意志と目的が宿っているように見えた。「彼にどんな用なんですか？」

「ヨーロッパへ行く人の手助けをしてもらえると聞いてきたんです」

こんな若い女性がどうしてこんなことを訊くのか？　そもそも金はあるのだろうか？　アブドゥルは愚かな女に助言を与える男の口調になって言った。「そういうことはご主人に任せたらどうです？」

「主人は死にました。父もそうです。兄弟はスーダンにいます」

なるほど、そういうことか。彼女は近くに頼るべき男性のいない寡婦なんだ。それに、子供が一人いたな。何でもないときなら再婚しているはずで、彼女ほど愛らしければ尚更だろうが、チャド湖が小さくなりはじめているいま、子連れの女性を引き受けたがる男はいないのだろう。

彼女の勇敢さは称えるにやぶさかでないが、残念ながらハキムと関わったらもっとひどい目にあう恐れがある。彼女はあまりに無防備だし、ハキムなら有り金を巻き上げたあげくに騙すことだって充分にあり得る。アブドゥルは放っておけないような気がしはじめた。

いや、やはりおれの知ったことじゃない、馬鹿なことはするな、と彼は自分を戒めた。不幸な寡婦に力を貸すことはできない。たとえ彼女が若くて美しくても――いや、若くて美しければ尚更だ。というわけで、アブドゥルは修理工場を指さし、こう言うにとどめた。「あそこにいますよ」そして車に向き直り、ドアを開けた。

「ありがとうございます、あの、もう一つ訊いてもいいですか？」彼女は簡単に解放してくれず、アブドゥルがうんと言う前に質問を発した。「料金はいくらか、ご存じですか？」

アブドゥルは答えたくなかったし、関わり合いになりたくなかったが、彼女の窮状を無視はできなかった。彼はため息をつき、彼女を助けたいという思いに屈して、ささやかな役に立つ情報を与えることぐらいはしてやろうと決めた。そして、彼女に向き直って言った。「二千アメリカ・ドルです」

「ありがとうございます」彼女が言ったが、すでに知っていることを確認しただけというような感じだった。その金額を聞いても落胆したようでないのが、アブドゥルには意外だった。やはり、金はあるということか。

彼は付け加えた。「出発のときに半分、リビアに着いたときに半分です」

「そうですか」彼女は考える様子を見せた。分割払いのことは知らないようだった。「食料と水、宿泊に関しては料金に含まれているそうですが、贅沢品は別に金がかかるとのことです。私が知っているのはこれで全部です」

彼女が言った。「ご親切、本当に感謝します」そして、またあの笑顔を作ったが、今回はかすかだが勝利の気配が口元に感じられた。アブドゥルは気がついた――この会話は最初から最後まで、おれの意志に反して彼女に主導権を握られていた。のみならず、必要な情報を苦もなくおれから引き出してしまったじゃないか。おれの負けだなと恨めしく思いながら、アブドゥルは背を向けた。いやはや。

そして、運転席に乗り込み、ドアを閉めた。

エンジンをかけて目を上げると、彼女は椰子の木の下のテーブルのあいだを通り抜け、ガソリンスタンドを突っ切って、修理工場へ向かっていた。

彼女は十日後に出るバスに乗るんだろうか、とアブドゥルは気になった。

そのあと、ギアを入れて車を出した。


理由はわからないけれども、あの煙草売りは明らかにわたしと関わるのを避けようとしていたし、振舞いも言葉遣いも素っ気なかった。だけど、実は優しくて、わたしの訊いたことに答えてくれた。ハキムの居場所も、バスの料金も、二度の分割払いでいいこともわかった。まったく何もわからないでいたこれまでより、いまは自信が増したような気がする。

でも、よくわからない人だった。わたしの村にきたときは、お喋りで、おべっかも使えば冗談も言い、嘘もついて財布の紐を緩めさせようとする、典型的な行商人に見えた。でも、今日はそういう快活さはこれっぽっちもなかった。村にいたときは演技をしていたに違いない。

キアはガソリンスタンドの奥の修理工場へと歩いていった。前に車が三台駐まっていた。おそらく修理中なのだろうが、一台は修理不可能のように見えた。溝が消えかかった古タイヤがピラミッド状に積み上げられていて、建物のサイド・ドアが開けっぱなしになっていた。なかを覗くと、窓にガラスのない小型のバスが見えた。これがわたしたちを乗せて砂漠を横断する車なの？　キアは恐怖に襲われた。旅は長いのよ、わたしたち、死ぬかもしれないじゃない。パンクでもしたら命取りになる可能性だってある。考えるだけでも頭が変になるに違いない。

西ヨーロッパ風の汚ない服を着た、肥った若い男がだらしなく坐っていた。グリグリのネックレスをしていて、ビーズと石でできているそれのいくつかには宗教的な、あるいは呪術的な言葉が彫られているはずで、邪悪なものから自分を護ってくれ、敵に災いをもたらすことになっていた。

男が強欲な顔で上から下までキアを見て、にやりと笑って言った。「この天使のように見えるもののために、おれは何をすればいいのかな？」

この男を相手にするには用心しなくてはならない、とキアはすぐにわかった。こんなに見た目の印象が悪いのに、女は自分に抵抗できないと思っているのが明らかだった。キアは湧《わ》き上がった侮蔑《ぶべつ》を隠して丁寧な口調で訊いた。「ハキムという紳士を探しているのですけど、もしかしてあなたでしょうか？」

「そうだ、おれがハキムだ」男が誇らしげに認めた。「それから、これは全部おれのものだ――ガソリンスタンドも、修理工場も、このバスもな」

キアはバスを指さした。「あれで砂漠を横断するんですか？」

「いい車だぞ。点検修理が終わったばかりで、状態は完璧だ」ハキムが答え、目を細くして訊いた。「どうして砂漠のことなんか訊くんだ？」

「わたしは寡婦で、ここでは生きる術《すべ》がないんです。だから、ヨーロッパへ行きたいと思って」

ハキムがいきなり優しくなった。「おれが面倒を見てやってもいいんだぜ、可愛い子ちゃん」そして、キアの肩に腕を回した。ハキムの腋《わき》から嫌な臭いが漂ってきた。

「おれを信用すればいいんだ」

キアは後ずさり、ハキムの腕をどかした。「従兄弟のユスフが一緒なんです」

「素晴らしい」ハキムは言ったが、顔には落胆が現われていた。

「料金はいくらなんでしょう？」

「金はあるのか？」

「ありません」キアは嘘をついた。「でも、借りられるかもしれないんです」

ハキムはその言葉を信じなかった。「料金は四千アメリカ・ドルだ。席を確保したければ、いまここで半分払ってもらわなくちゃならんな」

こいつ、わたしを見くびってるわね、とキアは思った。

そう感じるのは初めてのことではなかった。舟を売ろうとしていたとき、何人かの男はただ同然で買おうとした。だが、申し出られた買取金額がいかに小さくても、にべもなく一蹴《いっしゅう》するのは間違いだとすぐに気がついた。女から邪険な断わり方をされたら気を悪くし、腹を立てて交渉の席を立ってしまうかもしれない。

というわけで、キアはこういう言い方をした。「残念だけど、いまはお金を持っていないんです」

「だったら、置き去りってことになるかもしれんな」

「普通は料金は二千ドルだって、ユスフはそう言っていたんですけど」

ハキムの機嫌が悪くなった。「だったら、おれじゃなくて、そのユスフとかいう従兄弟にトリポリへ連れていってもらったらどうだ。何でも知ってるみたいじゃないか」

「夫が死んでしまったいまは、ユスフが一族の長なんです。わたしは彼の言うことを聞かなくちゃならないんです」

それはハキムには自明のことだった。「そんなのは当たり前だ」彼は認めた。「彼は男なんだから」

「出発日を聞いてくるよう言われているんです」

「十日後の夜明けだ」

「ユスフの奥さんを入れて、大人が三人です」

「子供はいないのか？」

「わたしには二歳の息子がいて、ユスフのところには息子と同い年の娘がいるんですけど、子供たちの席は必要ありません」

「席が必要ない子供の料金は半額だ」

「それは無理です」キアはきっぱりと言い、あたかも立ち去ろうとするかのように何歩か後ずさった。「時間を無駄にさせてしまってすみません。一族全員に頼んでかき集めれば六千ドルは作れるかもしれないけど、そのために一族のみんなが一切合財《いっさいがっさい》を売り払うことになってしまいます」

六千ドルが消えようとしているのを見て、ハキムが幾分か態度を軟化させた。「そいつは残念だな」彼は言った。「だが、ともかく十日後の出発時間にきてみたらどうだ？　満席でなかったら、特別料金を設定するかもしれんからな」

これ以上の譲歩は望めそうになく、キアはそれを受け容れるしかなかった。

当然のことだが、ハキムは座席を全部埋めて、料金の最大額を手にしたがるはずだ。四十人が乗れば、その金額は八万ドルになり、八万ドルと言えば大金だ。ハキムはそれだけの大金をどう使うのだろう？　でも、たぶん独り占めはできないのではないか。たぶん組織の一員でしかないはずだ。

キアはハキムの条件を受け容れるしかなかった。彼のほうが立場が強かった。「わかりました」彼女は応え、ただの女のように振る舞わなくてはならないのを思い出して付け加えた。「ありがとうございます」

必要な情報は集めることができた。キアは修理工場を出ると、村への帰途に就いた。ふたたび長い道のりを歩かなくてはならなかった。

ハキムという人物に特に驚きはしなかったが、彼との会話は落胆せざるを得なかった。明らかにすべての女性を下に見ていたが、それは珍しいことではない。でも、あのアメリカ人女性の警告は当たっていた。ハキムは犯罪者で、信用できない。盗人にも彼らなりの倫理規定があるという者もたまにいるが、わたしはそんなことは信じていない。ハキムのような男はうまくやりおおせられるときは必ず嘘をつき、騙し、盗むと決まっている。そして、無防備な女性に対してはさらに悪辣《あくらつ》な罪を犯す可能性がある。

もちろん、バスにはほかの乗客もいるだろうが、それは大した気休めにはならない。彼らだって怯えていて必死かもしれない。女性がひどい目にあっていても、人はときとして目をそらし、言い訳を作って関わらないようにすることがある。

望みはユスフだけだ。彼は同じ一族であり、彼の名誉にかけてわたしを護らざるを得ない。アズラを含めれば大人が三人いることになるのだから、まったくの無力というわけではないだろう。乱暴者は往々にして臆病《おくびょう》でもある。ハキムだって大人三人を相手に戦うのは躊躇《ちゅうちょ》するのではないか。

ユスフとアズラと一緒なら、頑張って旅をつづけられる気がする。

午後、ユスフの村にたどり着いたときは涼しくなりはじめていた。足は痛かったが、胸には希望が満ちていた。キアはナジを抱擁《ほうよう》した。息子は母にキスをすると、すぐにダンナとの遊びに戻っていった。あの子はもうわたしを恋しいと思わなくなったんだ、とキアは少しがっかりした。だが、それはいい印でもあった。一日を楽しく、何の心配もせずに過ごしてくれたのだから。

アズラが言った。「ユスフは雄羊《ラム》を見に行っているけど、そんなに長くはかからないんじゃないかしら」今度もキアに対して少し態度が硬かったが、敵意というほどではなく、以前よりどこか友好的なところが減じただけだった。

もう受胎させるべき雌羊がいないのに、どうしてユスフは雄羊を見に行ったんだろう、とキアは訝った。もしかしたら、もうやめてしまったとはいえ、いまもその仕事に心が残っているのかもしれない。今日ハキムから仕入れた情報のすべてを一刻も早くユスフやアズラに教えたかったが、何とか我慢した。子供たちが遊んでいるのをアズラと見守っていると、間もなくユスフが帰ってきた。

彼が敷物に腰を下ろすや、キアは言った。「出発は十日後よ。バスに乗りたかったら、その日の夜明けに三本椰子にいなくちゃならないわ」

キアは興奮していたが、同時に怖くもあった。ユスフとアズラはもっと落ち着いているようだった。料金のこと、バスのこと、子供たちの料金のことを、キアは二人に明らかにした。「ハキムは信用できる男じゃないわ」彼女は言った。「気をつけて対応する必要がある。でも、こっちは三人いるんだから、何とかできるんじゃないかしら」

普段は笑みを絶やさないユスフが思案する顔になった。アズラはキアと目を合わせなかった。何かあったんだろうか？「どうかしたの？」キアは訊いた。

ユスフが宇宙の秘密を自分の女たちに説明する男の顔になった。「あれからずっと考えているんだが」熟慮の口調だった。

キアは嫌な予感がした。

ユスフがつづけた。「湖を捨てることなくここにとどまるほうがいいと、何かがおれに言っているんだ」

ヨーロッパへ行くのをやめるつもりなんだ、とキアは気づいて動揺した。

「ヨーロッパへ行くには金がかかる。その金があれば、いい羊を一群れ買うことができる」

そして、その群れがみんな死んでしまうのを為す術なく見ていることになるのよ、この前みたいにね、とキアは言いたかった。が、口には出さなかった。

ユスフがキアの胸の内を読んで言った。「もちろん、どっちを選んでも危険はある。だが、おれは羊を知っている。だけど、ヨーロッパのことは何も知らない」

キアはがっくり気落ちした。彼の臆病を軽蔑《けいべつ》したかったが、何とか飲み込んでこう言うにとどめた。「決めたわけじゃないんでしょ?」

「いや、決めた。今回はここにとどまる」

アズラが決めたんだ、とキアは推測した。彼女ははなから移民に乗り気ではなかった。だから、やめるようユスフを説得したんだ。

そして、わたしは見捨てられた。

「あなたたちと一緒でなかったらできないわよ」キアは言った。

ユスフが応えた。「だったら、みんなでここにとどまろう。何とかなるさ」

愚かな楽観はだれも救わない。キアはそう言いたかったが、今度もまた飲み込んだ。男がこういう正式な形で判断を宣言したとき、それに異議を唱えるのはいい考えではなかった。

キアはしばらく沈黙したあと、従兄弟との関係を壊さないためにこう言った。「わかった。じゃ、そうしましょう」

そして、腰を上げた。「いらっしゃい、ナジ。帰る時間よ」自分の村まで二マイルかそこらだったが、突然、ナジを負《お》ぶって歩くのがひどい苦行に思われた。「この子の面倒を見てくれてありがとう」キアはアズラに言った。

ユスフの家をあとにすると、岸に沿って重い足を一歩ずつ前に進めた。痛む腰の一方から一方へナジを移しながら、この先、舟を売ったお金が尽きたときのことを思った。どんなに節約しても、何とかなるのはせいぜい二年か三年で、そこから抜け出す望みはたったいま消えてなくなってしまっていた。

突然、すべてがもう無理だと思われた。キアはナジを降ろすと、砂にへたり込み、水量が減って浅くなった水面の向こうの汚ない小島を見つめた。希望はどこにも見えなかった。

キアは頭を抱えて言った。「これからどうすればいいの？」

3

大統領執務室《オーヴァル・オフィス》に入ってきたミルトン・ラピエール副大統領は、イギリス風にも見えるダークブルーのカシミアのブレザーという服装だった。ダブルの上衣《うわぎ》はゆったりと作ってあり、妊婦のように突き出している腹を上手に隠してくれていた。長身とゆったりとした動きはグリーン大統領と好対照をなしていた。彼女は小柄だが、シカゴ大学時代は体操競技のチャンピオンで、いまも細くて引き締まった肉体を維持していた。

この二人はケネディ大統領とリンドン・ジョンソン副大統領が違っていたのと同じぐらい共通点がなかった。前者はボストンの上流知識階級の出身であり、後者はテキサスのダイヤモンドの原石だった。ポーリーン・グリーンは共和党穏健派で、保守ではあるが柔軟性があった。ジョージア出身の白人であるミルトン・〝ミルト〟・ラピエールは妥協と譲歩が我慢ならなかった。ポーリーンは彼のことが好きではなかったが、彼は役に立った。共和党極右が何を考えているかを教えてくれ、彼らが腹を立てそうなことをポーリーンがしようとするとあらかじめ警告してくれて、メディアから彼女を護ってくれていた。

いま、そのミルトが言った。「ジェイムズ・ムーアがまた何か考えついたぞ」

来年は選挙の年で、ムーア上院議員は共和党大統領候補指名を勝ち得るべく戦うと、ポーリーンに挑戦状を叩きつけていた。その死命を制するかもしれないニューハンプシャー州の予備選挙が五か月後に迫っていた。現職大統領に同じ党から挑戦者が出るのは珍しかったが、前例がないわけではなかった。一九七六年にロナルド・レーガンがジェラルド・フォードに挑戦して破れていたし、一九九一年にはパット・ブキャナンがジョージ・H・W・ブッシュに挑戦して破れていた。だが、一九六八年にはユージン・マッカーシーがリンドン・ジョンソンとの戦いに勝ち、ジョンソンは大統領候補指名争いから脱落していた。

ムーアを侮ってはならなかった。この前の大統領選挙でポーリーンが勝利したのは、無能と人種差別への反発のおかげだった。あのときの彼女のスローガンは〝良識ある保守主義〟であり、非過激、非過剰、非偏見。危険を冒さない外交、抑制的な規制、税の安い政府を方針としていた。だが、大風呂敷を広げるマッチョなリーダーを渇望する有権者はいまも大勢いて、ムーアは彼らの支持を勝ち得つつあった。

ポーリーンが坐っているのは十九世紀にヴィクトリア女王から贈られた有名な大統領執務机《レゾリュート・デスク》だが、彼女の前にあるのは二十一世紀のコンピューターだった。ポーリーンは顔を上げて訊いた。「今度は何？」

「歌詞が卑猥《ひわい》なポップ・ソングを〈ビルボード・ホット・ハンドレッド〉に載せるのを禁止したがっているんだ」

部屋の反対側で、いきなり笑い声が上がった。ジャクリーン・ブロディ大統領首席補佐官が面白がっていた。ポーリーンの長きにわたる友人であり味方であり、きびきびとした立居振舞いの四十五歳の美人だった。彼女が言った。「ムーアがいなかったら、わたしは何日も、朝起きてから寝るまでにこりともしないで過ごすことになるでしょうね」

ミルトが大統領執務机の前の椅子に腰を下ろし、不機嫌な声で言った。「ジャクリーンには面白いのかもしれないが、やつの考えに賛同する人間は多いぞ」

「わかってるわよ」ポーリーンは認めた。「馬鹿馬鹿しすぎてお話にならないなんてものは、現代政治には一つとしてないのよね」

「それで、きみはどう反応する？」

「無反応で通したいわね、コメントしないですめばだけど」

「やつの今度の考えについて、メディアに真正面から訊かれたらどうする？」

「子供たちが聴く音楽は汚ない歌詞であるべきではない、わたしが中国のような全体主義国家の大統領ならそういう音楽は禁止する、と答えるかしらね」

「そんなことをしたら、アメリカのキリスト教徒と中国の共産主義者を比較して、違いを際立たせることにしかならないだろう」

ポーリーンはため息をついた。「確かにそうね、ちょっと刺激が強すぎるわ。それで、あなたはどうすればいいと思う？」

「歌手、音楽会社、ラジオ局に上品なものを作って世に出すよう、若年の聴き手がいることを忘れないよう、要請するんだ。そのあとで、もし必要とあれば、こう言えばいい——『検閲《けんえつ》はアメリカのやり方ではない』とね」

「そんなの、何の効果もないでしょう」

「そうだとしても、それでいいんだ。きみが彼らに同情しているように見える限りはな」

ポーリーンはミルトを鑑定した。この人、何があっても簡単には驚かないんだ。だとすれば、訊きたくてたまらない質問をしてもいいかもしれない。大丈夫だと判断して、彼女は訊いた。「あなたやあなたの友だちが〝ファック〟って言葉を使いはじめたのはいくつのとき？」

ミルトは肩をすくめたが、驚いた様子は微塵もなかった。「十二、もしかしたら十三かな」

ポーリーンはジャクリーンを見た。「あなたは？」

「わたしもそのぐらいかしらね」

「だったら、子供たちを何から護ることになるの？」

ミルトが言った。「私はムーアが正しいとは言ってない。しかし、きみの脅威になりつつあるとは思っている。あいつはほぼすべての演説で、きみのことを自由主義者《リベラル》呼ばわりしているからな」

「賢い保守主義者なら、変化を止めることはできないけれども、その速度を遅くすることはできるとわかっているわ。そうすれば、人は新しい考えに慣れる時間ができ、出合い頭《がしら》に腹を立てなくてすむようになるんだとね。リベラルが間違っているのは、いますぐの変化を過激に要求していることよ」

「それをプリントしたTシャツを作ろう」

それはミルトの口癖の一つで、彼は何であれTシャツに書けないことを理解する有権者はほとんどいないと信じていた。そして、自分がほとんど間違わないという事実が、ますます彼を不機嫌にさせていた。ポーリーンは言った。「わたし、勝ちたいのよ、ミルト」

「私だってそうさ」

「この執務室に入って二年半になるけど、ほとんど何も成し遂げていない気がしているの。だから、もう一期やりたいのよ」

ジャクリーンが言った。「そうなるよう頑張りましょう、大統領」

ドアが開いて、リジー・フリーバーグが顔を覗かせた。三十歳で、豊かな黒髪が手に負えないほどカールしている、その上級秘書官が言った。「国家安全保障問題担当顧問がいらっしゃいました」

「入ってもらって」ポーリーンは促した。

ガス・ブレイクが入室すると、とたんに部屋が狭くなったように思われた。ガスとミルトが会釈をした。二人は折り合いがいいとは言えなかった。

大統領の最側近三人が、いまや一堂に会していた。大統領首席補佐官、国家安全保障問題担当顧問、副大統領。全員がウェスト・ウィングのこの階に、ほぼ隣接するようにしてオフィスを構えていて、物理的な距離がとても近いがゆえに、ほかのだれよりも大統領と会う機会が多かった。

ポーリーンはガスに言った。「ミルトが教えてくれたんだけど、ジェイムズ・ムーアがポップ・ソングの検閲をアピールするそうよ」

ガスの顔に魅力的な笑みが閃いた。「きみは自由世界のリーダーだろう、そのきみがポップ・ソングの心配をしているのか？」

「〝ファック〟って言葉を使いだしたのは何歳のころかって、いま、ミルトに訊いたところなの。彼は十二歳だったそうだけど、あなたはどうなの、ガス？」

国家安全保障問題担当顧問が答えた。「私はロサンジェルスのサウス・セントラル生まれだぞ。たぶん最初に覚えたのがその言葉じゃないかな」

ポーリーンは笑って言った。「約束するわ、それはここだけの内緒にしておいてあげる」

「アル・ブスタンのことで話があるんだろう？」

「そうなの。ちょっと楽にしましょう」ポーリーンは立ち上がった。部屋の中央に、カウチが二脚ずつ向かい合っているコーヒーテーブルがあった。ポーリーンがその一つに腰を下ろし、ガスが隣りに、ミルトとジャクリーンが向かいに席を占めた。

ガスが言った。「あれはあの地域から本当に久しぶりに聞こえてきた最高のニュースだ。クレオパトラ計画は成果を上げつつある」

ミルトが訝った。「クレオパトラ？」

ガスの顔に苛立《いらだ》ちが浮かんだ。ミルトは彼の報告書に無関心で、読もうともしなかった。

ポーリーンは報告書を読んでいた。「ＣＩＡがニジェールに潜入させている工作員が、そこに本拠を置くＩＳＧＳについて貴重な情報をつかんでくれたの。昨日、アメリカ、フランス、そして、現地の軍が、共同してそこを掃討したのよ。今朝の報告書に書いてあるけど、あなたには読む時間がなかったかもしれないわね」

ミルトが言った。「一体どうしてフランスが関わっているんだ？」

ガスの顔には〝おまえ、何も知らないのか？〟と書いてあったが、発せられた言葉は表情とは違って無礼なものではなかった。「あのあたりの国の大半は、かつてフランスの植民地だったんだ」

「そうか」

ポーリーンは常に、女だからアメリカ軍最高司令官としては上品すぎるし、穏健すぎるし、感情移入しすぎる、といったほのめかしに悩まされていた。「これについては、わたしが自分の口から発表します。ジェイムズ・ムーアはテロリストについて大口を叩くけど、実際にあのろくでなしどもを叩き潰《つぶ》しているのはグリーン大統領だということを、そろそろ国民にわからせてやってもいいころよ」彼女は言った。

「名案だ」

ポーリーンは首席補佐官を見た。「ジャクリーン、サンディップに記者会見の手配を頼んでちょうだい」サンディップ・チャクラボーティはコミュニケーションズ・ディレクターだった。

「わかりました」ジャクリーンは時計を見た。午後三時だった。「サンディップなら、明日の午前中、できるだけ多くのテレビ局を入れることを進言するはずです」

「それでいいわ」

ガスが言った。「聞いただけなので、報告書に書かなかったことが二つほどある。一つ目は、あの攻撃を率いたのがスーザン・マーカス大佐だという事実だ」

「あの作戦は女性が指揮を執ったの？」

ガスがにやりと笑みを浮かべた。「そんなびっくりしたような声を出すなよ」

「凄《すご》いじゃない。もう、こう言ってもいいんじゃないの？——『物理的な力の行使が必要なら、女性を探してやらせなさい』ってね」

「マーカス大佐のことを言っているが、同時にきみ自身のことでもあるな」

「それ、いいわね。ところで、報告書には、テロリストの武器は中国のものと北朝鮮のものとがあったとなっているけど？」

ミルトが訊いた。「北京があの連中を武装させる理由は何なんだ？　中国はイスラム教徒を嫌っていて、彼らを再教育収容所へ閉じ込めているんじゃなかったのか？」

ポーリーンは言った。「これは思想《イデオロギー》の問題じゃないのよ。中国も北朝鮮も、武器を作って売ることで大金を獲得しているんだから」

「それでも、ＩＳＧＳに売るかな？」

「両国とも売ってないと言っているし、繁盛している中古品市場もあるけどね」ポーリーンは肩をすくめた。「あなたならどうする？」

ポーリーンが意外だったことに、ガスがミルトを支持した。「副大統領に一ポイントですな、大統領。武器に関することのほかに、今朝の報告書に記載してないもう一つは、テロリストが北朝鮮製のM1978一七〇ミリ自走砲を三門持っていたという事実なんだ。中国の59型戦車の車体に搭載されていた」

「なんてこと。まさかティンブクトゥの蚤《のみ》の市で買ったんじゃないでしょうね」

「まさか」

ポーリーンは考えた。「これは看過できないと思う。小銃も充分よくないけど、それはもう世界じゅうに溢れていて、その市場を制御するのは不可能だから仕方がない。でも、砲となると話は別だわ」

「同感だ」ガスが言った。「しかし、どんな方法があるかな。アメリカの兵器製造産業は、政府の許可なくしては製品を海外に売ることができない。私の机には毎週、その許可申請書がやってきている。ほかの国もそうすべきなんだが、彼らはやっていないからな」

「だったら、そうするよう促すことはできるかもしれないわね」

「そうだな」ガスが言った。「何か考えがあるのか?」

「国連で決議を提案することはできるでしょうね」

ミルトが小馬鹿にしたように言った。「国連だって！　何の役にも立つもんか」

「でも、中国にスポットライトを当てられるでしょう。議論が俎上《そじょう》に載るだけでも、彼らは自制的になることを余儀《よぎ》なくされるんじゃないかしら」

ミルトが両手を上げて降参した。「いいだろう。中国が何を企んでいるか、世界の目をそこに引きつけるべく、国連を利用するんだ。私ならそういうやり方をするな」

ガスが言った。「安保理決議を求めても意味はない。中国は拒否権を発動するだけでいいんだから。だから、いまここで話している決議とは、総会決議のことだよな」

「そうよ」ポーリーンは認めた。「でも、ただ決議を求めるだけじゃないわ。全世界の支持を取りつけるの。各国に駐在しているアメリカ大使に、その国の政府が決議に賛成してくれるよう、ロビー活動をしてもらいましょう。でも、わたしたちの本気度を事前に中国に察知されないよう、隠密裏《おんみつり》にね」

ミルトが言った。「それでも、中国が振舞いを変えるとは、私にはいまだに思えないな」

「そのときは、制裁決議を求めればいいわ。でも、やるべきことを順序だててやりましょう。チェスにわたしたちの輪に加わってもらう必要があるわね」チェスター・ジャクソンは国務長官で、執務室は一マイル離れた国務省の建物にあった。「ジャクリーン、彼と会えるよう手筈《てはず》を整えてちょうだい。そのうえで、この件についての議論を進めましょう」

リジーが顔を覗かせた。「大統領、ご主人《ファースト・ジェントルマン》が住居《レジデンス》にお戻りです」

「ありがとう」ポーリーンは夫が〝ファースト・ジェントルマン〟と呼ばれることにいまも慣れることができないでいた――滑稽にさえ聞こえた。彼女は腰を上げ、全員がそれに倣《なら》った。「ありがとう、みなさん」

ポーリーンは執務室から西の廊下《ウエスト・コロネード》へ出た。シークレットサーヴィスが二人、核兵器のボタンを格納した〝フットボール〟と呼ばれる鞄を持った陸軍大尉が一人、あとにつづいた。ポーリーンはローズ・ガーデンの角を回ってレジデンスに入った。

それは美しい建物で、見事に装飾され、金をかけて保守営繕《えいぜん》されていたが、家庭という雰囲気ではまったくなかった。あとに残してきたキャピトル・ヒルのタウンハウスが懐かしかった。間口が狭くて奥行きのあるヴィクトリア様式の赤煉瓦造りで、狭いけれども落ち着く部屋は本と写真に満ちていた。使い込まれたカウチには明るい色のクッションが置かれ、寝心地のいい大きなベッドが据えられて、どこに何があるか全部わかっている時代遅れのキッチンが備わっていた。玄関ホールには自転車が、洗濯場にはテニスのラケットが、そして、食堂のサイドボードにはケチャップの瓶があった。あそこにとどまらなかったことを、ポーリーンはときどき後悔した。

階段を一気に駆け上がった。五十のいまも俊敏さは衰えていなかった。形式ばった一階から家族の居住区画である二階へたどり着いた。踊り場から、みんなが大好きで、時間をそこで潰したがる東の居間《イースト・シッティング・ホール》を覗いてみた。夫が大きな弧を描いている窓のそばに坐っているのが見えた。そこからはイースト・ウィングの向こうの十五番通りNWと〈オールド・エビット・グリル〉を望むことができた。ポーリーンは短い廊下を歩いてこぢんまりした部屋に入ると、夫の隣りの黄色いヴェルヴェットのカウチに腰を下ろし、彼の頬にキスをした。

ジェリー・グリーンはポーリーンより十歳年上で、背が高く、銀髪で目は青く、ダークグレイの一般的なスーツにボタンダウンのシャツ、落ち着いた模様のネクタイという服装だった。着るものはすべて〈ブルックス・ブラザーズ〉で買っていたが、ロンドンへ飛んでサヴィル・ロウでスーツを仕立てる経済的余裕がないわけではなかった。

ポーリーンが彼と最初に出会ったのはイェール大学のロウ・スクール時代で、彼が客員講師としてビジネスとしての法について話したときだった。当時の彼は三十代前半、すでに成功していて、クラスの女の子の関心の的になっていた。しかし、再会まではさらに十五年を待たなくてはならず、そのころには彼女は議員であり、彼は自分の事務所のシニア・パートナーだった。

二人はデートをし、一緒にベッドに入り、休日をパリで過ごした。刺激的でロマンティックな交際ではあったが、そういうときでさえ、恋愛というよりは友情だというのがポーリーンの認識だった。ジェリーは素敵な愛人ではあったけれども、彼の着ているものを引きちぎってでも裸にしたいという衝動に駆られたことは一度もなかった。彼はハンサムで、知的で、ウィットに富んでいて、結婚したのはそれが理由であり、寂しい思いをしたくないからだった。

ポーリーンが大統領に選出されると、ジェリーは仕事をやめ、国の慈善事業——〈女性と少女の教育のためのアメリカ基金〉——の責任者になった。国のファースト・ジェントルマンの役割を演じる余裕を与えてくれる、無報酬のパートタイムの仕事だった。

二人のあいだには十四歳になる娘のピッパがいた。彼女は常に楽しい学校生活を送り、最優等生だったから、行動について相談があると校長から呼び出されたときは二人とも仰天した。

あり得るとすればどんな問題だろう、と両親はあれこれ憶測を巡らせた。ポーリーンは自分が十四歳だったころを思い出し、体育館の裏で十年生の男子とキスをしているところを見つかったのかもしれないと推測した。いずれにせよ、それならそんなに深刻な問題ではないだろうと思われた。

だが、ポーリーンは校長の呼出しに応じられない。応じたら、ピッパの問題がどんなにありふれた些細《ささい》なことであっても新聞の一面を飾らずにはいないだろうし、そうなったら、可哀そうにピッパは全米の目にさらされることになる。ポーリーンの切なる願いは、わが子の未来が素晴らしいものになることだった。そして、ホワイトハウスが普通に生活し、普通に成長するのに適した環境でないこともわかっていた。相手をしたたかに傷つけずにはおかないメディアから絶対にピッパを護る、とポーリーンは固く心に決めていた。というわけで、今日の午後、ジェリーが一人でこっそり校長に会いに行き、いま、ポーリーンは居ても立っても居られないぐらい結果を知りたかった。

「わたし、ミズ・ジャッドに会ったことがないんだけど」ポーリーンは言った。「どんな人だった？」

「頭がよくて、温かい心の持ち主だよ」ジェリーが答えた。「まさに校長として持っていてほしいと人が願う組み合わせだ」

「年齢《とし》は？」

「四十代前半かな」

「どんな話だったの？」

「彼女はピッパを好いていてくれて、聡明《そうめい》で学校という共同体の貴重な一員だと考えていてくれたよ。それを聞いて、ぼくたちの娘のことをとても誇らしく思えた」

早く本題に入って《カット・トゥ・ザ・チェイス》よ、とポーリーンは急《せ》かしたかったが、彼の報告が最初の最初から始まって徹底的かつ論理的なものになることがわかっていたし、三十年に及ぶ弁護士生活で、何よりも透明性が大事だと学んでいるはずだったから、ポーリーンは逸《はや》る気持ちを何とか抑えた。

ジェリーがつづけた。「ピッパは昔からずっと歴史に興味を持っていて、深く学び、クラスでの討論でも活発に発言していた。だけど、最近になって、その発言が討論を妨害するようになっているというんだ」

「まあ」ポーリーンは呻《うめ》いた。不吉な話が始まる、いつもの口調だった。

「それがあまりにひどいんで、ピッパを教室から退出させなくてはならなかった。三度もだ」

ポーリーンはうなずいた。「三度目のときに、ついに両親を呼び出そうとなったわけね」

「そういうことだ」

「その時期は、いつの時代を勉強していたの?」

「いくつかの時代だが、ピッパが問題を起こすのは、ナチスについて討論しているときなんだそうだ」

「そのとき、ピッパはどんなことを言ってるの?」

「ピッパが問題にしているのは、教師の歴史解釈についてではないんだ。差別主義のバイアスがかかっている、間違った教科書で勉強していると不満を申し立てているんだよ」

「結論はもうわかったような気がするけど、ともかく最後まで聞かせて」

「何はともあれ、ピッパにこのことを伝えるべきじゃないかな」

「そうね」

ポーリーンが腰を上げて娘を探しに行こうとしたとき、ジェリーが言った。「ここで待っていてくれ。時間はかからない。何しろきみはアメリカで一番忙しく仕事をしているんだからな。ピッパはぼくが見つけてくるよ」

「ありがとう」

ジェリーが出ていった。

ポーリーンは夫の思いやりがありがたかった。それがジェリーの愛の表わし方だった。

ポーリーンは自分の過去にも同じことがあったのを思い出した。そういえば、わたしも教師に食ってかかっていたっけ。そのときに抗議したのは、男性に関することばかりだった。大統領も、将軍も、作家も、音楽家も、みんな男性ばかりなのはおかしい、と。教師——男性だった——の言い分は、女性が重要な存在であったことが歴史上ないからだという馬鹿げたもので、それを聞いた瞬間、若かったわたしは逆上した。

しかし、年齢を重ねたいまのわたしは、愛情と感情に任せて目を曇らせるわけにははいかない。議論と戦いは違うことをピッパは学ぶ必要がある。わたしは娘についても慎重に舵《かじ》を取らなくてはならない。政治的な問題のほとんどと同じように、これは力ずくでは解決できない。巧みな言葉でしか解決できない。

ジェリーがピッパを連れて戻ってきた。ポーリーンと同様、彼女も年齢の割には小柄で痩せていた。口が大きく、顎が張っていて、いわゆる美人ではなかったが、特に取り立てて特徴があるわけではない顔から明るい個性が弾《はじ》けていて、彼女が部屋に入ってくるたびに、ポーリーンは愛情でがんじがらめになった。ピッパは学校へ行ったときのままの、ゆったりとしたスウェットシャツにブルージーンズという服装で、それが彼女をずいぶん子供っぽく見せていた。だが、その下は急速に大人になりつつあることを、ポーリーンは知っていた。

「こっちへいらっしゃい、ハニー」ポーリーンは手招きし、腰を下ろした娘の華奢《きやしや》な肩を抱いて抱擁《ハグ》した。「あなたのことだからわかっているでしょうけど、わたしもお父さまもあなたを本当に愛しているわ。だから、学校でのことを理解する必要があるの」

ピッパの顔が硬くなった。「ミズ・ジャッドはどんなことを言ったの？」

「ミズ・ジャッドのことはとりあえず置いておいて、あなたが何に煩《わずら》わされているのか、それだけ教えてちょうだい」娘が口を開かないのを見て、ポーリーンはすぐに水を向けた。「歴史の授業のことよね？」

「そうよ」

「どういうことなのか、教えてもらえるかしら」

「わたしたち、ナチスについて勉強してるの。どんなに多くのユダヤ人が殺されたかとか、そういうことのすべてをね。強制収容所やガス室の写真も見たわ。収容所の名前も覚えた――トレブリンカ、マイダネク、ヤノウスカ。でも、わたしたちが全滅させた人たちのことはどうなの？　クリストファー・コロンブスが上陸したときは一千万人の先住民がいたのに、インディアン戦争が終わったときには二十五万人しか残っていなかったのよ。あれは大虐殺《ホロコースト》じゃないの？　だから、トールシャッチー、サンド・クリーク、ウーンデッド・ニーの大量虐殺についてはいつ勉強するのかって訊いたの」

　ピッパが昂然《こうぜん》と守りを固めた。それはポーリーンの予想通りだった。ピッパが白旗を掲げるとも、謝罪するとも、母親は思っていなかった――ともかく、いまは。「妥当な質問だと思うけど？」ポーリーンは言った。「先生は何と答えてくれたの？」

「いつになるかはわからないっていうのがミスター・ニュービギンの答えだった。それで、訊いたの――ほかの国が行なった暴虐行為よりも自分たちの国が行なった暴虐行為について学ぶほうが大事ではないんですかって。聖書にもそれについて書かれているんじゃないかとさえ思ってるんだけどって」

「書かれているよ」ジェリーが答えた。彼は敬虔《けいけん》なキリスト教徒の家に育っていた。

「『山上の垂訓』だ。汝《なんじ》の兄弟の目からおがくずを取り除こうとする前に、汝自身の目に大きな木のかけらが入っていて、目を見えなくさせていないことを確かめなさい、とイエスは言っておられる。それに、『汝、偽善者よ』とも言っておられる。だから、本気の言葉だとわかるんだ」

ポーリーンは訊いた。「それについて、ミスター・ニュービギンは何とおっしゃったの？」

「教科書は生徒が決めるものではないんだって」

「ひどいわね」ポーリーンは言った。「逃げてるじゃないの」

「そうよ」

「どうして教室から退出させられることになったの？」

「わたしが引き下がらずにしつこく訊きつづけたからよ。うんざりしたんでしょ。大人しく坐って授業を聞かなかったら出ていってもらうって言われたから、こっちから出ていってやったわ」大したことでもないというように、ピッパが肩をすくめた。

ジェリーが言った。「だけど、ミズ・ジャッドによれば、そういうことが三回あったそうじゃないか。あとの二回の原因は何だったんだ？」

「原因は同じよ」ピッパの顔に怒りが浮かんだ。「わたしには答えてもらう権利があるでしょ！」

ポーリーンは言った。「そう、確かにあなたには答えてもらう権利があるわ。でも、そうだとしても、結果として授業は、あなたが教室にいないことを別にすれば、普段通りつづいているわ」

「そして、わたしは糞《くそ》みたいにまずいことになってる」

ポーリーンは〝糞みたいに〟の部分に気づかなかったことにした。「いま振り返ってみて、今度のあなたのやり方についてどう思う？」

「わたしは事実を擁護して罰せられたのよ」

それは求めていた答えではなかったから、ポーリーンはこう訊き直した。「試す価値があるかもしれない別のやり方を何か考えつけない？」

「我慢して口を閉じているとか？」

「提案があるんだけど、聞いてもらえない？」

「いいけど」

「クラス全体がアメリカ先住民の大量虐殺《ジェノサイド》とナチのユダヤ人大虐殺《ホロコースト》の両方を学べる方法を考えてみるのはどうかしら？」

「でも、ミスター・ニュービギンが――」

「まあ、聞いてちょうだい。今学期の最後の授業でアメリカ先住民について勉強し、あなたに意見発表をさせて、そのあとクラスで話し合いをすることにミスター・ニュービギンが同意してくれたらどう？」

「あの人は絶対に同意なんかしないわ」

「するかもよ」わたしが頼んだら同意するはずだ、とポーリーンは思ったが、口にするつもりはなかった。「もし同意してくれなかったとして、学校にディベート・クラブはないの？」

「あるわ。わたし、委員なの」

「だったら、インディアン戦争についてのディベートを提案しなさいよ。テーマは〝開拓者《パイオニア》は大量虐殺《ジェノサイド》の罪で有罪か？〟でいいじゃない。それに学校全体を巻き込むの──ミスター・ニュービギンを含めてね。彼を味方につけなくちゃ駄目よ、敵に回すのではなくてね」

ピッパは興味をそそられたようだった。「そうね、一つの考えではあるわね──ディベートか」

「何をするにしても、ミズ・ジャッドとミスター・ニュービギンと一緒になってうまくやるのよ。何かを思いついたとしても、したり顔でいきなりそれを二人の前に見せびらかしたりしないこと。彼らがそれを自分たちの考えだと思ってくれれば思ってくれるほど、それを支持してくれるんだから」

ピッパがにやりと笑みを浮かべた。「もしかして、お母さん、わたしに政治を教えようとしてる？」

「かもね。だけど、もう一つ、たぶんあなたは気に入らないでしょうけど」

「何？」

「授業の邪魔をしたことをミスター・ニュービギンに謝ることから始めれば、すべてはさらにスムーズにいくはずよ」

「どうしても謝らなくちゃ駄目？」

「そうね、ハニー、駄目ね。あなたは彼のプライドを傷つけたのよ」

「わたしは子供よ！」

「だから、尚更なのよ。彼の傷にちょっとでいいから薬を塗ってあげなさい。結果的に、あなたも喜ぶことになるんだから」

「考えさせてもらっていいかしら？」

「もちろんよ。さあ、手と顔を洗っていらっしゃい。そのあいだに、ミズ・ジャッドに電話をしておくから。そのあと、ディナーにしましょう……」ポーリーンは時計を見た。「十五分後でどう……？」

「わかった」

ピッパは部屋を出ていった。

「厨房《ちゆうぼう》に知らせるよ」そう言って、ジェリーも出ていった。

ポーリーンは受話器を取り上げると、交換手に告げた。「フォギー・ボトム・デイ・スクールの校長のミズ・ジャッドにつないでちょうだい」

「承知しました、大統領」ホワイトハウスの交換台のスタッフは、世界じゅうのだれだろうと見つける能力があることを誇りにしていた。「いましばらく東の居間にいらっしゃいますか」

「ええ、います」

「ありがとうございます、大統領」

ポーリーンは受話器を置くと、ちょうど戻ってきたジェリーに訊いた。「どう思う?」

「うまく処理したと思うよ。ピッパをうまく説得して改心させ、しかも、きみに対して腹を立てさせることもしなかった。見事な腕前だ」

腕前だけじゃなくて、愛情だってこもってるわ、とポーリーンは少し恨めしかった。

「ちょっと冷たかったと思ってない?」

ジェリーが肩をすくめた。「実は、このことが何を教えてくれるかを考えているんだ。ピッパの感情の部分での立ち位置についてだけど」

ポーリーンは訝った。ジェリーが何を言おうとしているのかよくわからなかった。が、それを尋ねる前に電話が鳴った。

「ミズ・ジャッドとつながりました、大統領」

ポーリーンは言った。「お邪魔をしたのでなければいいのですが、ミズ・ジャッド」

アメリカ合衆国大統領に邪魔をされるのを気にする者は世界に多くはないはずだが、ポーリーンは丁重でありたかった。

「ご心配には及びません、大統領。もちろん、あなたとお話しできて喜んでいます」

声は小さく、友好的で少し用心深かったが、大統領と話しているのだから驚くには当たらなかった。

「まず、わたしどもの娘のピッパをご心配いただいたことにお礼を申します。ありがとうございます」

「どういたしまして、マダム。それがわたくしどもの仕事です」

「生徒が授業を自分の好きなようにすることなどできないという自明のことを、ピッパは学ばなくてはなりません。というわけですから、この電話はミスター・ニュービギンについて苦情を申し立てるものではありません」

「ありがとうございます」、ミズ・ジャッドは多少気を許したようだった。

「ですが、わたしどもとしては娘の理想主義を壊したくないのです」

「もちろんです」

「実はさっき娘と話して、ミスター・ニュービギンに謝罪するよう強く勧めたところなのです」

「それで、お嬢さんの反応は？」

「いま、思案しているところです」

ミズ・ジャッドが笑った。「ピッパらしいですね」

ポーリーンも笑い、友好的な関係を構築できたと感じて言った。「実は、授業を邪魔することなしに目的を実現させる方法を探すべきだと娘に提案したところなのです。例えば、ディベート・クラブで討論会を企画するといったようなことですが」

「とてもいい考えだと思います」

「もちろん、これはあなた次第ですけれども、総体として同意していただくことはできないでしょうか」

「もちろん同意しますとも」

「それから、明日の朝、娘を学校に送り出してやりたいのですが、どうでしょうか。もちろん、もっと大人しくするよう言い含めたうえでですが」

「ありがとうございます、大統領。感謝します」

「失礼します」ポーリーンは受話器を置いた。

「よくやった」ジェリーが褒《ほ》めた。

「さあ、ディナーにしましょう」

二人は部屋をあとにすると、長い中央広間《セントラル・ホール》を抜け、西の居間《ウエスト・シッティング・ルーム》を突っ切って、建物の北側の、ペンシルヴェニア・アヴェニューとラファイエット広場を望む窓が二つある食堂《ダイニングルーム》に入った。ポーリーンは以前にクリントン夫妻が覆い隠してしまった、アメリカ革命の戦いの場面を描いた骨董《こっとう》的な壁紙を復活させていた。

ピッパが神妙な面持ちでやってきた。

家族のディナーはこの食堂で、普段は夜の早い時間にとることになっていた。食事は質素で、今夜はサラダ、トマト・ソースのパスタ、デザートは新鮮なパイナップルだった。

食事が終わると、ピッパが言った。「わかった、明日の朝、ミスター・ニュービギンに謝ることにしたわ。苛々させて《ペイン・イン・ジ・アス》すみませんでしたってね」

「そうね」ポーリーンは言った。「聞き入れてくれてありがとう」

「だけど、〝苛々させて〟なら、〝ペイン・イン・ジ・アス〟じゃなくて、〝ペイン・イン・ザ・ネック〟と言いなさい」

「了解、お父さん」

ピッパが出ていくと、ポーリーンは言った。「コーヒーはウェスト・ウィングでいただくわ」

「厨房に知らせておくよ」

「今夜は何をするの？」

「一時間ほど基金の仕事をするよ。ピッパが宿題を終えたら、しばらく一緒にテレビを観るんじゃないかな」

「いいわね」ポーリーンは夫にキスをした。「それじゃ、またあとで」

ポーリーンはコロネードを回ってオーヴァル・オフィスを抜け、反対側へ出た。オーヴァル・オフィスの隣りは書斎《スタディ》で、ポーリーンは堅苦しくない小さなその部屋で仕事をするのが好きだった。オーヴァル・オフィスはひっきりなしに人が出入りする儀式用の部屋だったが、大統領がスタディにいるときは人の出入りはほとんどなく、ノックもせず、返事も待たずにやってくる者はいなかった。机とアームチェアが二脚、テレビが一台あるだけでも充分に窮屈だったが、ポーリーンはそれが気に入っていて、歴代大統領の大半も彼女と同じだった。

ポーリーンはそこで三時間、電話をかけ、明日の仕事の準備をしたあと、レジデンスに戻って主寝室《マスター・ベッドルーム》に直行した。ジェリーはすでにパジャマに着替え、〈フォーリン・アフェアーズ〉を読んでいた。ポーリーンは服を脱ぎながら言った。「思い出してみると、十四歳のころのわたしは問題児だった。きっと、ホルモンが大きく関係しているのよね」

「そうかもしれないな」ジェリーが顔も上げずに応えた。

その声の調子から夫がそう思っていないことがわかったから、ポーリーンは訊いた。

「あなたの仮説は違うの?」

ジェリーはその質問に直接は答えなかった。「クラスの子の大半は、いま、ホルモンの変化が起こりはじめているんじゃないのかな。でも、ピッパだけはそれが過剰に活性化してるとか」

クラスのほかの子供たちの素行がよくないのかどうか、二人とも実際に知っているわけではなかったが、ポーリーンは議論のための議論をしたくなかったから、穏やかに訊いた。「どうしてそう思うの?」答えはわかっているような気がした。ピッパはわたしと同じで、生まれついての十字軍戦士なのだ。しかし、ポーリーンは夫の答えが返ってくるのを待った。

ジェリーが言った。「十四歳でああいう振舞いをするのは、何かがおかしい兆候かもしれない」

ポーリーンは辛抱強く訊いた。「ピッパの生活の何がおかしいのかしら?」

「もっと自分を見てもらいたがっている」

「ほんとに? あの子にはあなたがいるし、わたしもいる。ミズ・ジャッドもいる。

それに、祖父母にも会っている」

「母親には充分に会っていないかもしれないな」

ポーリーンは思った。だったら、それはわたしが悪いの？

もちろん、娘と充分な時間を過ごしていないのは事実だ。だけど、フルタイムの仕事を持っている者で、自分の子と過ごしたいだけ一緒に過ごせる親などいない。それでも、ピッパといるとき、それは大切な時間だ。ジェリーの指摘は公正を欠くような気がする。

彼女は裸になった。自分が服を脱ぐところをジェリーが見ていなかったことにも気づいていた。ナイトドレスを頭からかぶり、ベッドに入って彼の隣りに横になった。

「いまあなたが言ったことだけど、これまでもずっと考えていたことなの？」彼女は訊いた。

「持続的かつ潜在的な懸念に過ぎないよ」ジェリーが言った。「きみを批判しているわけじゃない」

でも、批判してるわ、とポーリーンは思った。

ジェリーが雑誌を置いてベッドサイド・ランプを消し、ポーリーンに覆いかぶさるようにして軽いキスをしてから言った。「愛してる、おやすみ」

「おやすみなさい」ポーリーンも自分の側の明かりを消した。「わたしも愛してるわ」

眠りに落ちるまでに長い時間がかかった。

4

　タマラ・レヴィットの職場は、ンジャメナ駐在アメリカ大使館にオフィスが並ぶCIA支局だった。彼女のデスクは共有区画にあったが、それはまだ下っ端で、自分だけのオフィスを持てる身分にないということでもあった。アブドゥルからの電話で、ハキムという人間の密輸を仕事にしている男と彼が接触したことがわかり、その短い報告を文書にしているとき、午後が終わりに近くなったころ、支局員全員が会議室に集められた。支局長のデクスター・ルイスから何かの発表があるとのことだった。

　デクスターは小柄な筋肉質で、皺になったスーツを着ていた。タマラの見立てでは、抜け目がなく、とりわけ欺瞞《ぎまん》に関わる作戦でその才能が発揮されていたが、日常生活においても人を騙すことを何とも思っていない節があった。その彼が言った。「われわれは大勝利を勝ち得た。それは諸君のおかげであり、そのことを全員に感謝したい。ここにメッセージが届いている。いまからそれを読み上げる」手に一枚の紙が握られていた。「〝スーザン・マーカス大佐および彼女の指揮下の隊員、そして、デクスター・ルイスおよび彼の指揮下の諜報《ちょうほう》チームに。親愛なる同僚のみなさん、アル・ブスタンで得たあなた方の勝利に祝意を表することはわたくしの喜びとするところです。あなたたちは敵に致命的な打撃を与え、多くの人命を救いました。わたくしはあなた方を誇りに思います。敬具――」デクスターが芝居がかって一旦《いったん》間を置き、そのあとで結びを口にした。「アメリカ合衆国大統領ポーリーン・グリーン」

とたんに拍手喝采《かっさい》が爆発した。タマラは自分のなかでどっと誇りが込み上げるのがわかった。これまでもCIAのためにいい仕事をたくさんしてきたが、これほどの大作戦に関わったのは初めてで、これほどの成功を収めたことにぞくぞくするほどの興奮を感じていた。

でも、とタマラは思った。大統領の祝意を受けるのに一番ふさわしいのはアブドゥルよ。大統領は彼の名前ぐらいは知っているだろうか。たぶん知らないはずだ。

それに、任務はまだ完了していない。アブドゥルはまだ第一線にいて、いまも命の――あるいは、それ以上の――危険にさらされながらジハーディをスパイしている。

夜、眠れないまま、彼について、彼の前任者のずたずたになった死体について、考えることがあった。オマル、彼の命の血は砂に吸われてしまった。

全員が自分の席に戻り、タマラはポーリーン・グリーンのことを思い出した。ポーリーンが大統領になるはるか以前、彼女がまだシカゴ市議会議員を目指して選挙運動に励んでいたとき、タマラはヴォランティアの運動員として彼女の選挙事務所に詰めていた。タマラは共和党員ではなかったが、ポーリーンを個人的に尊敬し、憧《あこが》れていた。タマラからすると、とても親密になったはずだったが、選挙運動のなかでのつながりというのは周知のごとくその場かぎりのもの、海の上のロマンスのようなものであり、ポーリーンが当選したあと、友情はつづかなかった。

タマラが修士号を得たあとの夏、ＣＩＡが接近してきた。それはスパイ小説に出てくるようなものでも何でもなく、女性が電話をかけてきてこう言っただけだった。「ＣＩＡの求人担当の者です。お話をさせてもらいたいのですが」タマラは工作本部に採用されたが、それは秘密諜報活動を意味していた。ラングレーで予備的な説明を受け、そのあと、〈ファーム〉と呼ばれているところでの宿泊研修を完了した。

ＣＩＡ職員のほとんどは、入局してから退局するまで一度も銃を使わない。彼らの仕事はアメリカ国内と厳重に警備された大使館内でコンピューターの前に坐り、外国の新聞を読み、ウェブサイトを渉猟《しょうりょう》し、データを収集し、その意味を分析することだった。しかし、危険な国、敵意のある国、あるいは、両方を兼ね備えている国で仕事をする場合、武装したり、ときどきではあるが暴力に関係することになる者もいないではなかった。

タマラは弱虫ではなかった。シカゴ大学では女子アイスホッケー・チームのキャプテンを務めていた。だが、CIAに入るまで、火器のことは何一つ知らなかった。父は大学教授で、銃というものを持っていなかった。母は〈銃暴力に反対する女性たち〉というグループのための募金活動をしていた。指導教官から九ミリ自動拳銃を渡されたとき、どうやって弾倉を抜くのか、どうやってスライドを引くのか、そのやり方を、仲間を見て知らなくてはならなかった。

しかし、少し訓練したあとで嬉しいことがわかった。どんな銃器であろうと、タマラの命中率は群を抜いていた。

そのことは両親に黙っていることにした。

間もなくわかったのだが、局は全員が戦闘訓練を完了することを期待しているわけではなかった。その訓練は選抜過程の一部で、元々のグループの三分の一が脱落した。とんでもなく筋骨隆々とした男がいたが、実は肉体的な暴力をひどく怖がることがわかった。自爆テロリスト制圧訓練では、実弾の代わりに、命中すると破裂して色がつく塗料弾が使われたが、飛び抜けて物事に動じそうになかった男が撃ったのは、すべて民間人だった。ただ謝罪して辞めていった者も何人かいた。

しかし、タマラはすべてをやり遂げた。

チャドは最初の海外任地だった。モスクワや北京のように緊張を強いられる支局でも、ロンドンやパリのように居心地のいい支局でもなく、地味な支局だったが、IS

ＧＳの存在ゆえに重要と見なされていた。タマラはここへの派遣が決まったとき、嬉しさと自負の両方を感じた。そしていま、大きな仕事をやってのけて、局の判断が正しかったことを証明しなくてはならなかった。アブドゥル支援チームの一員であることは、それだけでタマラの強みだった。もし彼がフフラやアル・ファラビを見つけたら、チーム全体が栄光に包まれることになる。

一日が終わりを迎えつつあり、窓の外では椰子の木々の影が長く伸びはじめていた。タマラはオフィスを出た。昼の暑さが和らごうとしていた。

ンジャメナのアメリカ大使館はシャリ川の北岸に十三エーカーの広さを有し、モブツ通りのカトリック伝道所とフランス会館の中間の街区一つを丸々占拠していた。建物は現代的で新しく、駐車場は椰子の木の陰になっていた。一見したところではシリコン・ヴァレーで高利益を上げているハイテク企業の本社のようで、アメリカの強力な軍事力の一部がそこに存在しているようには見えなかった。だが、警備は厳重極まりなく、警備員はだれだろうと用があることが実証されない限り門を通さず、約束の時間より早く着いた訪問者は時間がくるまで通りで待たなくてはならなかった。

タマラは大使館の構内に住んでいた。大使館の外はアメリカ人にとって安全でないと見なされていて、彼女は――ほかの者たちも同じだったが――未婚の職員用に建てられた低層のワンルーム・マンションに住まいをあてがわれていた。

そこへ向かって構内を横断していると、大使夫人のシャーリー・コリンズワースと出くわした。彼女はもうすぐ三十歳、タマラと同い年だった。いま着ているピンクのスカート・スーツはタマラの母親でも着るかもしれないような地味なものだった。もちろん大使夫人という役目柄、あまり派手に見えてはならなかったが、本質はタマラと同じで、二人はもう友だちになっていた。

嬉しそうなシャーリーを見て、タマラは訊いた。「何がそんなに嬉しいのかしら？」

「ニックがささやかな勝利を得たの」大使のニコラス・コリンズワースはシャーリーより四十歳年上だった。「ついさっき、将軍との面会から帰ってきたところよ」

チャドの大統領は〝将軍〟と呼ばれていて、軍事クーデターで政権を握ったのだった。チャドは民主主義と言っても上辺だけで、選挙は行なわれるけれども、現職大統領が勝つと決まっていた。だれであれ対抗馬は、人気が出はじめるとなぜか刑務所に入ったり、致命的な事故に遭遇した。選挙は一応やって見せているだけで、変化は暴力によってしか起こらなかった。

「将軍がニックを呼びつけたの？」タマラは訊いた。これは情報にかかわる職員なら絶対に看過できない類いの重要な事実だった。

「そうじゃなくて、ニックのほうから面会を希望したの。グリーン大統領が国連総会で決議を提案しようとしていて、海外に駐在している大使は全員、それを支持してくれるよう運動しなくちゃならなくなったのよ。まだ広く知られていることではないけど、あなたはCIAだから話しても大丈夫よね。いずれにしても、ニックは大統領宮殿へ行ったの。かわいそうに、武器取引に関する事実と数字を頭に詰め込んでね。将軍は話を二分聞いただけで支持を約束し、サッカーの話を始めたんですって。というわけで、ニックが勝利を得て、わたしは嬉しいのよ」

「いいニュースじゃないの！　またもや勝利ね」

「もちろん、アル・ブスタンと較べたら小さなものだけど」

「それでも、夫婦で祝杯を挙げたらどう？」

「シャンパン一杯程度のお祝いかもしれないけど、ここにはいいワインが揃っているのよ。フランスが仲間でいてくれるおかげでね。あなたはどうするの？」

「タブダル・サドゥルとお祝いのディナーよ。フランス対外治安総局のわたしのカウンターパートなの」

「タブなら知っているわ。アラブ人よね、生粋《きっすい》のじゃないかもしれないけど」

「アルジェリア系フランス人よ」

「あなた、運がいいわ。彼は飛び切りよ。一つしかない最高の黒と聡明、ね」

「それ、詩か何か？」

「バイロンよ」

「まあ、わたしたちはディナーを愉しむだけよ。彼と寝るつもりはないわ」

「ほんとに？　わたしだったら、それもやぶさかじゃないけどな」

タマラは小さく笑った。

シャーリーが言った。「わたし、本気よ。もちろん、素晴らしい夫と結婚していなかったら、だけどね」

「そりゃそうでしょ」

シャーリーがにやりと笑みを浮かべた。「せいぜい愉しんでらっしゃい」そして、去っていった。

タマラは自分の住まいへふたたび歩き出した。シャーリーったら、あれは冗談に決まってる。本気で夫を欺くつもりなら、冗談にでも口にするはずがないもの。

ベッド、机、カウチ、そして、テレビ、タマラのワンルームにあるのはそれだけで、学生の住まいより多少ましという程度に過ぎなかった。その部屋をオレンジとインディゴの明るい色調の現地の織物で自分風にアレンジし、棚にアラビア文学、結婚式当日の両親の写真、まだ指使いもわからないので弾いたことのないギターを置いた。

シャワーを浴び、髪を乾かし、薄く化粧をし、クローゼットを覗いて、何を着ていこうか考えた。丈の長い上衣にズボンという仕事用の服装は論外だった。

今夜が楽しみだった。タブはハンサムで魅力的で面白い。タマラは自分を最高に素敵に見せたかった。というわけで、濃紺と白の細いストライプの入った、膝丈のコットン・ドレスを手に取った。半袖だったから、保守的なここでは人が眉をひそめるはずだったし、いずれにせよ夜は冷える可能性があるから、腕を覆うことのできるブルーのボレロのジャケットをドレスの上に着た。最後に、踵《かかと》の低い濃紺の革のパンプスを履き、鏡を見て服装を検めた。地味すぎたが、チャドではそのぐらいでちょうどいいように思われた。

車を頼んだ。大使館が使っている配車サーヴィスの運転手については、身元をきっちり調べ上げてあった。車を待とうと外に出ると、もう夜になっていた。夏の雨は上がり、雲もなく、満天の星がきらめいていた。すでにこぢんまりしたフォー・ドアのプジョーが待っていて、その前に大使館のリムジンが駐まっていた。

待っているプジョーへと歩いていくと、向こうからデクスターが、奥さんと腕を組んでやってくるのが見えた。二人とも、夜会服だった。そういえば、とタマラは思い出した。南アフリカ大使館でパーティがあるんだった。リムジンは彼らのためのものなんだ。「あら、支局長」タマラは声をかけた。「こんばんは、ミセス・ルイス。お元気ですか?」

デイジー・ルイスは可愛らしかったが、少しおどおどしているように見えた。デクスターは着慣れないタキシードを何とかそうでないように見せていた。「やあ、タミー」デクスターは応えた。

彼女をタミーと呼ぶのは、世界じゅうでデクスターだけだった。

タマラはきちんと名前を呼んでほしいと要求したい衝動を抑え、それどころか、まったく逆の見当はずれなことを口走った。「グリーン大統領のメッセージを読んでいただいてありがとうございました。とてもいいことをしてくださったと思います。みんな、大喜びでした」そして、内心で自分を罵《のの》った。何をご機嫌取りなんかしてるのよ。

「そう言ってもらえて嬉しいよ」と応えて、デクスターが頭のてっぺんから足の先までタマラを見た。「ずいぶんめかし込んでいるじゃないか。まさか、南アフリカの賑やかなパーティに招待されているなんてことはないよな?」

「そんなこと、とんでもない」へりくだりすぎだ、とタマラはふたたび内心で自分を罵った。「静かなディナーに行こうとしているだけです」

デクスターが無遠慮に訊いた。「相手は?」普通の上司ならそんなことを訊く権利はなかったが、ここはCIAで、ルールも普通ではなかった。

「フランス対外治安総局のタブダル・サドウルと、アル・ブスタンのお祝いをするんです」

「サドウルなら知っている。真面目な男だ」デクスターが硬い顔でタマラを見た。

「それでも、外国籍の人間と仲良くなって接触をつづける関係になったら、その旨を私に報告してもらわなくては困る。たとえその相手が味方でもだ」

「はい」

デクスターが不同意の返事が返ってきたかのように応じた。「受け入れがたい保安上の危険を招来する恐れがあるからな」

自分の権限を振り回して愉しんでいるんだと思ったそのとき、タマラはデイジーが気の毒そうに自分を見ていることに気がつき、彼女も同じようにいじめられているんだと同情した。「わかりました」タマラは答えた。

「わざわざ思い出させてやる必要はないはずだがな」

「単なる仕事仲間です、支局長。ご心配は無用です」

「心配するのが私の仕事だ」デクスターがリムジンのドアを開けた。「憶えておくといいと思うが、〝仲良くなって接触をつづける〟の意味は、一回のフェラチオはいいが二度目は駄目だということだからな」

デイジーがたしなめた。「デクスター！」

デクスターが笑って言った。「さあ、車に乗るんだ、スウィーティー」

リムジンが動き出すと、埃まみれの銀のファミリー・セダンが駐車スペースから出てきて、後を追っていった。デクスターのボディガードだった。

タマラはプジョーに乗り、行先を告げた。

デクスターに関してできることは何もなかった。フィル・ドイルに話してみることはできるかもしれない。彼はアブドゥルのプロジェクトの管理官で、デクスターより地位が上だ。でも、自分の上司についての苦情をさらに上の人間に申し立てるのは、どんな組織においても人間関係を悪くしかしないはずだった。

ンジャメナはそこがまだフォール・ラミーと呼ばれていた時代に、フランス人によって設計され、造られた町だった。というわけで、大通りはパリ風で、驚くほど広かった。車はあっという間に、世界じゅうに展開するアメリカのチェーン店、ホテル・ラミーの前に着いた。優雅な夜には最高の場所だったが、タマラは香辛料のきいたアフリカ料理を食べさせてくれる現地の食堂のほうが実は好きだった。

運転手が訊いた。「迎えにきますか？」

「電話するわ」タマラは答えた。

壮大な大理石のロビーに入った。そこを贔屓にしているのはチャドの金持ちのエリートたちだった。内陸のほとんどが砂漠の国だったが、石油が出た。それなのに、人々は貧しかった。チャドは世界で最も腐敗した国の一つで、石油が産み出す富のすべてを権力者とその友人が吸い上げていた。そして、その富のいくばくかをここで使っているのだった。

隣接する〈インターナショナル・バー〉から、賑やかに騒ぐ声が大きく漏れ出していた。タマラはそこに入った。レストランに到達するにはバーを通り抜けなくてはならなかった。ヨーロッパの石油企業家《オイルマン》、コットンのブローカー、外交官が、チャドの政治家やビジネスマンと絡み合っていた。そういう場所はパンデミックのあいだに死に絶えたはずだったが、ここは立ち直り、新たな高みへ上っていた。

タマラは六十歳ぐらいのチャド人男性に迎えられた。「タマラ！」彼が声をかけてきた。「私が会いたいまさにその人じゃないか。元気か？」

カリムという名前の、人脈が豊かな、〝将軍〟が権力の座に就く手助けをした人物だった。タマラは彼を大統領宮殿の内側の情報源として利用しようと考えて、進んで交際を深めていた。幸いなことに、彼のほうも彼女に対して同じ意図を持っているらしかった。

カリムが着ているのは淡いピンストライプが入った、薄手のグレイのビジネス・スーツだった。彼はタマラの頰に二回ずつ、まるでフランス人家族の一員であるかのように、左右合わせて四回キスをした。敬虔なイスラム教徒で、幸せな結婚生活を送っていたが、この自信過剰なアメリカ人の娘には下心のない情愛を感じているようだった。

タマラは言った。「会えて何よりです、カリム」彼の妻に会ったことはなかったが、それでも言葉をつないだ。「ご家族はお元気ですか？」

「ありがとう、とても元気だよ。そのうえ、凄いことに、いま、孫たちがきているんだ」

「わたしに会いたかったと言ってもらって嬉しいです。何かお手伝いできることでも？」

「実はあるんだ。将軍がきみのところの大使夫人にプレゼントをしたいと言っているんだよ、彼女の三十歳の誕生日のお祝いにね。彼女の香水の好みを知らないかな？」

それならタマラも知っていた。「ミセス・コリンズワースがお使いの香水はミス・ディオールです」

「そうか、完璧だ。ありがとう」

「でも、カリム、率直に言わせてもらっていいですか？」

「もちろんだとも！　私たちは友だちだろ？」

「ミセス・コリンズワースは知的な女性で、詩に関心をお持ちなんです。香水をもらっても、あまり喜ばれないかもしれません」

「そうなのか」香水を欲しがらない女性がいることが、カリムには意外なようだった。

「ほかの候補を挙げましょうか？」

「頼む」

「アラビアの古典と言える詩の英語訳かフランス語訳はどうでしょう。香水よりずいぶん喜ばれると思いますよ」

「そうなのか?」カリムはいまだ理解が難しいようだった。

「アル・ハンサはどうでしょう」ガゼルを意味する名前だった。「数少ない女性詩人の一人だと理解していますけど」

カリムが半信半疑の顔をした。「アル・ハンサが書いているのは死者への挽歌《ばんか》だ。誕生日のプレゼントには少し暗いんじゃないか?」

「その心配はいりません。自分が詩を愛していることを将軍がご存じだと知って、喜ばれるはずです」

カリムの顔に浮かんでいた懸念が晴れた。「そうだな、確かにそのほうが香水よりもずっと嬉しいはずだ。いまわかったよ」

「よかった」

「ありがとう、タマラ。きみは本当に気が利くな」カリムがバーのほうを一瞥した。「一杯やるか? ジントニックなんかどうだい?」

タマラはためらった。カリムとの関係をさらに発展させたいのは山々だけれども、タブを待たせたくなかった。それに、簡単にうんと言わずに気をもたせるのも一つの手だと言われてもいた。「ごめんなさい」彼女はきっぱりと断わった。「レストランで友だちと待ち合わせているんです」

「だったら、近々コーヒーでもどうかな？」

その誘いを断わる理由はまったくなかった。「いいですね」

「電話してかまわないか？」

「もちろんです、わたしの電話番号はご存じですか？」

「秘密警察から手に入れるよ」

まんざら冗談ではないように思われたが、タマラは笑顔で言った。「では、近々」

「嬉しいね」

タマラはカリムと別れ、レストラン〈リヴ・ゴーシェ〉へと歩いた。

そこはさっきのホテルより静かで、ウェイターは小声だったし、テーブルクロスが食器や銀器の立てる音を吸収してくれ、客も食事中は話をしてはならないことになっていた。

ボーイ長はフランス人、ウェイターはアラブ人で、食事を終えた皿を下げるウェイター助手はアフリカ人だった。ここでさえ肌の色による差別があるんだ、とタマラは思った。

タブはカーテンのかかった窓の近くのテーブルにいた。すぐにその姿を認めて近づいていくと、笑顔になって立ち上がった。ネイヴィブルーのスーツに糊のきいたワイシャツ、ストライプのネクタイという服装だった。それ自体は地味だけれども、彼が着ていると颯爽《さっそう》として見えた。

タブは両頰にキスをしたが、一度ずつで、カリムより控えめで礼儀正しかった。腰を下ろすと、彼が言った。「シャンパンをグラスでもらおうか?」

「いいわね」ウェイターを呼んで注文をしたのはタマラだった。そうすることで、タブにも、だれであれそこにいる人々にも、これがロマンティックなデートでないことをはっきりさせたかった。

タブが言った。「それにしても——やったじゃないか!」

「わたしたちの煙草売りの友人にはかけがえのない価値があるわ」

二人とも言葉遣いには充分に注意し、アル・ブスタンの名前は口にしなかった。万に一つではあるにせよ、テーブルの中央に置かれた白いフリージアの小さな花瓶に盗聴器が仕掛けられていないとも限らなかった。

シャンパンが運ばれてきたが、ウェイターが行ってしまうまで、二人は口を閉じた。やがて、タブが言った。「だけど、彼はもう一度ああいうことができるかな?」

「それはわからないわ。高さ百フィートのところで、セーフティネットなしで綱渡りをしているようなものだもの。一歩たりと誤るわけにはいかないわ」

「あれから彼と話したのか?」

「今日、電話があった。昨日、旅行業者と会い、自分も参加したいと言って、その理由も打ち明けて、料金を教えてもらったんですって」

「その旅行業者は彼の話を信じたのか？」

「不審に思う様子はなかったそうよ。もちろん、彼を罠《わな》に嵌《は》めるためにそういう振りをした可能性はあるけどね。それはわたしたちにはわからないし、彼もわかっていないわ」そこまで言って、タマラはグラスを手に取った。「わたしたちにできるのは、彼の幸運を祈ることだけよ」

タブが真顔で言った。「神よ、彼を護りたまえ」

ウェイターがメニューを持ってきて、二人は二分ほど沈黙して料理を選んだ。このホテルが提供しているのは、世界じゅうの標準的な料理をアフリカ風にアレンジしたものだった。タマラはタジンを注文した。円錐形の蓋《ふた》つきの土鍋でゆっくり調理した、乾燥果実を添えたシチューである。タブが頼んだのは、お気に入りのフランス料理、ヴィール・キドニーのマスタード・ソースだった。

タブが言った。「ワインはどう？」

「残念だけど、やめておくわ」アルコールは好きだが、量は必要としなかった。ワインや蒸留酒をたしなむ程度で充分で、酔っぱらうのは絶対に嫌だった。判断力が鈍るのが恐ろしかった。何であれ欲望に対して自制するのは、たぶんそのせいだった。

「でも、あなたは遠慮なくどうぞ」

「いや、ぼくもやめておこう。フランスの男のくせに、実はほとんど飲まないんだ」

タマラはタブのことをもっと知りたかった。「あなた自身について、わたしの知らないことを教えてよ」彼女は言った。

「いいとも」タブが微笑した。「いい質問だ。そうだな……」そして、しばらく考えた。「ぼくが生まれたのは女性が強い一族なんだ」

「それ、面白い！　つづけてよ」

「昔のことだけど、祖母がクリシー‐スー‐ボワというパリの郊外でコンヴィニエンス・ストアを始めて、いまもやっているんだ。いま、あの界隈《かいわい》は荒っぽくなっているんだけど、祖母は移ることを拒否している。凄いことに、一度も泥棒に入られたことがないときているんだ」

「強い女性なのね」

「小さくて痩せていて働き者で、その店で得たお金で父を大学へ行かせた。父はいま、フランスの石油会社の〈トタル〉の重役で、メルセデスに乗っているよ。ハンドルを握っているのは専属運転手だけどね」

「大偉業じゃないの」

「もう一人の祖母は祖父と結婚してトラヴァース公爵夫人になった。そのときの祖父はシャンパン会社を所有していたんだけど、お金を持っていなかった。シャンパンを造って損をするなんて滅多にないんだけど、祖父の場合はどういうわけかそうなっていたんだ。それで祖母が乗り出して、その状況を逆転させた。その娘——ぼくの母だけど——がさらに事業を拡大し、運送業と宝石業を加えてやり手の経営者になっているよ」

「あの〈トラヴァース・カンパニー〉の?」

「そうだ」

タマラはそのブランドを知っていたが、彼女の収入では何であれ、到底手は出せなかった。

もっと知りたかったが、料理が運ばれてきたので、食事中、しばらくはほとんど言葉を交わさなかった。

「キドニーはどう?」それでも、タマラは訊いた。

「いいね」

「わたし、キドニーって食べたことがないの」

「試してみる?」

「是非」タマラはフォークをタブに渡し、そのフォークに刺されて戻ってきたキドニーを口に入れた。香りが強かった。「うわ!　マスタードがすごいわね」

「そこがいいんじゃないか。タジンはどうなのかな？」

「いけるわよ。食べてみる？」

「いいね」彼はフォークをタマラに渡し、その上に載って戻ってきたものを口に入れた。「悪くない」彼が言った。

お互いの料理を食べ合うのは親密な印よね、とタマラは思った。デートのときにするかもしれない類いのことだ。でも、これは仕事仲間が会っているにすぎない。少なくとも自分はそう見なしている。でも、タブはどう見なしているんだろう？

そのあと、タマラはデザートに新鮮な無花果《いちじく》を頼み、タブはチーズを頼んだ。コーヒーのカップは小さかったが、タマラは一すすりするにとどめた。ここのコーヒーは濃すぎた。タマラは大きなマグに入った、薄いアメリカン・コーヒーが懐かしかった。

彼女はタブの一族のことに話題を戻した。興味津々《しんしん》だった。彼の一族が元々はアルジェリアの出であることを知っていたから、こう訊いてみた。「お祖母《ばあ》さまはアルジェリアの出身なの？」

「そうじゃない。祖母の生まれはティエルヴィル‐スール‐ミューズだ。軍の大きな基地があったところだよ。何しろ、曾祖父は第二次世界大戦で戦場に出ているんだ。有名な第三アルジェリア歩兵師団だよ。実は勲章までもらってる。戦功十字章《クロワ・ド・ゲール》だ。祖母が生まれたときはまだ軍隊にいたんだけどね。でも、そろそろきみのことを教えてもらってもいいんじゃないかな」

「あなたのご先祖のような魅力的な話にはならないわよ」タマラは言った。「わたしはシカゴのユダヤ人一家に生まれたの。父は歴史学の教授で、乗っているのはメルセデスではなくてトヨタよ。母は高校の校長をしているわ」そして、二人の写真を見せた。父はツイードのスーツにウールのネクタイを締めていた。母は鼻のてっぺんに老眼鏡を載せて報告書を書いていた。「わたしはそれほど敬虔ではないけど、両親はリベラル・シナゴーグへ通っているわ。弟のサイモンはローマで暮らしてる」

タブが微笑した。「それで終わり?」

あまりに多くの個人的な話をこういう親密な形であからさまにするのはどうかと思われた。これは仕事仲間との会合なのだと、自分に言い聞かせつづけなくてはならなかった。実は二度結婚したことがあったが、それを明らかにする準備はまだできていなかった。もう少し時間が経ったらあり得るかもしれなかったが。

タマラは首を振った。「貴族でもないし、勲章ももらってないし、高級ブランドも経営していない。あ、ちょっと待って。そういえば、父の著作が一冊、ベストセラーになったわね。『開拓者の妻：アメリカの辺境の女性たち』というタイトルよ。百万部売れて、わたしたち、一年ぐらい有名だった」

「しかし、真偽はともかく、申し立てによれば、何の変哲もない普通のアメリカの家族から生まれたのが……きみなわけだ」

誉めているんだ、とタマラは思った。心にもない適当なお世辞ではない。タブは本気で言っているみたいだ。

ディナーは終わったが、帰るには早すぎた。自分でも驚いたことに、タマラはこう言っていた。「踊る？」

ホテルの地下階にクラブがあった。シカゴの、あるいはボストンのクラブと較べても冴《さ》えなかったが、ンジャメナでは一番のホット・スポットだった。

タブが答えた。「もちろん。踊りはひどいもんだけど、大好きだよ」

「ひどいの？　どのぐらい？」

「わからないけど、馬鹿に見えると言われたことがある」

この落ち着いた上品な男性が馬鹿に見えるような何かをするとは想像しにくく、是非とも見てみなくては気がすまなかった。

タブがウェイターを呼んで精算を頼んだ。支払いは割り勘にした。

エレベーターで地下階へ下りると、ドアが開く前からベースとドラムの音があたりを震わせていて、タマラの足はその音を聞いたとたんに逸り立つと決まっていた。クラブは大勢のチャドの若者で賑わっていた。全員が露出度の高い服装で、女の子たちの短いスカートが、地味な格好のタマラを中年に見せていた。

タブを誘ってダンスフロアへ直行した。そこへたどり着く前から、身体はビートに乗って動き出していた。

タブは思わず親愛の情を覚えるほどの踊り下手で、両腕と両脚をリズムもへったくれもなくばたばたさせるだけだったが、明らかに本人は愉しんでいた。タマラは彼と踊るのが好きになった。クラブのセクシーなくだけた雰囲気のせいで、タマラは何となく色っぽい気分になっていた。

一時間後、休憩することにしてコーラを買い、効きすぎるぐらい冷房の効いた部屋でカウチにもたれた。「マルクをやったことはある?」タブが訊いた。

「ドラッグなの?」

「果液を搾ったあとの葡萄《ぶどう》の皮で造ったブランディだよ。コニャックの値段の安い代替品としてスタートしたんだけど、いまや充分に洗練されたと言っていいほどの飲み物になってる。マルク・ド・シャンパーニュまであるんだぜ」

「当てて見せましょうか」タマラは言った。「あなた、自宅にボトルがあるでしょ」

「きみはテレパシーを使うんだ」

「女は例外なくテレパシーを使うわ」

「それなら、ぼくの自宅できみとナイトキャップをやりたいと思ってるのもお見通しだろうな」

タマラは満更でもなかった。これは仕事の上での関係以上のものだと、彼はすでに決めてかかっている。

でも、わたしのほうはまだそこまでにはなっていない。「ごめんなさい。とても楽しいんだけど、あまり夜更かしはしたくないの」

「わかった」

クラブを出ながら、タマラは少し後悔した。ナイトキャップの誘いを断わらなくてもよかったんじゃない？

タブは車を取ってきてくれるようドアマンに頼み、送っていくよとタマラに言った。彼女はそれを断わり、配車サーヴィスに電話をした。

待っているあいだに、タブが言った。「きみと話せてとても楽しかったよ。またディナーをどうだい？　そのあとマルク・ド・シャンパーニュを飲《や》ってもいいし、飲らなくてもいいから」

「そうね」

「次はもっと気の置けないところにしよう。チャド料理のレストランとか」

「いいわね。電話をちょうだい」

「わかった」

タマラの頼んだ車がやってきて、タブがドアを開けてくれた。彼女は彼の頬に軽くキスをして言った。「おやすみなさい」

「おやすみ」

タマラはその車で大使館へ帰り、自分の部屋へ直行した。

タブのことが大好きになったみたい、と彼女は服を脱ぎながら気がついた。そして、自分に改めて言い聞かせた。あなたは男を見る目がないんだから、それを忘れないようになさい。

スティーヴンと結婚したのはまだシカゴ大学の学生のときだった。結婚したあとでわかったのだが、彼はだれだろうと自分が気に入った女性と寝たし、婚姻の誓いもそれを思いとどまらせることができなかった。結局、半年後に別れることになった。それ以来、彼とは話していないし、会いたくもなかった。

シカゴ大学を卒業したあと、パリ政治学院で中東を専門とする国際関係論の修士号を取得した。そこでジョナサンというアメリカ人と出会って結婚したのだが、それも種類は違うがうまくいかなかった。彼は優しかったし、頭もよかったし、面白かった。セックスは平凡だが、それでも一緒にいると幸福だった。タマラもジョナサン本人も最初は気づいていなかったのだが、実は彼はゲイだとわかった。というわけで、離婚も友好的だったし、タマラはいまも彼を好もしく思っていて、一年に三度か四度は電話で声を聞かせ合っていた。

問題の一部は、あまりに多くの男がタマラに惹かれることにあった。自分でもわかっていたが、見た目もよく、快活で、セクシーで、男の目を惹くのは難しくなかった。どの男が自分にふさわしいかを見抜くのが難しかった。

ベッドに入って明かりを消しても、タブのことを考えるのをやめられなかった。間違いなくいい男性に見えた。目を閉じて、彼を思い浮かべた。背が高く、ほっそりしていて、髪は波打ち、深い褐色の目は、ほとんど覗き込まずにいられなかった。着ているものは主《あるじ》に忠実にしがみついているようで、今夜のようなスーツであろうと、カジュアルなものであろうと、それは変わることがなかった。どうしてあんな仕立てのいい服を買う余裕があるんだろうと不思議でならなかったが、その謎《なぞ》は今夜解けた。一族が金持ちなのだ。

タマラはハンサムな男を信用しなかった。スティーヴンはハンサムだった。彼らは虚栄心が強くて利己的な可能性がある。一度俳優と寝たとき、事後、あの男はこう訊いた。「ぼくはどうだった?」タブもそういう類いかもしれないが、本当にそうだとは思えない。

タブは見たとおりのいい男性なのだろうか? それとも、これまでのひどい過ちをもう一つ重ねることになるのだろうか? もう一度会うことに同意してしまったし、二度目のデートとなれば純粋に仕事の上だという振りはできない。まあ、いずれわかることだ。そう思うと、眠りが迎えにきてくれた。

5

タマラがその日の朝一番にしたのは、大使館のプールで泳ぐことだった。陽はまだ低く、空気はひんやりとして、埃も舞っていなかった。いつものように一人だった。三十分、頭に浮かんでくるすべてを考えることができた。アブドゥルの勇気、デクスターの敵意、カリムの慈愛、そして、タブが隠そうともしない自分への関心について。明日、タブと二度目のデートをすることになっていた。彼のアパートでちょっと飲んで、彼のお気に入りのチャド料理のレストランでディナーか。

水から上がったとき、デクスターがプールサイドのラウンジチェアから自分を見ていることに気がついた。タマラは苛立った。濡《ぬ》れた水着姿を見られていたとあれば尚更だった。

タオルを身体に巻くと、無防備さが多少減じられたような気がした。

「調べてほしいことがある」デクスターが言った。

「どんなことでしょう?」

「ングエリ・ブリッジは知っているな」

「もちろんです」

ングエリ・ブリッジはロゴネ川にかかる橋で、チャドとカメルーンの国境になっていたから、国と国との交差路の役割を果たしていて、ンジャメナとカメルーンのクーセリという町をつないでいた。実際には橋は二つあって、新しいほうは車専用の高架橋、低いところにあって幅が狭い古いほうは歩行者専用になっていた。

タマラは手をかざして南を見た。「ここから橋をほとんど見ることができますね。直線距離で一マイルぐらいでしょう」

「国境検問所があるんだが、厳密な検問が行なわれているわけじゃない」デクスターがつづけた。「車が止められることは滅多にないし、歩行者はだれもかれもが国境警備員の友人や親戚《しんせき》縁者のように見える。足止めされるのは白人だけだ。そして、本来はありもしない入国税や出国税を取られる。金額はその白人がどれだけ金持ちのように見えるかによるし、国境警備員が受け取るのは現金だけだ。これ以上説明する必要はないんじゃないか？」

「そうですね」タマラにとっては意外でも何でもなかった。チャドは尋常でなく腐敗していた。だが、それはＣＩＡが関知する問題ではなかった。「われわれが関心を持った理由は何でしょうか？」

「ジハーディが歩行者専用のほうの橋を乗っ取りつつあると、私の情報源が知らせてきた。武装した連中が少人数でひそかに国境検問所へ入り込んでいるらしい。地元の人間に対しては何もしないが、その出入国税の徴収を警備員に代わってやっていて、金額を上げ、それを本物の国境警備員と山分けしている。そして、本物の国境警備員もそれでいいと思っている」

「わたしたちが関わる必要があるんですか？　地元警察が対処すべき問題のように思えますけど」

「私の情報源が正しければ、看過するわけにはいかない。問題は賄賂《わいろ》ではなくて、ISGSが国境検問所を牛耳ろうと目論んでいることだ」

タマラはまだ腑《ふ》に落ちなかった。なぜISGSはあんなものを欲しいのだろう。それでジハーディにいいことがあるとは思えない。「支局長の情報源は信用できるんでしょうか？」

「ああ、優秀だとも。しかし、そうではあっても、確認する必要はある。きみにちょっと見てきてもらいたい」

「わかりました。でも、護衛が必要です」

「そうでもないとは思うが、きみが安心できるのなら、兵士を二人ほど連れていけばいい」

「マーカス大佐に相談してみます」

タマラはアパートに戻ると、服を着て、朝の暑さのなかへ出た。軍は大使館構内に独自の建物を持っていた。タマラはスーザン・マーカスのオフィスを見つけた。大佐はすぐにくるからオフィスで待っていてくれと助手に促された。

タマラは室内を見回した。一方の壁は、大縮尺のものを何枚も張り合わせて作られた、北アフリカ全体の地図に覆われていた。ニジェールの真ん中に、〝アル・ブスタン〟と記されたシールが貼《は》ってあった。反対側の壁は大きなスクリーンだった。家族の写真はなかった。コンピューターが二台と電話が一台。安っぽい硬質プラスティックの机はきちんと整頓《せいとん》されていて、鉛筆、紙、付箋《ふせん》が置かれていた。マーカス大佐は尋常でなく整理整頓が好きか、自分の個人的なことは一切明らかにしないと決めているか、あるいは、その両方かもしれなかった。

マーカス大佐は〈第二合同軍特殊作戦任務部隊〉、または、短く〈特殊部隊〉と呼ばれている軍の一員だった。

間もなく、彼女が現われた。短髪で、きびきびしていて、タマラがこれまでに会った軍人と変わるところはなかった。カーキの軍服に制帽をかぶり、そのせいで男っぽく見えるが、その下の彼女はかわいらしいはずだ、とタマラは思った。男の世界で平等に扱われるには、外見であれ、仕事であれ、わずかでも女らしさを見せたら不利に働くことは彼女もわかっていた。

スーザンが制帽を脱いで着席し、タマラは自分も腰を下ろして口を開いた。「さっきまでデクスターと一緒だったんです」

「アブドゥルと共同してのあなたの仕事ぶりに、彼は満足しているんでしょうね」

タマラは首を振った。「彼はわたしのことが好きではないんです」

「そうらしいわね。あなたも男にこう信じさせる術を会得する必要があるわね、成功はすべて彼らのおかげだとね」

タマラは小さく笑った。「でも、それは冗談じゃありませんよね?」

「もちろんよ。わたしがどうやって大佐になったと思ってるの? 常に上司に手柄を譲ることによってよ。今日、デクスターはあなたに何を言ったの?」

タマラはングエリ・ブリッジのことを説明した。

それを聞き終えると、スーザンが眉をひそめ、何か言おうとしてためらったあとで、サイドテーブルから鉛筆を取ると、ほとんど何も置かれていない机をそれでつつきはじめた。

タマラは訊いた。「何ですか?」

「わからない。でも、デクスターの情報源は信頼できるのかしら?」

「優秀だと言っていましたけど、その報告を確認する必要がないほどには優秀ではないんでしょう」スーザンが何かを懸念しているとわかって、タマラは少し不安になった。「何が気になっているんですか？　あなたはここで一番頭の切れる人の一人です。そのあなたに気になることがあるのなら、その理由を教えてもらえませんか？」

「そうね。デクスターが言っているのはこういうことね——ジハーディは旅行者から賄賂を取り、その賄賂ははした金で、そのはした金の半分を本物の国境警備員にくれてやっているから、ジハーディの懐に入るのはその半分でしかない。彼らの本当の狙いは戦略的に重要な国境検問所を、実質的に自分たちのものにすることである」

「あなたが何を考えていらっしゃるかは、わたしにもわかります」タマラは言った。

「彼らにとって本当にそんなことをするだけの価値があるだろうか、ですよね？」

「いくつか、考えてみるべきことがあるわね。一つ目は、あそこで何が起こっているかを現地警察が知ったら、彼らはすぐさまジハーディを橋から追い払うでしょう。しかも、たぶんいたって簡単にね」

　タマラはそれを考えたことがなく、いま初めて聞いて、なるほどとうなずいた。

「ＩＳＧＳがあそこを牛耳っていられる時間には限界がある——確かに、完全に手中に収めたことにはなりませんね」

「二つ目」スーザンがつづけた。「あの橋に重要性があるとしたら、何らかの形の戦闘が差し迫っている場合だけよ。例えば、二〇〇八年のンジャメナの戦いのようなクーデターが企てられようとしているとかね。でも、いまはそんなことはありそうにないでしょう。現状、〝将軍〟に反対する勢力に力がないんだから」

「〈民主《U》主義《F》と発展のため《D》の力同《D》盟〉は革命を始めるような位置にいないことは確かですね」

「そうよ。そして、三つ目だけど、ジハーディがあそこを自分たちのものにしつづけられるなど、まずあり得ないことでしょう。それに、ＵＦＤＤが将軍にクーデターを仕掛けるなんて、それ以上にあり得ない。そういう情況で、あの橋を自分たちのものにしても意味はないわ。そもそも狙う橋が間違っているわよ。車専用の橋こそが決定的に重要なの。外国から攻め入ろうとしたら、戦車、装甲車、部隊を満載したトラック、すべてあの橋を渡ればいいのよ。すぐそこに首都があるんだから。歩行者専用の橋なんか何の役にも立たないわ」

　この分析はとても明晰《めいせき》だった。スーザンは剃刀《かみそり》のように鋭い頭脳を持っている。どうしてわたしは思いつかなかったんだろう。タマラは力なく言った。「ＩＳＧＳは名前を売ろうとしているだけかもしれませんね」

「立ったまま床に手をつけるみたいに、やったところで何の意味もないのに、できることを証明するだけのためにやると？」

「何であれジハーディのやることは、自分たちの名前を売ろうとする傾向があるように思うんですけど」

「そうかしらね」スーザンは納得したようではなかった。「いずれにせよ、あなたには念のためにも護衛が必要ね」

「デクスターはそう考えていなくて、それで安心できるんなら兵士を二人連れていけばいいと言ってるんです」

「デクスターは大馬鹿者ね。相手はジハーディよ。防御が必要だわ」


翌朝、彼らが大使館を出発したのは、太陽が町の東の煉瓦工場の上に顔を覗かせはじめたころだった。スーザンは全員が軽量の防弾ヴェストを着用して身を護るよう主張して譲らなかった。タマラはその上からゆったりしたブルーのデニム地のトラッカー・ジャケットを着た。決して涼しくはないはずだった。

車は二台、CIAは三年前の、フェンダーがへこんだ黄褐色のプジョー・ステーションワゴンを所有していて、隠密作戦に使っていたが、それは同じような車が市内に溢れているからにほかならなかった。プジョーはタマラがハンドルを握り、助手席にスーザンがいた。兵員輸送車は、一度タマラにデートを申し込んだ小生意気な二十歳、ピート・アッカーマン伍長が運転していた。その車は目立たないとはとても言えず、だれもがもう一度見直さずにはいない、スモークウィンドウのグリーンのSUVだった。しかし、兵士は帽子を脱いでライフルを床に置き、フロントガラス越しにだれかがちらりと見たぐらいでは兵士と気づかれないよう用心していた。

通りは静かで、タマラはシャリ川の北岸を先導してから橋を渡ってワリアの南の郊外へ入った。その幹線道路は国境検問所へ直通していた。

タマラのなかで、徐々に不安と緊張が募りはじめた。昨夜はこの作戦のことが頭から離れず、なかなか眠れなかった。もう三年以上チャドにいてＩＳＧＳに関する情報を集めていたが、仕事の内容は遠くのオアシスの衛星写真を検めたり、武装勢力がいる気配がないか確かめたりすることがほとんどだった。無辜の人々を殺すことを生きる目的としている男たちと直接接触したことは、いままで一度もなかった。

銃は携帯していた。手入れの行き届いたグロック・九ミリ・セミオートマティック小型拳銃が、防弾ヴェストに作りつけられているホルスターに収まっていた。ＣＩＡ局員が戦闘を目の当たりにすることは、海外でさえ滅多になかった。タマラは研修での射撃の成績は最優秀だったが、訓練場の外で実弾を撃ったことは一度もなかった。今日もそうであってほしかった。

スーザンが慎重な予防措置を講じていることが、さらに懸念を募らせていた。

ロゴネ川にかかる双子の橋は互いが五十ヤードほど離れていたが、それが見えてくるにつれて、車両専用橋のほうが高いところにあることがわかった。タマラは幹線道路を外れて、埃っぽい道に入った。
歩行者専用橋の手前二十ヤードほどのところに、何台もの車が無造作に駐まってい
た。街の中心部へ向かう人々を待っているのだろうと思われるミニバスが一台、ミニ
バスと同じことを考えているらしいタクシーが二台、くたびれ果てた乗用車が六台。
タマラはそれらの仲間入りをすると、二つの橋が同時にはっきり見えるところにプジ
ョーを停めた。エンジンはかけたままにしておいた。兵員輸送車が隣りにやってきた。
一見したところ、変わった様子はなかった。カメルーン側から歩行者専用橋を渡っ
てくる人の流れは途切れることがなく、カメルーン側へ向かう人の姿はほとんどない
と言っていいぐらい少なかった。反対側の小さな町、クーセリの住人の多くがンジャ
メナで仕事をしているのだった。自転車や驢馬《ろば》に乗っている者もいれば、一人など駱
駝にまたがっていた。ンジャメナの中心にある市場へ向かっているのだろう、籠や手
造りの手押し車で農産物を運んでいる者も何人かいた。そういう人々がカメルーンへ
帰る夕方には、人の流れが逆向きになるのだった。
タマラの頭に、故郷のシカゴの電車に乗っている通勤者が浮かんだ。着ているもの
以外に大きな違いがあるとしたら、シカゴの人々は例外なく急いでいるが、ここでは
だれもそんなに急いでいるように見えないことだった。
そういう人々を尋問したり、パスポートを求めたりする者はいず、公的なものの存

在はほとんど感じられなかった。小さな平屋が警備小屋かもしれなかった。遮断機がないように思われたが、ややあって、長い材木が目に留まった。細い丸太がそのまま地面に転がり、その両端に架台が見えた。その上に材木を載せれば、応急のお粗末な遮断機になるというわけだった。

まるで〈玩具の街《トイ・タウン》〉じゃないの、とタマラは思った。そういうところで上衣の下に拳銃を隠し持って、わたしは何をしようとしているんだろう。

直後、目に見えている全員が目的を持って行動しているわけではないことに気がついた。不完全な軍服姿の男が二人、橋を少し入ったあたりの欄干《らんかん》に何をするでもなく寄り掛かっていた。二人とも腰のホルスターに拳銃が収まっていた。穿いているのは迷彩柄のズボンで上衣の下は民間人が着るような半袖シャツ——一人は明るいブルー、もう一人はオレンジ——だった。オレンジのシャツのほうは煙草を喫い、ブルーのほうは朝食——詰め物をしたパンケーキ・ロール——を食べていた。二人とも関心がなさそうに仕事に向かう人々を眺めていて、煙草を喫っているほうが駐まっている車へと視線を向けたものの、無反応だった。

ついに敵を見つけて、タマラは不安と恐れに背筋がぞくりとした。橋のさらに数ヤード向こうに、さらに二人、険しい顔をした男がいた。一人は肩に何かをかけていて、コットンのショールに隠れて全体は見えなかったが、そこから突き出している先端はライフルの銃口そっくりに見えた。

もう一人は、タマラの車をまっすぐに見ていた。

タマラは初めて本物の危険を感じた。

フロントガラス越しにその男を観察した。長身で表情は厳しく、額は秀でていた。想像に過ぎないのかもしれないが、断固とした目的を持っているように見えた。自分の前を通り過ぎていく者には、彼らが虫か何かであるかのように、まったく無関心だった。彼も一部を布でくるんだライフルを持っていたが、それが人々に見えていようがいまいが無頓着なようでもあった。

タマラが見ていると、男は電話を出して番号を押し、耳に当てた。

タマラは言った。「あそこにいる男ですけど――」

「見えてるわ」スーザンが助手席で言った。

「電話をかけてます」

「そうね」

「でも、だれに？」

「――それは本人にしかわからない質問ね」

タマラは自分が標的になったような気がした。あの男はフロントガラス越しにわたしを撃つことができる。ライフルなら至近距離と言える。わたしは向こうからはっきり見えているし、運転席に坐っていてほとんど動けない。「車から出るべきじゃないですか？」彼女は言った。

「本当にいいの？」

「ここに坐ったままで何かを学ぶつもりはありません」

「わかった」

二人は車を降りた。

頭上の車両専用橋を走る車の音が聞こえたが、姿は見えなかった。

スーザンが緑色の車へ行って兵士たちに指示を与え、戻ってくると言った。「だれにも気づかれないようにしておきたいから、彼らには車内にとどまるよう命じてあるけど、何かあったらすぐに飛び出してくるわ」

どこからか叫ぶ声が聞こえた。「アル‐ブスタン！」

タマラは何事かとあたりを見回した。一体どこから聞こえてきたの？　なぜあの言葉を叫んだの？

そのとき、最初の銃声が弾けた。

ロックバンドがスネア・ドラムを連打するような連続音が響き、そのあとガラスの割れる音がして、最後に苦悶《くもん》の悲鳴が上がった。

タマラは何も考えずにプジョーの下に飛び込んだ。

スーザンがあとにつづいた。

橋を渡っている人々から恐怖の叫びが上がった。そのほうを見ると、全員がやってきたほうへ駆け戻ろうとしていた。だが、発砲している者の姿は見えなかった。

タマラが見ていた男は武器を構えていなかった。プジョーの下で腹這《はらば》いになり、心臓が早鐘を打つなかで、彼女は言った。「一体どこから撃ってきてるの！」それがわからないことが恐怖を増幅させた。

隣りでスーザンが答えた。「上からよ。車両専用橋から撃ってきてるわ」

スーザンはプジョーの下から顔を突き出すと、斜め上の橋をはっきり見ることができた。一方、タマラは何もしないでも歩行者専用橋を見ることができた。

「別動隊のフロントガラスが割れているわ」スーザンが言った。「一人、撃たれたみたい」

「大変、大丈夫ならいいんだけど」

また苦悶の呻きが聞こえた。今度はすぐには止まなかった。

「死んではいないようね」スーザンが右を見て言った。「車の下に引っ張り込まれてる」そして、一呼吸置いてつづけた。「アッカーマン伍長ね」

「何てこと、どうなんでしょう？」

「わからないわ」

もう叫びは聞こえなかった。タマラにはそれが悪い印に思われた。

スーザンが拳銃を握って車の下から顔を出し、斜め上を見て引鉄《ひきがね》を引いた。「遠すぎる」腹立たしげな声が聞こえた。「車両専用橋の欄干から男がライフルでこっちを狙っているのが見えるんだけど、この距離からこんなちっぽけな銃で撃ったって当たりっこないわ」

またもや橋からの連続発砲があり、銃弾がプジョーの屋根や窓を破る耳障りな音が聞こえた。タマラは自分の悲鳴を聞きながら両手で頭を覆った。無駄だとわかってはいたが、本能に抵抗できなかった。

しかし、発砲が終わってみると彼女は無傷で、それはスーザンも同じだった。

スーザンが言った。「上の橋から撃ってきてるわ。準備ができているんなら、そろそろ自分の銃を出したらどう？」

「なんてこと、銃を持っているのを忘れるなんて！」タマラは防弾ヴェストの左腕の下に作りつけられたホルスターに手を伸ばした。そのとき、兵士たちが撃ち返しはじめた。

タマラは腹這いになって両肘を突くと、左右の親指が前方を向いたままスライドが後退するときにずれないよう、両手で慎重にグロック拳銃を握った。そして、単発発射しかできないようにセットした。そうしておかないと、あっという間に弾倉が空になる恐れがあった。

兵士たちの発砲が一瞬止んだ。その瞬間、橋の上から三度目の掃射が始まった。すぐさま兵士たちが反撃を再開した。

タマラの位置から上の橋は見えなかったから、歩行者専用橋から目を離さないようにした。撃ち合いが行なわれているこちら側から必死に向こう側へ逃げようとする人々が、射撃音だとわからずに恐怖を感じていない向こう側にいる人々のなかへ突っ込んでいき、歩行者専用橋の上は大混乱になっていた。迷彩柄のズボンを穿いた二人の国境警備員は群衆の後方にいて、民間人と同じぐらいパニックになり、もっと早く逃げようと自分の前にいる人々を殴りつけていた。川に飛び込んで向こう岸へ泳ぐ者もいた。

橋のこちら側では、二人のジハーディが川岸へ下りて行こうとしていた。タマラはそれを狙ってグロックの照準を合わせたが、彼らは橋の下に隠れてしまった。

銃声が止み、スーザンが言った。「さっきまで撃ってきていた男はやっつけたようね。待って——そうじゃない、また戻ってきた。違う、今度は別の男だわ。頭に巻いている布が違うもの。いったい何人いるの？」

短い静寂のなかで、またあの叫びが聞こえた。「アル - ブスタン！」

スーザンが無線で緊急増援とピートのための救急車を要請した。

兵士たちと上の橋のあいだでふたたび撃ち合いが行なわれたが、今回は双方ともにうまく身を隠したために、どちらにも被害はないようだった。

それでも、タマラとスーザンはそこに釘《くぎ》づけにされてなす術がなかった。ここで死ぬことになるのか、とタマラは思った。もう少し早くタブに会いたかった。五年前とか。

歩行者専用橋の上にあの厳しい顔の男がふたたび現われ、欄干が終わって橋面が砂利敷の地面に接する川岸に下りていった。距離はほんの二十ヤード、タマラがその動きを追って狙いを定めていると、彼は地面に降り立った。そこで腹這いになり、慎重に狙いを定めて、車の下に隠れている全員を撃ち殺そうとしているのだった。彼は何の後悔もしないだろうという確信のようなものを、タマラは感じた。

何をするにしても猶予《ゆうよ》はわずか一秒か二秒、タマラは考えることなく男の顔に拳銃の照準を合わせ、照門のV字形の刻み目と照星の白い点を重ね合わせて眉間を狙った。自分がとても落ち着いていることに、タマラは心の遠い片隅で驚いていた。男の頭がゆっくりと下がっていき、タマラはその動きを追って銃口をゆっくりと、遅滞なく、しかし、急ぐことなく動かしていった。命中させるには静かに落ち着いて引鉄を引くしかなく、それ以外の動きをしたら銃弾がそれてしまう確率が高かった。ついに男が腹這いになって動きを止め、ライフルを握り直して発砲する姿勢になった。その瞬間、タマラはグロックの引鉄を絞った。

　発砲と同時にいつもの反動で銃口が上に跳ねた。タマラはもう一度銃口を下げ、男の頭に狙いをつけ直した。二発目の必要がないことは、男の頭が砕け散っていたからわかったが、それでも一応引鉄を引いた。その弾丸は動きを止めた身体に命中した。

　スーザンの声が聞こえた。「お見事！」

　タマラは思った。わたしのこと？　わたし、人を殺したの？

　少し離れた川岸に別のジハーディが現われたと思うと、彼はライフルを持ったまま逃げていった。

　タマラは体勢を変えて斜め上の車両専用橋を見上げたが、そこにまだ敵の射手がいるかどうかは知りようがなかった。そこを渡っていくトラックや車の音が聞こえ、大型オートバイのエンジンのしわがれた轟きに気がついた。射手が二人だけなら、そのオートバイで逃走したのかもしれなかった。

　スーザンも同じように考えたらしく、無線に向かって指示を飛ばした。「歩行者専用橋に展開する前に、上の車両専用橋を調べるのよ。まだ敵の射手がそこにいるかもしれないから」

　そのあと、緑の車の下にいる兵士に声をかけた。「敵が全員いなくなったことが確認されるまではそこにとどまりなさい」

仕事に向かっていた者たちのほとんどがいまや歩行者専用橋の向こう側へ避難し、なかには建物や木の陰に固まって身を隠し、これから何が起こるのかを確認しようと角から覗いている者がいた。派手なシャツを着た二人の国境警備員が橋の向こう側に姿を現わしたが、こっちへ戻るかどうか迷っているようだった。

終わったのかもしれない、とタマラは思ったが、絶対安全だと確信できるまではずっとここに伏せていてもいいような気がした。

アメリカ軍の救急車が未舗装の道路を猛スピードでやってきて、緑の車の後ろで止まった。

スーザンが叫んだ。「全員、車両専用橋の欄干を狙って銃を構えて、急いで！」

いまも無傷の三人が車の下から転がり出ると、ほかの車を盾にして高いほうの橋に向けて銃を構えた。

パラメディックが救急車から飛び出した。「緑の車の下よ！」スーザンが叫んだ。「二人が被弾して負傷しているわ」

敵の銃弾は飛んでこなかった。

パラメディックがストレッチャーを持ってきた。

タマラはまだその場でじっとしたまま、川岸を逃げていくジハーディを見ていた。その男がほとんど見えなくなってようやく、もう戻ってこないだろうと考えられるようになった。二人の国境警備兵が用心深くこっちへ引き返しはじめていた。二人とも拳銃を握っていたが、いまさら遅すぎた。タマラはつぶやいた。「手助けに感謝するわよ、お二人さん」

スーザンの無線が耳障りな音を立て、雑音が混じるなかで声が聞こえた。「車両専用橋に敵はいません、大佐」

タマラはそれでもためらった。聞き取りにくい無線のメッセージに命を預けて大丈夫だろうか？

当たり前じゃないの、と彼女は自分に言い聞かせた。あなた、プロなんでしょ。

彼女は車の下を出て立ち上がった。足に力が入らず、坐り込みたかったが、兵士たちに弱虫だと思われたくなかった。束の間プジョーのフェンダーに寄りかかり、銃弾が開けた穴を見つめた。車を貫通するライフルの銃弾があることは知っていた。自分は運がよかったと言うしかなかった。

自分は情報工作員であり、この遭遇の情報で使えるものはすべて収集しなくてはならないことを思い出した。タマラはスーザンに訊いた。「車両専用橋に死体はあったんでしょうか？」

「死体はなかったけど、血痕《けっこん》が残っていたわ」

一人かそれ以上のジハーディが車で逃げたということか、とタマラは結論した。

彼女が殺した一人は置き去りにされたということでもあった。

意を決して歩行者専用橋のほうへ歩き出した。脚に力が戻っていた。死体に近づいた。そのジハーディは間違いなく死んでいた。顔が吹き飛んでいた。彼の無抵抗の両手からライフルを取り上げた。恐ろしく軽くて銃身が短い、バナナ形弾倉のブルパップ・ライフルだった。銃の左側、本体と銃床の接合部近くに製造番号が刻まれていた。それが〈ノリンコ〉、すなわち〈中国北方工業集団会社〉で製造されたものだとタマラは気がついた。中国政府が所有する防衛機器製造メーカーである。

彼女は銃口を下に向けると、ボタンを引いてバナナ形弾倉を取り外し、ボルトを開いて薬室の弾丸を取り出した。そして、弾倉と取り出した銃弾一発をトラッカー・ジャケットのポケットに入れると、空のライフルを持って破壊されたプジョーに戻った。

彼女を見て、スーザンが言った。「死んだ犬を抱くみたいにして大事にライフルを持ってるわね」

「たったいま、歯を抜いてやったところです」タマラは言った。

パラメディックが救急車にストレッチャーを載せているところだった。ピートとまだ話してもいないことに気がついて、タマラは彼のところへ急いだ。

ピートは不吉なほどに身じろぎもせず、タマラは脚を止めて言った。「何てこと」

ピートの顔は真っ青で、目は上を見つめていた。

パラメディックが言った。「残念です」

「一度、デートを申し込まれたんだけど」タマラは涙声で言った。「若すぎるって断わってしまったのよ」袖で顔を拭いたが、涙は止まってくれなかった。「ああ、ピート」彼女は命を失った顔に言った。「ごめんなさい」


交換手が言った。「アッカーマン伍長の父上、ミスター・フィリップ・アッカーマンと電話がつながりました、大統領」

ポーリーンはこれが本当に嫌だった。従軍中に死んだ子の両親と話さなくてはならないとき、胸が締めつけられずにはすまなかった。ピッパが死んだときに置き換えて、そのときの自分の気持ちを思わざるを得なかった。いまの職務で最悪の部分だった。

「ありがとう」ポーリーンは交換手に言った。「つないでちょうだい」

男性の深みのある声が聞こえた。「フィル・アッカーマンです」

「ミスター・アッカーマン、大統領のグリーンです」

「どうも、大統領」

「あなた方が大切なものを失われたこと、本当にお気の毒に思います」

「ありがとうございます」

「ピートは自分の命を、あなた方はご子息を、祖国に捧げられました。あなた方の祖国はあなた方が払われた犠牲に心から感謝しています。それをお知らせしたくて電話を差し上げた次第です」

「ありがとうございます」

「あなたは消防士ですよね、サー？」

「はい、マム」

「では、正当な理由があって命を危険にさらすことについてはご存じでいらっしゃいますね」

「はい」

「あなたの痛みを和らげることはわたしにはできません。ですが、ピートの命はわたしたちの祖国と、自由と正義というわたしたちが大切にしているものに捧げられたのだということは断言できます」

「私もそう信じています」アッカーマンの声が詰まった。

そろそろ彼を解放すべきだと判断して、ポーリーンは言った。「ピートのお母さまとお話しさせていただけますか？」

電話の向こうでためらいがあった。「妻は非常に動転しています」

「無理にとは申しません」

「うなずいています」

「では、お願いします」

女性の声が聞こえた。「もしもし?」

「ミセス・アッカーマン、大統領です。あなたが宝を失われたこと、とてもお気の毒です」

すすり泣きが聞こえ、ポーリーンは涙が込み上げるのを抑えられなかった。

その向こうで、夫の声がした。「電話を代わろうか、ハニー?」

ポーリーンは言った。「ミセス・アッカーマン、あなたの息子さんはとても重要な大義に命を捧げられたのです」

ミセス・アッカーマンが言った。「息子はアフリカで死んだんです」

「はい。わが軍はあそこで――」

「アフリカなんて! なぜ息子をアフリカなんかへ送って死なせたんですか?」

「この小さな世界では――」

「息子はアフリカのために死んだんです。アフリカなんて、だれも気にも留めていないのに」

「お気持ちはわかります、ミセス・アッカーマン。わたしも母親――」

「あなたはわたしの息子の命を投げ捨てたんですよ、そんなこと信じられますか?」

わたしだって信じられないし、わたしだって胸が張り裂けそうなんです、ミセス・

アッカーマン、とポーリーンは言いたかった。だが、沈黙を守った。

間もなく、フィル・アッカーマンの声が戻ってきた。「申し訳ありません、大統領」

「謝っていただく必要などありません、サー。奥さまは大変な悲嘆に暮れて辛《つら》い思いをなさっているのです。心から同情申し上げるとお伝えください」

「ありがとうございます、大統領」

「失礼します、ミスター・アッカーマン」

「失礼します、大統領」


事後報告会議は、その日遅くまで終わらなかった。

あれは最初から最後まで罠だった、というのが軍の主張だった。偽情報に引っかかって橋へおびき寄せられ、そこで待ち伏せされていたのだ、と。スーザン・マーカス大佐はそう確信していた。

CIAはその解釈に同意しなかった。認めれば、デクスターが信用すべからざる情報源を信用して騙されたということになり、彼に不利に跳ね返るからである。というわけで、デクスターはこう反論した――あれは純然たる正しい情報であって、橋の上にいたジハーディは軍部隊がやってきたうえに増援まで要請されてパニックになったのだ、と。

午後の六時ごろには、タマラはどっちの解釈が勝つかなどどうでもよくなっていた。精神的に傷ついていた。アパートへ戻ったとき、ベッドへ直行しようかと思ったが、眠れないことはわかっていた。ピートの命を失った身体と、自分が殺した、厳しい顔の男の吹き飛ばされた顔が、瞼に浮かびつづけた。

独りでいたくなかった。タブとデートすることになっていたのを思い出した。彼ならどうすべきか教えてくれるのではないかとそんな気がして、シャワーを浴びて服を着替えた。ジーンズにTシャツ、くだけすぎて見えないようコットンのショールを付け加え、車を呼んだ。

タブはフランス大使館近くのアパートに住んでいた。洒落《しゃれ》ているとは言いにくかったし、もっといいところに住むだけの余裕はあるだろうと思われたが、そこを調べたり監視したりすることのできる、大使館所有のものを使う義務があるのかもしれなかった。

タブがドアを開けて言った。「どうした、いまにも死にそうに見えるぞ。さあ、なかに入って、坐って」

「撃ち合いに巻き込まれたの」タマラは言った。

「ングエリ・ブリッジでの？　そのことは聞いてるけど、きみもそこにいたのか？」

「いたわ。そして、ピート・アッカーマンが死んだ」

タブがタマラの腕を取ってカウチへ連れていった。「ピートのやつ、かわいそうにな。それに、きみも」

「わたし、一人殺したわ」

「そうなのか」

「ジハーディで、わたしを撃とうとしていたの。だから、後悔はしていない」事後報告会で口にできなかったこともタブになら話せるんだ、とタマラは気づいた。「でも、彼は人間で、あの瞬間は生きて、動いて、考えていた。そしてわたしは引鉄を引き、彼は死んで逝《い》ってしまい、死体になった。彼のことが頭から離れないの」

コーヒーテーブルの上に、栓を抜いた白ワインがアイスバケットに入れて置いてあった。タブがそれをグラスに半分満たし、タマラに渡した。彼女は一口飲んでグラスを置いた。「ディナーに出かけなくちゃ駄目？」

「そんなことはないよ、キャンセルしよう」

「ありがとう」

タブが電話を手に取った。彼が話しているあいだ、タマラは部屋を見回した。部屋は控えめだが、調度類は高級で、敷物は厚く、アームチェアは深くて柔らかそうに見えた。大型テレビがあり、先端的なハイ・ファイ・セットが床に据えられた大きなスピーカーとつながっていた。タマラの手のなかにあるグラスはクリスタルだった。

サイドテーブルの上の、銀の写真立てに入った二枚の写真が気になった。一方には、ビジネス・スーツの黒い肌の男性とシックな中年のブロンドの女性が一緒に写っていて、タブの両親に違いなかった。もう一方の写真では、とても気の強そうな小柄なアラブ人女性が、誇らしげに店の前に立っていた。クリシー・スー・ボワにいる彼の祖母だろうと思われた。

タブが電話を切ると、タマラは言った。「何か別の話をしましょう。あなた、子供のころはどんなだったの?」

タブがにやりと笑って答えた。「〈エルミタージュ・インターナシオナル〉という二言語併用学校へ通っていたよ。成績はよかったけど、ときどき問題を起こしてたな」

「どうして? どんな問題を起こしたの?」

「いや、よくあるやつさ。ある日、数学の授業の直前にマリファナを吸っていたんだ。ぼくがどうしてそんな愚か極まりないことを、しかも突然するようになったのか、教師は理解できなくて、みんなを笑わせようとして危ない真似をして見せたんだろうぐらいに思ってくれて、大ごとにならずにすんだけどね」

「ほかには?」

「ロック・バンドに入った。バンドの名前はもちろんアメリカ風で、〈ブギー・キングズ〉だった」

「あなた、得意の楽器があるの？」

「ないね。最初のステージが終わったとたんに馘《くび》になったよ。ぼくのドラムは踊りに負けないぐらいひどかったらしい」

タマラは小さく笑った。銃撃戦以来、初めてだった。

タブが言った。「ぼくがいなくなったとたんに、バンドの出来がすごくよくなった」

「ガールフレンドはいたの？」

「共学だぜ、いたに決まってるだろう」

タブが遠くを見る目になった。「憶えてる人はいる？」タマラは訊いた。

彼が恥ずかしそうな顔をした。「そうだな……」

「いいのよ、無理にとは言わないわ」

「いや、それはかまわないんだけど、自慢しているように聞こえるんじゃないかと思ってね」

「いいから、教えなさいよ」

「英語の教師だ」

タマラは小さく笑った――二度目だった。気持ちが普段に戻りはじめていた。「どんな女性《ひと》だったの？」

「二十五歳ぐらいかな、ブロンドで、きれいな人だった。文房具屋でよくキスをしたよ」

「キスだけ？」

「いや、キスだけじゃなかった」

「悪い子ね」

「彼女に首ったけだった。学校をやめてラスヴェガスへ飛び、そこで結婚したかった」

「どうして終わったの？」

「彼女が別の学校に職を得て、ぼくの前から消えてしまったんだ。ぼくは悲嘆に暮れたよ。でも、十七歳の悲嘆はそんなに長くつづかないからね」

「幸運な脱出だったと？」

「まあ、そうだな。彼女はすごかったけど、でも、いいかい、恋をして、その恋が破れるってことを何度か繰り返さないと、自分が本当に何を求めているかはわからないんだ」

タマラはうなずいた。この人、ほんとに賢いわね。「あなたの言ってること、わかるわ」

「そう？」

タマラは思わず言ってしまった。「わたし、二度結婚してるの」

「それは思ってもいなかったな！」タブがまたにやりと笑い、驚きの表情を危うく消した。「もっと話してくれないかな——きみがそうしてもいいと思ったら、だけど」

タマラはそうしてもいいと思った。人生に銃と殺人より大事なことがあるのを思い出すことができて嬉しかった。「スティーヴンとの結婚は若気の至りの過ちだった」彼女は言った。「大学一年のときに結婚して、一年ももたずに別れたわ。それ以来、声も聞いてないし、どこにいるかももう知らない」

「スティーヴンのことはもういいよ」タブが言った。「多少なりと慰めになるかもしれないけど、ぼくもアン・マリーって子について同じ経験がある。まあ、結婚はしなかったけどね。二回目のことを教えてくれないか」

「ジョナサンとは本気だった。四年、一緒にいたの。お互い愛し合っていて、ある意味では、いまも愛し合ってるわ」タマラはそこで口を閉じて考えた。

タブはしばらく辛抱強く待ったあと、穏やかに促した。「何があったのかな？」

「ジョナサンはゲイだったの」

「そうか、それは難しい問題だっただろうな」

「わたしは間違いなく知らなかったし、彼も自覚がなかったんじゃないかしら。でも、結局は、自分でもよくわからなかったんだと彼が認めたの」

「だけど、別れても友だちなんだろ？」

「本当には別れてないわ。いまも仲良しだし。実際には遠く離れているけれども、すぐそばにいるような感じ、とでもいうのかしら」

「でも、離婚したんだろ？」タブが念を押すようにして言った。

彼には何かの理由でそれが重要なことのようだった。「ええ、離婚したわ」タマラはきっぱりと言った。「彼はいま、男の人と結婚してるの」タブのことをもっと知りたかった。「あなたは結婚したことがあるの？　あなた、年齢《とし》はいくつ？　三十五にはなってるでしょ？」

「三十四だよ。それから、答えはノーだ、結婚した経験はない」

「でも、英語の先生のあと、一回ぐらいは本気で恋をしたことがあるでしょう」

「そうだな」

「どうして結婚しなかったの？」

「そうだな、ぼくは実際に結婚はしていないけど、きみと同じような経験はしていると思う。一晩限りの関係とか、悲惨な情事とかを繰り返した挙句、それでも本当にすごい女性二人とは長くつづいたことがあるんだ……でも、結局は終わってしまったんだけどね」

タマラはワインに二度目の口をつけた。いいワインじゃないの、と初めて気がついた。

タブが心を開きはじめていて、タマラは何としてもそうでありつづけてほしかった。今朝のピートの死やあの厳しい顔の男の死がいまも頭の奥のほうで暗い影を落とし、その亡霊が飛びかかってこようと待ち構えてはいるものの、この会話がなんとかそれを抑え込んで、気持ちを落ち着かせてくれていた。「その偉大な女性の一人との話を聞かせてよ」

「いいとも。オデットとはパリで三年一緒に暮らした。彼女は言語学者で、何か国語も話すことができ、翻訳で生計を立てていた。ロシア語からフランス語が主だったな。本当に頭がよかった」

「それで……？」

「ここへ赴任することになったとき、結婚して一緒にきてくれないかと頼んだ」

「そうなんだ。だったら、本当に本気だったのね」彼がプロポーズまで踏み込んだと知ってタマラはなんだかがっかりし、馬鹿なことを思うんじゃないと自分を戒めた。

「少なくとも、ぼくのほうは本気だった。翻訳の仕事ならこのチャドでもできるはずだからね――いずれにせよ、パリでも全部リモートでやっているわけだし。でも、断わられた。わかった、とぼくは言った。チャド行きを断わるから結婚してくれってね。でも、どっちにしても結婚したくないというのが最終回答だった」

「辛かったでしょうね」

タブがいまだに腑に落ちないというように肩をすくめた。「彼女はぼくほど本気じゃなかったんだとわかって辛かったよ」

いまは何でもない振りをしているだけなんだ、そのときはさぞ苦しかったに違いない。タブの本心がわかる気がして、タマラは抱擁してやりたくなった。

タブが涙を振り払う仕草をして言った。「昔の謎解き話はもういいだろう、何か食べないか？」

「いいわね」タマラは同意した。「今日一日、全然食欲がわかなかったけど、いまはお腹がすいて死にそうよ」

「冷蔵庫を見てみよう、何かあるかもしれない」

タブに連れられて狭いキッチンへ行くと、彼が冷蔵庫を開けて報告した。「卵が何個か、トマトがいくつか、大きなじゃがいもが一つ、そして、玉ねぎが半分」

「外で食べる？」タマラは訊いたが、実は〝ノー〟と言ってほしかった。レストランで食事をする気にはまだなれなかった。

「いや、やめておこう」タブが答えた。「ささやかなパーティなら、これだけあれば充分だ」そして、じゃがいもを賽《さい》の目に切って炒《いた》め、トマトと玉ねぎのサラダを作り、卵を掻《か》き混ぜてオムレツを完成させた。二人はキッチンのカウンターに向かい、ストゥールに腰かけた。タブがさらにワインを注いだ。

彼の言うとおり、確かにささやかなパーティだった。

そのあと、タマラはようやく人心地《ひとごこち》が戻っていることに気がついた。「そろそろ帰らなくちゃ」そうは言ったものの、気乗りはしなかった。アパートへ帰ってベッドに入ったら、亡霊が出てきて、自分には護る術がないことがわかっていた。

「帰らなくちゃいけないのか?」

「どうかしら」

「きみの考えていることなんてお見通しだぜ」

「そうなの?」

「きみの考えが何だろうとぼくは一向にかまわないとだけ言っておくよ」

「今夜は独りで寝たくないの」

「だったら、ぼくと寝ればいい」

「でも、セックスする気分じゃないの」

「それもお見通しだ」

「本当に大丈夫? キスも何もしない? 寝つくまで優しく抱擁するだけにしてほしいんだけど」

「是非にもそうさせてもらうよ」

そして、本当にそうしてくれた。

6

今朝の北京は息がしやすいと女性気象予報士が言っていたから、チャン・カイは彼女を信用して自転車出勤用の服装をした。建物を出た瞬間の最初の一呼吸で予報が間違いないことを確認したが、それでも、自転車にまたがる前にマスクをした。

フジタのロード・バイクはフレームが軽量アルミニウム合金でできていて、前輪のフォークはカーボンファイバー製だった。漕《こ》ぎ出すと、靴より軽いように感じられた。カイの忙しさでは、運動する時間は自転車通勤のあいだしかなかった。北京の交通渋滞は尋常でなく、車でも自転車でもかかる時間は同じだったし、平日のカイには無駄にしていい時間はまったくなかった。

カイは運動しなくてはならなかった。四十五歳で、妻のタオ・ティンは三十歳だった。彼は細身で引き締まった体形を維持していたが、それでも十五という年齢差を常に意識していて、妻と同じように身が軽くてエネルギッシュでなくてはならないと義務のように思っていた。

彼が住んでいる通りは交通の大動脈で大量の車が行き来し、何千台もの自転車のための専用レーンが別に設けられていて、あらゆる種類の通勤者がそれを利用していた。労働者、生徒、制服を着たメッセンジャー、オフィス勤めのスカートを穿いた洒落た女性まで。大通りから横道に入ると、カイは四輪の車とうまくやりながら、トラックやリムジン、脇腹が黄色のタクシーや屋根の赤いバスのあいだを縫って走りつづけた。

ペダルを踏みながらも、ティンが愛おしくて頭から離れなかった。魅惑的な美人女優で、中国の半分が彼女に恋をしていた。カイはそのティンと五年前に結婚し、いまだに彼女に夢中だった。

父親はその結婚にいい顔をしなかった。チャン・ジャンジュンからすると、テレビに出る連中はみな薄っぺらで軽薄で、例外は大衆を啓蒙する政治家だけだった。息子の結婚相手は科学者か技術者がいいと考えていた。

カイの母は父と同じように保守的ではあるが、そこまで教条的ではなかった。「彼女の欠点や弱点がしっかりわかったうえで、それでも大好きだったら、本当の愛だと確信していいんじゃないかしら」と、母は言った。「だって、お父さんとのことでは、わたしがそうだったから」

カイは市の北西部の海淀区《ハイディアンク》へ自転車を走らせ、夏宮に隣接する広大な敷地へ入った。そこは国家安全部——略して安全部——本省で、国の内外の諜報を担当する機関だった。

　彼は自転車を駐輪場に入れると、まだ息が切れ、汗が噴き出しているのもかまわず、構内で一番高い建物へ向かった。重要な機関であるにもかかわらず、ロビーは古びていて、調度も毛沢東の時代なら洒落ていたのかもしれないが、現代の目で見るとどても無骨だった。ドアマンが恭《うやうや》しく頭を下げた。カイは中国の諜報活動の半分を担当する対外情報局長で、残りの半分を担当する対内情報局長と同等の、国家安全部大臣直属の地位にあった。

　そういう高い地位にいる割に、カイは若く、恐ろしく頭が切れた。中国最高の歴史学科がある北京大学で歴史を学び、プリンストン大学で歴史の博士号を取得した。しかし、出世の階段をあっという間に駆け上がったのは、頭脳の明晰さだけが理由ではなかった。一族も少なくとも同等の重要な地位にいた。曾祖父は伝説となっている毛沢東の〝長征〟を経験していた。祖母はキューバ駐在中国大使だった。父はいま、国家安全保障委員会の副委員長を務めていた。重要な対外政策と対外保安のすべてを決定する委員会だった。

　要するに、カイは特権的共産党員だった。彼のような子供たち、すなわち、権力者の子弟を指す、大っぴらにではなく陰でこっそりと、心を許せるもの同士で使われている言葉があった。〝太子党《タイ・ジー・ダン》〟、党の有力者の子弟という意味である。

それは蔑称だった。だが、カイはいまの自分の地位を祖国の利益のためにのみ使うと固く誓っていて、国家安全部本省へ入るたびに、その誓いを新たにしていた。

中国は貧しくて弱体だった時代、自分たちは危険にさらされていると考えていた。だが、それは間違っていた。その時代、中国を蹂躙《じゅうりん》することを本気で考える国は世界のどこにもなかった。しかし、いまの中国は世界で最大の富を持つ、世界で最も強い国になりつつある。そして、世界で最大であり最高でもある人口を有している。世界一の国になるべきでない理由はない。長年世界を支配してきた者たち——欧米——は、それを恐れている。自分たちの力が弱まっていくのを、日々、目の当たりにしている。中国を亡きものにしなければ、自分たちが亡きものにされると信じている。彼らを止めるものは何もないはずだ。

おぞましい先例があった。中国の革命の駆動力となったのと同じマルクス哲学に扇動された共産主義ロシアが、世界最強国になろうとして、地殻変動とも言うべき激震に見舞われて没落してしまっていた。カイも政府の上層にいる者の例に漏れず、ソヴィエト連邦の凋落《ちょうらく》が頭から離れず、同じことが中国に起こるのを恐れていた。

そして、それがカイの野心の原動力だった。彼は国家主席になりたかった。中国が世界最強国になるという、中国の宿命を現実のものにするために。

それは自分が中国で一番頭の切れる人間だと考えているからではなかった。大学時代、数学や科学で自分より優れている者は何人もいた。しかし、国の志を成就すべく、そこへ導く能力のある者はいなかった。とはいえ、このことはだれにも、妻のティンにさえ口にしていなかった。尊大だと思われるに決まっているし、そう思われていいことは一つもないからだ。だが、カイは密かに自分にはその能力があると信じていたし、それを断固として証明してみせるつもりだった。

この巨大な使命に近づくには、それを処理できるだけの大きさに分割して処理するしかなかった。そして、そのための今日のささやかな困難は、おそらくアメリカが提出する武器取引に関する国連決議に対処することだった。

例えばドイツやイギリスといった国はアメリカを支持すると決まっていて、北朝鮮やイランのような国は同じように自動的に反対するに決まっていた。だが、最終的に決議が採択されるか否かは、どちらにも属さない多くの国の動向にかかっていた。昨日、カイが知ったところでは、第三世界に駐在するアメリカ大使館が、決議の支持を確実なものにすべく、いくつかの国の政府に懇請していた。カイはグリーン大統領が密かに強力な外交努力を始めているのではないかと睨《にら》んでいて、すでにすべての中立国にいる安全部の情報収集班に命じ、その国の政府に働きかけが行なわれたかどうか、行なわれたとすれば成果はどの程度のものだったのかを突き止めさせようとしていた。

その調査結果が、いま、彼の机に届いているはずだった。

最上階でエレベーターを降りた。そこには三つの主要なオフィスが配置されていた。大臣のものと、副大臣でもある二人の局長——対外情報局と対内情報局——のものである。その三つのオフィスのそれぞれに隣接して、それぞれの上司を支援するスタッフが詰めている部屋があった。国家安全部本省の組織はこの三人を頂点として、〝デスク〟と呼ばれる地理的に分類された部署——アメリカ・デスク、日本デスク、などなど——、信号情報班、衛星情報班、サイバー戦争班といったような技術的な部署に分かれていた。

カイは続き部屋になっている自分のオフィスへ向かうと、秘書や補助員に声をかけながら執務室に入った。机や椅子は合板や金属に塗装を施しただけの実用的なものだったが、コンピューターと電話は最新式のものが揃っていた。執務机には各国大使館付国家安全部支部長からの、昨日の調査に関する報告書がきちんと積んであった。

それを読む前に専用バスルームへ行き、サイクリング・スーツを脱いでシャワーを浴びた。ダークグレイのスーツが常備されていて、それはナポリで修業し、形式張っておらず、現代風に見せる術を知っている、北京の仕立て屋に作らせたものだった。背負ってきたバックパックに、新しいワイシャツとワインレッドのネクタイが入っていた。手早く着替えをすませ、今日の仕事の準備を整えてバスルームを出た。

懸念は的中していた。アメリカ国務省は目立たないように、しかし、精力的かつ包括的なロビー活動を行なって、かなりの成功を収めていた。グリーン大統領が提出する国連決議は採択への道を進んでいるという、悲観的な結論に達さざるを得なかった。それでも、そのことがわかったのが不幸中の幸いではあった。

国連決議に強制力はなかったが、それなりの重みがないわけではなかった。採択されれば、アメリカはそれを反中国プロパガンダに利用するはずで、採択されなければ、逆に中国の推進力になるはずだった。

カイは報告書の束を手に取ると廊下を隔てた大臣のオフィスへ向かい、オープンプラン・オフィスを抜けて専属秘書室へ入った。「急ぎの用件なんだが、大臣はいま時間があるだろうか?」彼は秘書に訊いた。

秘書が電話受話器を上げて事情を説明したあと、すぐにカイに答えた。「リ・ジャンカン副大臣がいらっしゃっていますが、どうぞお入りくださいとのことです」

カイは眉をひそめた。大臣と二人だけのほうがよかった。だが、今更引き返すわけにはいかない。「ありがとう」カイは秘書に言い、大臣執務室に入った。

国家安全部大臣のフー・チューユーは六十代半ばの、長年忠実に中国共産党に尽くしてきた人物だった。執務机にあるのは安煙草の〈紅双喜《ホンシユアンシー》〉が一箱と、安物のプラスティック・ライター、そして、軍の空薬莢《からやっきょう》で造った灰皿だけだった。灰皿はすでに半分ほど吸い殻がたまり、いまも縁に置かれた一本から煙が立ち昇っていた。

「おはようございます、大臣。すぐに会っていただいて感謝します」カイは言った。そして、もう一人の面会者、副大臣でもあるリ・ジャンカン対内情報局長を見た。カイは何も言わなかったが、顔にこう書いてあった。おまえ、ここで何をしているんだ？

フーが灰皿に乗っている煙草を取り上げて一服し、煙を吐き出してから言った。「リとちょっと話をしていたんだが、きみの急ぎの用件とは何だね？」

カイはアメリカの国連決議に向けての動きを説明した。

フーの顔が曇った。「まずいな」感謝の言葉はなかった。

「早くわかってよかったです」カイはだれよりも早く警告を発したのが自分だということをはっきりさせようとして言った。「まだ対処する時間はあると考えます」

「外務大臣と相談する必要があるが」フーが時計を見た。「私はこれから上海《シャンハイ》へ飛ばなくてはならないんだ」

カイは言った。「外務大臣へは私から知らせておきましょうか」

フーがためらった。たぶん、外務大臣と直接話をさせたくないのだろう。カイとは位が違い過ぎる。〝太子党〟であることの負の側面は、そうでない者たちから恨めしく思われているところだった。フーは自分と同じ伝統主義者のリのほうを可愛がっていた。だが、カイと外務大臣を話させないようにするだけのために上海行きを中止することはできなかった。

フーが渋々許可した。「いいだろう」

退出しようとするカイをフーが引き止めた。「ちょっと待て」

「何でしょうか」

「坐れ」

カイは腰を下ろした。嫌な予感がした。

フーがリを見て言った。「いままで話していたことをチャン・カイにも教えておいたほうがいいかもしれん」

リはフーより年下といってもそんなに違うわけではなく、彼も喫煙者だった。二人とも、髪は頭頂部も左右も豊かだが短くしていた。服装は伝統的な古参共産党員が好む、硬い生地の角ばったスーツだった。目を離さないようにしなくてはならない若い危険な急進派だと、年上のもっと経験のある者たちから自分が見なされていることを、カイは疑っていなかった。

リが口を開いた。「〈美的電影撮影所〉から報告があった」

カイは氷の手で心臓をつかまれたような気がした。リの仕事は国内の不満分子を監視することであり、いま、ティンの仕事場でそういう人物を見つけたのだ。それがティン本人でないとしても、近いだれかであることはほぼ間違いない。彼女は反体制ではなかったし、実際、政治にあまり関心がなかった。だが、迂闊《うかつ》なところがあり、頭に浮かんだことを考えもせずに口にすることがときどきあった。リはカイの妻を通じてカイを揺さぶろうとしていた。家族を脅すことで人を攻撃するのは恥ずべきことだと考えるのが普通だが、中国の秘密機関は躊躇した試しがなかった。カイとしては、自分への攻撃は我慢できるが、自分のせいでティンが苦しむのを見るのは耐えられなかった。

リがつづけた。「党を批判する会話がされている」

カイは動揺を表に出さないようにしながら、中立的な口調で相槌《あいづち》を打った。「なるほど」

「残念だが、きみの妻のタオ・ティンがそういう会話のいくつかに加わっていた」

カイは憎悪と軽蔑を隠そうともせずに、正面からリを見据えた。残念だなどとこれっぽっちも思っていないことははっきりしていた。ティンを告発することに、明らかに喜びを感じていた。

違う対処の仕方もあり得ただろう。同志であるなら、問題を内々に、だれにも知られないようにカイに教えることもできたに違いない。しかし、リはそれをせず、大臣に直接話して、カイに最大限の打撃を与えようとしていた。それはあからさまな敵対行為だった。

こんな陰険で姑息《こそく》なやり方は、きちんとした仕事を認めてもらっての昇進は自分には無理だとわかっているやつのやることだ、とカイは自分に言い聞かせた。だが、それでも気持ちは収まらず、心底吐き気がした。

フーが言った。「これは深刻だぞ。タオ・ティンは影響力がある。たぶん私より有名だからな！」

当たり前だ、馬鹿野郎、カイは内心で嘲《あざけ》った。彼女はスターで、おまえは狭量な老いぼれ官僚じゃないか。女たちが真似たがるのは彼女だ。おまえのようになりたいやつなんか、一人だっているもんか。

フーがつづけた。「私の妻は『宮廷の愛』を一話も欠かさずに観ている。しかも、ニュース番組より熱心なように見える」明らかにそれが不満な様子だった。

カイは驚かなかった。彼の母もそのドラマを観ていたが、それは父が家にいないときに限られていた。

カイは気を取り直し、苦労はしたものの丁重さを失わず、取り乱さないよう我慢した。「ありがとうございます、リ」彼は言った。「そういう主張があったことを教えてもらって感謝します」〝主張〟という部分を明確に強調することを忘れなかった。リーの言い分を正面から否定することなく、そういう報告が必ずしも事実でないことをフーに思い出させようとしたのだった。

リは〝主張〟という言葉の含意に気づいて憮然《ぶぜん》としたが、何も言わなかった。

「教えてください」カイはつづけた。「その報告を上げてきたのはだれですか?」

「撮影所担当の上級党員だ」リが即座に答えた。

正面からの答えではなかった。そもそもそういう報告を上げてくるのは共産党の現場担当役人と決まっていて、カイは最初の情報源を知りたかった。が、リをさらに追及することはせず、フーに向かって言った。「このことについて、ティンと話し合ってもよろしいでしょうか。安全部として正式に調べに乗り出す前に、内々で?」

リが声を荒らげた。「反体制に関係する事案は対内情報局の担当だ。容疑者の家族が調べるなど論外だ!」権威を傷つけられて腹を立てている口調だった。

だが、大臣はためらっていた。「こういう場合、ある程度は融通をきかせてもいいだろう」と、彼は言った。「われわれとしては、名を知られている人物の評判を不必要に落とすことはしたくない。党にとっていいことはないからな」そして、カイを見た。「いいだろう、何ができるかやってみろ」

「ありがとうございます」

「だが、急ぐんだぞ。二十四時間以内に私に報告してくれ」

「承知しました、大臣」

カイは腰を上げ、足早に出口へ向かった。リはついてこなかった。ここに残って、大臣にさらなる毒をささやくつもりなのは疑いの余地がなかった。が、いまカイにできることは何もなかった。彼はそのまま退出した。

できるだけ早くティンと話さなくてはならなかったが、思うに任せないことに、いまは彼女のことを頭から閉め出さなくてはならなかった。国連決議への対処が最優先だった。オフィスへ戻ると、第一秘書のペン・ヤーウェン——白いものが増えて灰色になった髪を短くまとめて眼鏡をかけた、有能な中年女性——に指示を伝えた。

「外務大臣のオフィスに電話をして、差し迫った保安情報をお伝えしたいから至急お目にかかりたいと伝えてくれ。大臣の都合のいい時間なら、私のほうは何時でもかまわない」

「承知しました」

外務大臣との面会時間が決まるまでは動けなかった。〈美的電影撮影所〉は安全部本省から遠くなかったが、外務省は何マイルか離れた朝陽区《チャオヤンク》にあって、そこは多くの大使館や外国企業が居を構えていた。渋滞に引っかかったりしたら、一時間、あるいはそれ以上かかるかもしれなかった。

やきもきしながら窓の向こうを見ると、安全部の衛星アンテナや無線発信機を据え付けた雑多な屋根の向こうに、安全部の敷地を迂回して高速道路が弧を描くように伸びていた。車は普通に流れているようだったが、いきなり渋滞に変わる可能性があった。

幸いなことに、外務省からはすぐに返事が返ってきた。「大臣は正午にお目にかかれるとのことです」ペン・ヤーウェンが知らせてきた。カイは時計を見た。大丈夫だ、余裕をもって向こうに着けるだろう。ヤーウェンが付け加えた。「ヘーシャンに伝えておきました。局長が一階に下りられたときには、正面玄関で待っているはずです」

カイの運転手は若い癖に禿《は》げていて、〝修道士《ヘーシャン》〟と綽名《あだな》されていた。

カイは各国大使館からの報告書をフォルダーにまとめ、エレベーターで一階へ下りた。

車は北京中心部をのろのろと抜けていった。自転車のほうが早いのではないかと思われた。車中、国連決議のことを考えようとしたが、ティンへの懸念がたびたび頭に侵入して邪魔をした――彼女はいったい何を言ったんだろう？　それでも、アメリカが作り出してくれた問題に苦労して考えを向かわせた。外務大臣に提出すべき解決策が必要だった。最終的に何とかそれが形を成しはじめ、朝陽区南大路二番に着いたときには計画が出来上っていた。

外務省はファサードが弧を描く見事な構造のビルで、ロビーは贅沢にきらめいていた。外国からの訪問者の印象をよくするためで、外国から訪問者など絶対にこない安全部とは対照的だった。

カイはエレベーターへ乗せられ、大臣のオフィスへ案内された。そこはどちらかと言えばロビーより地味だった。執務机は明朝《みんちょう》の学者の書き物机で、その上に白地に青をあしらった磁器の壺が置かれていた。カイの見たところではやはり明朝のもので、それゆえにかけがえがないはずだった。

ウー・ベイは物腰の柔らかい美食家で、政治の世界においても人生においても、主たる目的をトラブルを避けることに置いていた。長身の美男で、ブルーのチョークストライプの、ロンドンで仕立てたと見えるスーツを着ていた。秘書は彼を敬愛していたが、同僚には軽量に過ぎると見られていた。カイの見解では、ウー・ベイは資産だった。外国の指導者たちは彼の魅力を好いていて、たとえばフー・チューユー国家安全部大臣のような狭量な政治家には絶対にしない、温かい遇し方をしていた。

「よくきたな、カイ」ウー・ベイが愛想よく言った。「会えて何よりだ。母上はお元気か？　知っているかな、若いときはよく衝突したものだよ、彼女がきみの父上と出会う前のことだがね」彼はときどきこういう話をカイの母親にして、彼女を少女のようにくすくす笑わせるのだった。

「ありがたいことに、いたって元気にやっています。父も同様です」

「ああ、それは知っているよ。もちろん、国家安全保障委員会の委員という役目柄、いつも顔を合わせているからな。まあ、坐りなさい。国連についての話というのは何なのかな？」

「昨日、嗅《か》ぎつけて、昨夜のうちに確認したことがあるのですが、すぐに大臣に報告したほうがいいだろうと考えまして」最新中の最新のホット・ニュースを提供していることをだれであれ大臣に強調するのは、カイにとっていいことだった。いま、彼はさっき安全部大臣にした話を繰り返した。

「アメリカはずいぶん力を入れているようだな」ウー・ベイが不満そうに眉をひそめた。「しかし、驚きだな、こっちが先手を打って出し抜いていないとはな」

「公正を期して言うなら、外務省には私が持っているような情報源がないのです。私たちは秘密の事柄を見つけ出すことに焦点を当てていて、それが私たちの仕事なのです」

「アメリカ人どもが！」ウーが吐き捨てた。「あいつら、われわれが同じぐらい、いや、もっとイスラム教テロリストを嫌っていることを知っているくせに」

「もっとどころか、はるかに嫌っています」

「われわれにとっての最悪のトラブルメーカーは新疆地域のイスラム教徒だからな」

「おっしゃるとおりです」

ウー・ベイが憤りを抑えようと肩をすくめた。「だが、国連でのアメリカの動きにどう対処するか、大事なのはそこだ」

「アメリカの外交キャンペーンは押し戻すことができるかもしれません。わが国の大使たちに中立国が考えを変えるよう仕向けさせることは可能です」

「それはもちろんできるだろうが」と言ったものの、ウー・ベイは半信半疑の様子だった。「どの国だろうと、一旦した約束を反故《ほご》にしたがる大統領や首相はいない。自分たちが弱いように見せることになるからな」

「提案をさせてもらってもよろしいでしょうか?」

「もちろんだ」

「われわれが支持を必要としている中立国の多くは、中国政府が多額の、文字通り数十億ドルもの投資をしているところです。そのプロジェクトを引き上げると脅せばいいのではないでしょうか。新規の空港、新規の鉄道、石油化学プラントが欲しくないのか、欲しければわれわれを支持しろ、さもなくばグリーン大統領にその金を出してくれるよう頼むことだ、と」

ウー・ベイが眉をひそめた。「脅しだけですめばいいが、実行するのは無理だぞ。不愉快な国連決議を否決するためとはいえ、わが国の投資計画をつまずかせるわけにはいかない」

「もちろんです。ですが、脅すだけでも、うまくいく可能性はあります。あるいは、必要とあらば、規模の小さいプロジェクトを二つばかり停止して、見せしめにすればいいのです。いずれにしても、再開はいつでもできるわけですから。しかし、橋や学校の建設が中止になったというニュースは、高速道路や製油所を期待している国を怯えさせるはずです」

ウー・ベイが思案顔になった。「確かに、うまくいくかもしれんな。小規模で再開可能だとしても、それをちらつかせるのは相手にとって大きな脅しになる」そして、時計を見た。「今日の午後、国家主席と会うことになっている。そのときに話してみよう。気に入ってもらえるような気がするな」

カイも同感だった。新国家主席として選出されるための作戦行動のなかで――それは教皇選びよりも秘密裏に権謀術数《けんぼうじゅっすう》を駆使することが必要だった――、チェン・ハオランは伝統主義者の味方であるように彼らに印象づけていたが、実際に国家主席になってからは、大体において実利的な判断をしていた。

カイは腰を上げた。「ありがとうございます、大臣。奥さまによろしくお伝えください」

「ありがとう」

カイは退出した。

けばけばしいロビーへ下りると、ペン・ヤーウェンに電話をした。いくつかのメッセージが届いていて、その内容を教えてもらったが、いますぐ対応しなくてはならないものはなかった。今朝は国のためにいい仕事をしたという気がした。であるならば、もう個人的な問題にとりかかっていいだろう。カイは外務省を出ると、美的電影撮影所へ行ってくれとヘーシャンに告げた。

それはほとんど安全部へ戻ることになる、市内横断の長い旅だった。その車中で、ティンのことを考えた。熱烈な愛が変わることはなかったが、ときどき困惑させられることがあり、たまに——いまのように——当惑させられることがあった。彼女に恋をした理由の一つに、映画人の自由で気ままなありように惹かれたことがあった。彼らのあけっぴろげなところと、抑制的でないところが大好きだった。いつも冗談を、とりわけ上品とは言えないことを口にして面白がっていた。しかし、カイは一方で、それと同じぐらい強い、相矛盾する思いがあった。伝統的な中国の家族に憧れていて、ティンには黙っていたが、彼女に子供を生んでもらいたかった。

それはティンがまったく口にしないことだった。彼女は憧れられることに憧れていた。見知らぬだれかに写真をせがまれるのが好きだった。そういう人々から浴びせられる賛辞を飲み干し、彼女と会っただけで彼らが見せる興奮を食べ尽くした。そして、金を愉しんだ。スポーツカーを持ち、きれいな服を部屋いっぱいに所有し、大気汚染の北京から千二百マイル離れた厦門《アモイ》の鼓浪嶼《コロウショ》に別荘があった。引退して母になることなど微塵も思っていないようだった。

しかし、時間がなくなりつつあった。彼女も三十代になり、徐々にではあるが妊娠しにくくなりはじめていた。そのことを思うと、カイは恐怖に駆られた。

今日はその話をするつもりはなかった。もっと差し迫った問題があった。

撮影所の門の前にはファンが集まっていた。人数は多くなかったが、全員が女性で、サイン帳を手にしていた。カイの車が近づき、ヘーシャンが門衛に用件を告げていると、その女性たちが車内を覗き込み、乗っているのがスターでないとわかるとがっかりして顔をそむけた。遮断機が上がり、車は撮影所に入った。

決して美しいとは言えない撮影用の無骨な建物が無秩序に並ぶ構内を、ヘーシャンは熟知していた。午後の早い時間で、遅い昼食休憩をとっている者たちの姿があった。時間通りに昼食をとることなど、映画人は当てにしていなかった。撮影用の衣装を着たままのスーパーヒーローがプラスティックの丼から麵《めん》をすすり、中世のお姫さまが煙草を喫い、四人の仏教の僧侶《そうりょ》がテーブルを囲んでポーカーに興じていた。車はいくつかのオープン・セットの前を通り過ぎた。万里の長城の一部が現代の鉄の足場で支えられた板に描かれていた。紫禁城の建物のファサードがあり、ニューヨーク市警の警察署はご丁寧に〝78分署〟と看板がかかっていた。どんな夢物語もここでは現実になる。カイはこの場所が大好きだった。

ヘーシャンが倉庫のような建物の前で車を停めた。小さなドアに、手書きで「宮廷の愛」と記されていた。

カイは到底宮殿には見えない、その建物に入っていった。

内部は迷路のようになっていたが、楽屋、衣装室、化粧室、美容室、電気機器倉庫と並ぶ通路を、カイは迷うことなく進んでいった。ジーンズ姿でヘッドフォンを着けている技術者たちがにこやかに挨拶《あいさつ》してくれた。カイがスターの運のいい夫であることを知らない者はいなかった。

ティンはサウンド・スタジオにいると教えてもらい、背景用の背の高い板の裏側で絡み合って伸びている太いケーブルをたどって、入室禁止の赤いランプがともっているスタジオの前に出た。静かにしていればランプは無視していいことを知っていたから、そっとなかに入った。広い室内は静まり返っていた。

ドラマの舞台は清《しん》王朝崩壊の端緒となった第一次阿片《あへん》戦争の前の、当時の人々が黄金時代と考え、伝統的中国文明の知識、洗練、富はゆるぎないものと見なしていた、十八世紀初頭に設定されていた。それはフランスの人々がヴェルサイユと太陽王の宮廷を、あるいは、ロシアの人々が革命前のサンクトペテルブルクを思うのと似ていた。

カイはそのセットが皇帝の謁見《えっけん》の間を表わしていることに気づいた。優美なドレープに覆われた天蓋《てんがい》の下に玉座があり、その後ろに孔雀《くじゃく》と架空の植物を描いたフレスコ画の衝立《ついたて》が立てられていた。一見しただけなら途方もない富という印象だが、よくよく見ると、カメラは露わにしないものの、実は安物の布と木の板で作られていた。

ドラマは一族《ファミリー・サガ》の歴史物語と呼ばれるもので、高尚な人々からは〝アイドル物〟と批判的に呼ばれていた。ティンは皇帝お気に入りの愛人役で、いまは出番の最中だったから、白粉《おしろい》と真っ赤な口紅をたっぷり使った厚化粧で、宝石——もちろん偽物の——を潤沢にあしらった、凝った造りの頭飾りを着けていた。衣装は花と飛んでいる鳥を見事に刺繍《ししゅう》した象牙《ぞうげ》色のシルクということになっていたが、実際の生地はレーヨンで、刺繍はプリントだった。腰は細く——彼女自身の腰も実際に細かった——、その細さが腰に入れた大きなパッドでさらに細く見えるように細工がされていた。

顔は無邪気でかわいらしく、磁器でできているかのようだった。役柄は見かけとは大違いで、実は純粋でもかわいらしくもないという設定になっていた。というわけで、役の彼女は恐ろしく意地が悪く、冷酷非情で、爆発的にセクシーで、観る者はそういう彼女を愛していた。

ティンは皇帝の第一夫人のライヴァルという設定だった。第一夫人はいまセットにいなかったが、皇帝はいた。彼は玉座についていて、幅広に膨らんだ袖のオレンジ色のシルクの上衣、その下が裾が床まで届くドレスのような様々な色の下着という衣装だった。小さな円錐形の突起がついた帽子《キャップ》をかぶり、髭を垂らしていた。演じているのはウェン・ジン、背が高くロマンティックな顔立ちの、数百万の中国の女性の心を奪っている男優だった。

ティンは腹を立て、傲然《ごうぜん》と顔を上げ、やはり傲然と目をきらめかせて皇帝を詰《なじ》っていた。そして、この状態で不思議なほどの性的魅力を発散させていた。彼女が何を言っているか、カイには聞き取れなかったが、それは部屋が広くて、小声でしゃべっているからだった。彼女に教えてもらって知っていたのだが、テレビでは大声の演技はうまくなく、小さな声の罵詈雑言《ばりぞうごん》でもマイクは易々《やすやす》と拾うことができるのだった。

対照的に皇帝は苦しげな顔で彼女をなだめようとしていたが、常に言われたことに応じるだけで、自分から言葉を発することは滅多になく、ウェン・ジンはそれが面白くないとしばしばこぼしていた。最後に、彼は彼女にキスをした。視聴者はそういうシーン――たびたびあるわけではなかった――を楽しみにしていた。中国のテレビはアメリカのそれより潔癖だった。

キスは優しく、長く、ウェン・ジンがまったくのゲイだと知っていなければ、カイは嫉妬するかもしれなかった。二人は非現実的なぐらい、いつまでも唇を合わせていたが、ようやく女性監督が英語で叫んだ。「カット!」とたんに全員の緊張が緩んだ。ティンとジンはすぐさま唇を離して顔をそむけ、ティンはティッシュペーパーで唇を拭いた。消毒しているのだった。カイは妻に歩み寄った。彼女は驚きの笑みを浮かべて夫を抱擁した。

彼女の愛を疑ったことはカイはなかったが、もしあったとしても、こういう歓迎をされたらその疑いも霧消するはずだった。彼女はカイを見て明らかに喜んでいた。しかも、一緒に朝食をとって数時間しか経っていないのに。

「キスのことはごめんなさい」ティンが謝った。「わかってくれているでしょうけど、愉しんでなんかいないわよ」

「あのハンサムな男が相手でもか？」

「ジンはハンサムじゃないわ、きれいなだけよ。ハンサムなのはあなたよ、愛しい人」

カイは笑った。「照明が明るすぎなかったら、多少いかつい顔もそう見えるかもしれないな」

ティンが笑って言った。「わたしの楽屋へ行きましょう。次の出番まで時間が空くの。みんな、寝室のセットへ移らなくちゃならないのよ」

ティンがカイの手を取って歩き出し、楽屋へ入るやドアを閉めた。狭くてくすんだ部屋だったが、彼女自身のものがそこを明るくしていた。壁のポスター、本棚、花瓶に活けた蘭《らん》、写真立てに入った彼女の母親の写真。

彼女はすぐさま衣装を脱ぐと、二十一世紀のブラとパンティ姿になって腰を下ろした。カイはそれを見て笑みを浮かべた。嬉しい眺めだった。

「あと一シーンで今日は終わりだと思う」ティンが言った。「あの監督は仕事が早いの」

「どうして早いんだ？」

「自分の欲しいものがわかっていて、そのための計画を持っているのよ。そのおかげで、わたしたちは大忙しだけどね。今夜、うちで過ごせると思うと楽しみだわ」

「忘れているかもしれないが」カイは可哀そうに思いながら言った。「今夜はぼくの両親とディナーだぜ」

ティンが落胆した。「そうだったわね」

「疲れているなら中止するけど」

「それは駄目よ。お母さまは小さなパーティのつもりで準備をなさっているはずだもの」ティンが気を取り直して言った。

「ぼくはかまわないよ、愛しい人」

「わかってる。でも、ご両親とはいい関係でいたいの。あなたにとって大事な二人だし、そうだとしたら、わたしにとっても大事な二人だもの。だから、心配しないで。二人で行きましょう」

「ありがとう」

「あなたはわたしにそれはそれはたくさんのことをしてくれているわ。あなたがいてくれるからこそ、わたしの人生は安定しているの。お父さまがわたしたちの結婚に不賛成だとしても、そんなの小さな代価に過ぎないわ」

「父は言葉にこそしないけど、本当のところはきみを好いていると思うよ。厳格主義を維持しつづけなくちゃならないんだろう。母に至っては、もはやきみを好いていない素振りすら見せないじゃないか」

「いずれ、お父さまにはわかってもらうつもりよ。だけど、今日、ここへきた理由は何？　安全部でやることがないの？　アメリカがわかってくれて、中国に力を貸してくれるとか？　世界平和に手が届くとか？」

「そうならいいんだけどね。実は、小さな問題が生じたんだ。きみが共産党を批判していると言っている者がいるんだよ」

「そんな、まさか！　わたしがそんな馬鹿なことを考えるはずがないでしょう」

「もちろん、そうだと思う。だけど、リ・ジャンカンに報告が上がってきた。当然、やつはことを大きくしたがっている、ぼくにダメージを与えるためにね。いまの大臣が引退したら――そう先のことではないんだ――、その地位に就きたがっているからね。だけど、ほかのみんなはぼくに後を襲ってもらいたがっているんだ」

「ああ、本当にごめんなさい、愛しい人！」

「というわけだから、きみは取り調べを受けることになる」

「わたしを告発した本人ならわかってるわ。ジンよ。彼は嫉妬深いの。このドラマが始まったときは、彼がスターになるはずだったの。でも、いまはわたしのほうが人気があるでしょう。だから、わたしを嫌っているのよ」

「告発されるようなことが何かあったのか？」

「そんなの、わかるわけがないわ。映画人がどういう人たちか、あなたも知ってるでしょう。いつだって何かをしゃべっているし、仕事が終わったあとの酒場では尚更よ。きっとだれかが中国は民主主義じゃないって言って、わたしがうなずいたとか、そんなところじゃないかしら」

カイはため息をついた。まったくあり得ることだった。すべての保安機関と同じく、中国国家安全部も、火のないところに煙は立たないと信じている。悪意のある者が自分の敵を窮地に追い込むためにそれを利用する可能性はある。昔の魔女狩りのようなものだ。一旦告発がなされたら、証拠らしきものを見つけるのは簡単だ。本当に無実の者などいないのだから。

それでも、告発者がたぶんジンだとわかったことはこっちの武器になるだろう、とカイは考えた。

そのとき、ドアにノックがあった。「どうぞ」ティンが応えた。

マンチェスター・ユナイテッドのレプリカ・ユニフォームを着た、若いフロア・マネジャーが顔を覗かせて言った。「出番です、お願いします、ティン」

彼もティン本人も、彼女が半裸なのを意識していないようだった。これが撮影所のありようなのだろう、とカイは気がついた。自由気まま。いいじゃないか、とカイは少し羨ましかった。

フロア・マネジャーが戻っていくと、カイはティンが衣装を着直すのを手伝ってやり、そのあとでキスをして言った。「それじゃ、あとでまた」

ティンが撮影に向かうと、カイは管理棟へ歩いていき、共産党のオフィスに入った。中国ではすべての事業が党集団の保護下にあり、その活動と、何であれメディアが特に関心を持つことに関係するものはすべて監視されていた。映画に関しても、党はすべての台本に目を通し、役者全員を細かく調べ上げた。プロデューサーは歴史ドラマを作るのを好んだが、それは遠い昔のことだからいまの政治的なことへの含意がより少なく、干渉される可能性が低いからにほかならなかった。

カイはここの管理監督のワン・ボーエンのオフィスに入った。

部屋はチェン国家主席の大きな肖像画に支配されていた。ダークスーツを着て黒い髪に丁寧に櫛《くし》を入れた、これまでの中国の大勢の上級指導者と同じように見えた。机にもチェンの写真があり、これは彼がワンと握手をしているところを写したものだった。

ワンは三十代の男で、生え際が後退し、シャツの袖口が汚れていて、印象が薄かった。党がここへ派遣している重役はビジネスより政治を得意とする傾向があった。しかし、力を持っていて、まるで短気な神を相手にしているように、機嫌を損ねないようにしなくてはならなかった。ワンは俳優や技術者に横柄《おうへい》だと、ティンが言っていた。しかし、カイも力を持っていたし、しかも太子党だった。党の下級役職者はしばしば弱い者いじめをしたが、上級者に対してはへつらうしかなかった。ワンがおもねるような口調で言った。「これはチャン・カイ、まあ坐ってください。お目にかかれて何よりです。お元気ですか?」

「ありがとう、元気だよ。ティンに会いに立ち寄ったので、せっかくだから話をしておくべきだと思ったのでね。ここだけの話だが、いいかな?」

「もちろんです」カイが自分と内緒話をしたがっていると知って悪い気はしなかったのだろう、ワンが嬉しそうな顔になった。

カイはティンを護るための直接的なやり方はするつもりがなかった。それをすると罪を認めたと取られるはずだった。というわけで、別の作戦を採ることにした。「たぶん撮影現場の噂話にあなた自身は関心がないと思うが、ワン・ボーエン」彼は口火を切った。もちろん、噂話こそワン・ボーエンが関心のあるところのものだった。

「ウェン・ジンが常軌を逸するほどにティンに嫉妬していることは知っておいて損は

ないかもしれないな」

「それらしいことは聞いています」知らなかったことを認めたくないのだろう、ワンが言った。

「あなたは本当に事情通だな。では、ジンが『宮廷の愛』の皇帝役を割り振られたとき、彼こそがスターになるはずだと言われたにもかかわらず、いまやティンのほうが人気において彼をしのいでいることも知っているわけだ」

「もちろんです」

「なぜこんな話をするかというと、安全部の調べの結論がこうなりそうだからなんだ、すなわち、ジンの告発は個人的な競争心から発したものであり、さもなければ、事実無根である、とね。あらかじめ知らせておいたほうが、あなたにとってもいいだろうと考えたんだ」それは嘘だった。「ティンはあなたを好ましく思っている」もっと大きな嘘だった。「だから、この件があなたに跳ね返るようなことにしたくないんだ」

いま、ワンの顔には怯えが表われていた。「あの報告はいい加減に処理できる種類のものではなかった。私には上層部に上げる義務があるんです」

「もちろん、それがあなたの仕事だ。われわれ安全部もそのことは理解している。ただ、あらかじめ知らせておくほうが、あなたも不意を打たれずにすむと思っただけだ。そうすれば、あなたもジン・ウェンへの再聞き取りをして、個人的嫉妬が要因である可能性があるという短い追加報告をしたくなるかもしれないだろう」

「そうですね、それは名案だ。そうしましょう」

「もちろん、これについては私が口を出すことではない。しかし、『宮廷の愛』がこれほどの成功を収め、これほど人々に愛されていることを考えれば、そのドラマに何であれ水を差すようなことがあったら悲劇だろう。しかも不必要な水をね」

「そう、そのとおりです」

カイは立ち上がった。「ゆっくりもしていられないのでね、相変わらず仕事に追われているんだ。きっと、あなたもそうだろうが」

「まったくです」ワンが応えて部屋を見回したが、仕事をしている形跡はまるでなかった。「では、失礼する、同志」カイは言った。「このお喋りができてよかった」

カイの両親が住んでいるのは裕福なアッパーミドル・クラスのために新たに開発された高密度の郊外の小さな一画に建てられた、別荘のような大きな二階建てだった。隣人は高級官僚、成功した実業家、軍の高官、大企業の重役などだった。カイの父親のチャン・ジャンジュンは、カイが育ったこぢんまりした三部屋のアパートより大きな家は必要ないと常々言っていて、この件については妻のファン・ユーに降参したことになっていたが、もしかすると心変わりの言い訳に妻を利用しただけかもしれなかった。

カイはこんな退屈な界隈には住みたくなかった。必要なものはいまのアパートにすべて揃っていたし、庭仕事に煩わされることもなかった。市内では色々なことが起こっていた。政府でも、実業界でも、文化の世界でも。郊外には何もなかったし、通勤時間が長くなるだけだった。

両親の家へ向かう車のなかで、カイはティンに言った。「明日の朝、きみに対する告発はきみに嫉妬した個人による事実無根のものだと、ぼくのほうから国家安全部大臣に報告する。それをワンが裏付けてくれ、きみへの調べは取り下げられる」

「ありがとう、愛しい人。心配かけてごめんなさいね」

「間々あることさ。だけど、これからは言葉に気をつけるほうがいいかもしれないな、軽々にうなずいたりもしないことだ」

「そうね、約束するわ」

別荘にはディナーの香辛料の香りが満ちていた。ジャンジュンはまだ帰宅しておらず、カイとティンはユーが料理をしているモダンなキッチンのストゥールに腰を下ろした。カイの母は六十五歳、小柄で、顔には皺が刻まれ、黒い髪に白いものが増えはじめていた。「宮廷の愛」が話題になり、ユーが言った。「皇帝は第一夫人をお好みのようだけど、それは彼女がにこにこ笑って可愛らしい話し方をするからね。でも、下品な感じがするわ」

架空の登場人物があたかも実在の人物であるかのように話す人々に、ティンは慣れていた。「皇帝は彼女を信用していません。彼女は自分にしか関心がないんです」ユーが烏賊団子《いかだんご》を盛りつけた皿と薄い手拭き用の紙を出して言った。「お父さまがお帰りになるまで、これでもつまんでいてちょうだい」カイは矢継ぎ早に食べはじめたが、ティンは礼儀として一つだけ口に入れた。十八世紀の愛人の衣装を着るために、腰の細さを維持しなくてはならなかった。

ジャンジュンが帰ってきた。彼は小柄な筋肉質で、フライ級のボクサーのようだった。長年の喫煙で歯が黄色くなっていた。彼は妻にキスをすると、カイとティンに声をかけ、小さなグラスを四つと白酒《パイチユー》のボトルを出してきた。ウォトカのような透明な蒸留酒で、中国で一番人気のある酒だった。カイはジャック・ダニエルズのオン・ザ・ロックのほうが好きだったが、そうは言わなかったし、父も訊かなかった。

ジャンジュンが四つのグラスを満たし、全員に渡してから、自分のグラスを挙げて言った。「よくきてくれた！」カイは一口飲んだ。母は夫の機嫌を損ねないよう、ちょっと唇をつけて飲んだ振りをした。その酒が好きなティンはグラスを空にした。

ユーはほとんど常に夫の言いなりだったが、ごく稀《まれ》にはっきりした口調で鋭い言葉を吐くことがあり、そのときはさすがのジャンジュンも沈黙を余儀なくされた。ティンにはそれが面白かった。

ジャンジュンがティンのグラスと自分のグラスに酒を注《つ》ぎ直して言った。「孫のために乾杯」

カイは気持ちが重くなった。今夜の話題はこれになりそうだった。ジャンジュンは孫を欲しがっていて、そう主張する権利があると考えていた。カイもティンに子供を生んでほしかったが、これはそういう話題を持ち出すのにふさわしいやり方ではなかった。義理の父親だろうとだれだろうと、ティンは脅されて言うことを聞くような女性ではなかった。そのことについては騒がないとカイは決めていた。

ユーが言った。「あなた、それは二人に任せておきましょうよ」しかし、その口調は例の鋭いものではなかったから、ジャンジュンは無視してティンに言い募った。

「おまえも三十だろう！ もたもたしていると時間切れになるぞ！」

ティンは微笑しただけで、何も言わなかった。

「中国はカイのような男子をもっと必要としているんだ」

「賢い女子も、ですよね、お父さま」ティンが言った。

しかし、ジャンジュンが欲しいのは孫息子だった。「カイは男の子がいいに決まっている」

ユーが事態の収拾に取り掛かり、包《パオ》を籠に入れて夫に手渡した。「これをテーブルに運んでくださいな、お願いします」

ユーは手早く豚肉を炒めるとグリーンペッパーを添えて皿に盛り、自家製の豆腐、ご飯を追加した。ジャンジュンがまた自分のグラスに白酒を注いだが、ほかの三人は断わった。ティンが控えめに料理を口にしながらユーに言った。「お母さまの包はいつも最高です」

「ありがとう、可愛い人」

ジャンジュンにまた孫の話題を持ち出されないよう、カイはグリーン大統領の国連決議についての説明をし、採否に関わる外交競争をしていることを教えた。ジャンジュンが馬鹿にしたように言った。「国連に実際の影響力などあるものか」軋轢《あつれき》を解決するには戦うこと以外にないと伝統主義者たちは信じていた。力は銃口から育つ、と毛沢東は言っていた。

「若者は理想主義であるべきだし、それはいいことだ」ジャンジュンが偉そうに上から言った。中国の父親が当然と考えている態度だった。

「そう言ってもらえて嬉しいよ」カイは応えた。

その皮肉は父親の頭の上を素通りした。「どのみち、われわれはアメリカの鉄の輪を打ち破らねばならんのだ」

ティンが訊いた。「鉄の輪って何ですか、お父さま?」

「アメリカはわれわれを包囲している。日本、韓国、グアム、シンガポール、そして、オーストラリアに軍を展開しているんだ。そのうえ、フィリピン、ヴェトナムもアメリカ側についている。アメリカはロシアにも同じことをしている――〝封じ込め〟と称してな。結局、ロシア革命は窒息してしまった。われわれはソヴィエトの運命を避けなくてはならんが、国連でそれをするつもりはない。早晩、アメリカの鉄の輪を叩き壊さなくてはならんのだ」

父親の分析に異論はなかったが、カイには別の解決策があった。「お父さんの言うとおりだと思う。ワシントンはわれわれを破壊したがっているけれども、アメリカは世界ではないからね」彼は言った。「われわれは地球の多くの国と同盟しているし、ビジネスを展開してもいる。中国と仲良くすることが国益に適《かな》うと考える国が、アメリカがどんなに不愉快であろうと、増えつづけているのは事実だ。われわれは世界の力関係を変えつつある。アメリカと中国のあいだの戦いを、勝者がすべてを手にするという闘争的なやり方で決着させる必要はないんだ。戦争しなくてすむところへ持っていくほうがいいに決まっている。鉄の輪を錆《さ》びさせ、崩れさせるんだよ」

ジャンジュンはびくともしなかった。「そんなのは夢物語だ。第三世界にどれだけ投資したとしても、それがアメリカを変えることはあり得ない。やつらはわれわれを嫌い、掃討したがっているんだ」

カイは別のアプローチを試みた。「可能なときは必ず戦いを避けるのが中国のやり方でしょう。孫子《そんし》が言っていませんか、戦わずして敵を制するのが最高の戦術だって？」

「なるほど、伝統を信じる私を伝統で説得しようというわけだ。だが、それは無駄だ。戦争の備えは常にしておかなくてはならないんだ」

カイはわれ知らずのうちに苛立ちを募らせていた。それを見て取ったティンが夫を抑えようと腕を取ったが、カイはそれに気づかず、馬鹿にしたような口調で言った。

「では、お父さん、あなたは圧倒的な力を持つアメリカをやっつけられると思っているんだ？」

ユーが割って入った。「ほかの話をしない？」

ジャンジュンが妻を無視して言い募った。「わが軍は昔の十倍の力を持っている。様々に進歩し――」

カイはそれをさえぎって訊いた。「でも、どっちが勝つの？」

「それぞれが独自に標的を照準できる新型多弾頭ミサイルを有していて――」

「だから、勝つのはどっちなの？」

ジャンジュンが拳でテーブルを殴り、食器が音を立てて揺れた。「アメリカの都市を壊滅させるに足る核爆弾がある！」

「なるほど」カイは椅子に背中を預けて坐り直した。「では、われわれは核戦争を招来するわけですか――しかも、すぐにも？」

いまや、ジャンジュンも激怒していた。「中国は先制核攻撃はしない。だが、中国の全面的な崩壊を避けるためであれば――やむを得ない！」

「それをやって、われわれにどんないいことがあるんです？」

「われわれは二度と〝屈辱の時代〟には戻らないんだ！」

「正確にはどんな状況になったら、お父さん、国家安全保障委員会の副委員長として、アメリカ合衆国に対する核攻撃を国家主席に具申するんです――その結果、双方がほぼ間違いなく消滅するとわかっているのに？」

「条件は二つだ」ジャンジュンが答えた。「一つはアメリカの攻撃が中華人民共和国の存在、主権、領土の保全を危うくしたとき、二つ目は外交でも通常兵器でもその脅威に対抗できないと判断されたときだ」

「本当に本気なんですね」カイは言った。

「もちろんだ」

ユーがジャンジュンに言った。「きっと、あなたは正しいんでしょうけど」そして、籠から包を取り出した。「もう一つ、いかが？」

7

キアは湖の岸に干してあった洗濯物を籠に取り込むと、その籠を一方の腰に、ナジをもう一方の腰に載せた。そのとき、大きな黒いメルセデスが村に入ってきた。

みんなが驚いた。一年に一度もよそ者がやってこないこともあるのに、一週間に二度もやってくるなんて。それを見ようと、女性全員が家から出てきた。

フロントガラスが燃える板のように太陽を照り返していた。運転手が車を停めて玉ねぎを畑に植えている村の男に話しかけた。そのあと、車は村の最長老のアブドゥラーの家へ向かった。アブドゥラーが家から出てくると、運転手が車の後部席のドアを開けた。何をするにしてもまずは村の長老たちを表敬しよう、と訪問者が考えているのが明らかだった。数分後、アブドゥラーが満足げな顔で車を降り、自分の家に戻っていった。結構なお金をもらったんだろう、とキアは推測した。

車は村の中心へ引き返した。

プレスしたズボンにきれいなワイシャツという服装の運転手が車を回っていき、助手席側の後部席のドアを開けた。黄褐色の柔らかそうな革張りの座席がちらりと見えた。

五十歳ぐらいの女性が降りてきた。黒い肌で、高級なヨーロッパの装いだった。着ているものは身体の線を際立たせ、靴はヒールがあって、縁の広い帽子が顔を陽射しから護っていた。そして、ハンドバッグを持っていた。この村にハンドバッグを持っている者はいなかった。

運転手がボタンを押すと、低い電子的な唸りとともにドアが閉まった。

村の年配の女性たちは遠巻きに見ているだけだったが、若者は訪問者を取り囲んだ。裸足でお下がりの服を着た十代の娘たちは、訪問者の着ているものを羨ましそうに見つめていた。

女性はハンドバッグから〈クレオパトラ〉とライターを出し、赤い唇に一本くわえて火をつけ、深々と吸い込んだ。

洗練そのものだった。

彼女は紫煙を吐き出すと、ミルクコーヒー色の肌の背の高い娘を指さした。

年輩の女性たちが、声の聞こえるところまで近づいてきた。

「わたしはファティマよ」女性がアラビア語で言った。「あなたは？」

「ザリアです」

「可愛らしいあなたによく似合う、可愛らしい名前ね」

ほかの子供たちがくすくす笑ったが、それは本当だった。ザリアは美しかった。

ファティマが訊いた。「読み書きはできる?」

ザリアが誇らかに答えた。「修道女の学校へ通っています」

「お母さんはここにいらっしゃる?」

ザリアの母のヌールが一歩前に出た。腕に雄鶏《おんどり》を抱いていた。彼女は鶏を飼っていて、車に轢《ひ》かれたりしないよう、大事な鳥を護っているに違いなかった。雄鶏は不機嫌で横柄で、それは飼い主も同じだった。「娘に何の用なの?」

ファティマは敵意を無視して快活に答えた。「あなたの美しいお嬢さんは何歳かしら?」

「十六だけど」

「よかった」

「よかったって、どうして?」

「わたしはンジャメナのシャルル・ド・ゴール通りにレストランを持っていて、ウェイトレスが必要なの」ファティマの口調がきびきびとしたビジネスライクなものに変わった。「でも、飲み物や食べ物の注文を間違えずにとれるだけの頭の良さがないと駄目なのね。そのうえに、若くて可愛らしくないといけないのよ、だって、お客さまがそれを望んでいらっしゃるんだから」

そこにいる村人の興味はさらに募った。キアもほかの母親たちも、さらにファティマに近づいた。キアはいい香りがしていることに気がついた。お菓子の箱を開けたような甘い匂いだった。源はファティマだとわかった。彼女は民話に出てくる生き物のようだが、現実的でもっと需要の多い何か、すなわち、仕事を提供しようとここにいるのだった。

キアは訊いた。「お客さまがアラビア語を話せなかったらどうするの？」

ファティマがしっかりと、値踏みする目でキアを見た。「あなたの名前を教えてもらえるかしら、若い人」

「キアです」

「その場合は、キア、自分たちが提供する料理の名前をフランス語と英語で短時間で覚えられる、頭のいい子を見つけるの」

キアはうなずいた。「そうでしょうね。でも、そういう子は多くないんじゃないかしら」

ファティマが束の間、思案顔でキアを見たが、やがてヌールに向き直って言った。

「わたしは親の許可なしで娘さんを雇うことはしません。わたし自身、母親で、祖母でもありますからね」

ヌールの敵意が少し和らいだ。

キアはもう一つのことを訊いた。「お給料はどのぐらいなんですか？」

「彼女たちには食事と制服、寝るところを提供します。一週間に五十アメリカ・ドルはチップで手に入るわね」

ヌールが思わず言った。「五十ドル!」それは通常の賃金の三倍だった。チップの額が様々なのはみんな知っていたが、五十ドルが半分になったとしても、一週間、皿やグラスを運んで手にできるのであれば少なくなかった。

キアは改めて訊いた。「でも、決まったお給金はないんですか?」

ファティマの顔に苛立ちがうかんだ。「そうよ」

この人は信用できるだろうか、とキアは考えた。女性だし、それは信用する一つの理由にはなる。でも、決定的とは言えないし、提供しようとしている仕事を美化しているかもしれない。ただ、それは当たり前のことだし、嘘をついていることにはならない。率直な物言いも疑う余地のない魅力も好ましいけど、それらのすべての下に頑《かたく》なで仮借《かしやく》ないところが垣間見えて、それが気になる。

だが、そうだとしても、キアは独り身の若い女性が羨ましかった。彼女たちはこの湖の岸を逃れ、都会で新しい未来を見つけることができる。わたしもそれができればどんなにいいか。わたしなら非の打ちどころのない優秀なウェイトレスになれるはずだ。それに、ハキムか貧困かというおぞましい選択をしないですむ。

　だけど、わたしは子持ちだ。ナジのいない人生はあり得ない。あの子を愛しすぎている。

　ザリアが勢い込んで訊いた。「どんな制服なのかしら？」

「ヨーロッパの服装をしてもらうわ」ファティマが答えた。「赤のスカート、白のブラウス、首に赤地に白の水玉模様のスカーフね」女の子たちが好意的にざわめいた。

ファティマが付け加えた。「そうよ、とても可愛いわ」

ヌールが母親らしい質問をした。「女の子たちを監督するのはだれなのかしら？」

十六歳に監視役が必要なのは確かだった。

「レストランの後ろの小さな宿舎に住んでもらって、ミセス・アマット・アル・ヤスが彼女たちの世話をします」

面白い、とキアは思った。監督役の女性は名前からするとアラブ系クリスチャンだった。「あなたはキリスト教徒ですか、ファティマ？」

「そうだけど、従業員は色々ね。わたしのところで働きたいの、キア？」

「でも、無理です」キアはちらりとナジを見た。彼は母親に抱かれて、じっとファティマを見つめていた。「この子をおいて行けません」

「きれいな子ね、名前は何と言うの？」

「ナジです」

「いくつなの、二歳ぐらい？」

「そうです」

「この子のお父さんもハンサムなの？」

キアの記憶のなかで、サリムの顔が閃いた。陽に焼けて黒くなった肌、水しぶきで濡れた髪、魚を探して水中に目を凝らしたせいで目の周りに刻まれた皺。思いもしなかった記憶がよみがえり、突然の悲しみが溢れた。「わたし、寡婦なんです」

「それは本当に気の毒だったわね。生活は厳しいでしょう」

「そうですね」

「だけど、ウェイトレスになる可能性はまだあるわよ。わたしのところの二人の女の子も赤ん坊がいるわ」

キアは心臓が跳ねた。「どうしてそんなことができるんですか？」

「日中はずっと子供と一緒にいられるわ。レストランが開くのは夜で、母親が仕事をしているあいだは、ミセス・アマット・アル・ヤスが子供たちの面倒を見るの」

キアは驚いた。自分には資格がないと思い込んでいた。それがいま、いきなり新しい展望が開けた。心臓の鼓動が速くなるのがわかった。興奮していたが、恐ろしくもあった。これまでの人生で、都会へ行ったことは数えるほどしかないのに、いま、生きるためにそこへ移るよう言われている。人生で入ったことのあるレストランは、三本椰子のそれのような小さなカフェばかりだ。でも、いま、恐ろしく贅沢に聞こえる場所での仕事を提供すると言われている。そんな大きな変化についていけるだろうか？ そんな度胸があるだろうか？

キアは言った。「少し考えさせてもらってもいいですか？」

ヌールがまた母親らしい質問をした。「赤ん坊がいる女の子たちだけど──彼女たちの夫はどうなっているんです？」

「一人はキアと同じで寡婦よ。もう一人は、これを言うのは可哀そうなんだけど、相手に逃げられてしまったのよ。愚かにもそういう男に身を任せてしまったのね」

母親たちは理解していた。彼女たちもいまは保守的だが、かつては奔放な娘だったのだ。

ファティマが言った。「ゆっくり考えてみてちょうだい。これからほかの村へも行かなくちゃならないけど、帰りにまた寄らせてもらうわ。ザリア、キア、わたしのところで働く気になったら、午後の三時までに用意をしておいてね」

「今日、出発するんですか？」キアは訊いた。一週間か二週間の猶予はあると思っていたのに、まさか数時間だなんて。

「今日よ」ファティマが繰り返した。

キアは改めて不安になった。

別の少女が訊いた。「わたしたちはどうなんですか?」

「もう少し大きくなったら、可能性があるかもしれないわね」ファティマは答えた。

キアにはわかっていたが、その子たちは実はあまり可愛くなかった。

ファティマは車へ引き返し、運転手がドアを開けた。彼女は短くなった煙草を捨てて踵で踏み消してから、車内に姿を消した。ここまでのすべての会話は、その煙草を喫っている、わずかのあいだに交わされたにすぎなかった。ファティマが座席から身を乗り出して言った。「どうするか、決めておいてね。またあとで会いましょう」運転手がドアを閉めた。

村人たちが見送るなか、車は走り去った。

キアはザリアに訊いた。「どう思う? あなた、ファティマと一緒にンジャメナへ行く?」

「お母さんさえうんと言ってくれたら——もちろん、行くわ!」ザリアの目には希望とやる気がきらめいていた。

キアは彼女より四つ年上なだけだったが、それよりずっと年の差があるように感じた。キアには子供がいたし、危険についてもより多くの知識があった。

キアは汚れたTシャツとグリグリのビーズのハキムのことを考えた。いま、ハキムかファティマか、どちらかを選ばなくてはならなかった。

実は、考えることは何もなかった。

ザリアが言った。「あなたはどうなの、キア? 今日、ファティマと一緒に行くの?」

キアはほんの一瞬ためらったあとで答えた。「行くわ」そして、付け加えた。「もちろんよ」


そのレストランは〈バーボン・ストリート〉という英語の名前で、看板がネオンに輝いていた。キアはその日の午後、ファティマのメルセデスでそこに着いた。ザリアと、ほかに知らない娘二人が一緒だった。入っていったロビーは絨毯《じゅうたん》が厚く、壁には柔らかな色彩で白い蘭が描かれていた。想像していたより贅沢で、キアは安心した。

女の子たちが驚きと喜びの声を上げていると、ファティマが言った。「いまを愉しみなさい。あなたたちが正面からここに入るのは、これが最後だからね。今後は裏の従業員出入口を使うのよ」

地味なスーツの男が二人、所在なげにロビーに立っていた。警備担当者だろう、とキアは推測した。

メインルームは広かった。一方にバー・カウンターが伸びていて、キアが一箇所で見たなかでは最も多い数のボトルが並んでいた。中身は何なのか？ テーブルの数は六十か、もっと多いかもしれなかった。バー・カウンターの反対側は赤いカーテンのステージで、ショーもやるレストランがあることを、キアは初めて知った。全体は絨毯敷きだったが、ステージの前は小さな円形の木の床になっていて、そこで客が踊るのだろうと思われた。

十二人かそこらの男性がすでに飲んでいて、女の子二人が饗応《きようおう》していたが、それ以外に人の姿はなかった。きっと開いたばかりなんだ、とキアは推測した。赤と白の制服はとても洒落ていたが、スカートのあまりの短さがショックだった。新入りの女の子たちは古参のウェイトレス――みな、ナジを可愛がってくれた――に、そして、バーマン――つっけんどんだった――に紹介された。厨房には六人のコックがいて、掃除をしたり、野菜を切ったり、ソースを作ったり、忙しく働いていた。あれだけの数のテーブルの料理をするには狭すぎるように見えた。

通路の奥に小部屋が連なっていて、それぞれにテーブルと椅子、そして、長いカウチが配置されていた。「特別料金を払ったお客さまのための専用個室よ」ファティマが言った。どうして余分なお金を払ってこっそりディナーをとる必要があるんだろう、とキアは不思議だった。

店の規模の大きさに、キアは度肝《どぎも》を抜かれた。これだけのことをしおおせているなんて、ファティマはよほどのやり手に違いない。旦那《だんな》さんに力を貸してもらったりしているんだろうか？

コートを掛けるフックのついた狭い従業員控室を通って、従業員出入口から外へ出た。中庭の向こうに、鎧戸《よろいど》が青、壁が白で塗られたコンクリートの二階建てがあった。年配の女性がその前に坐って、夕刻の涼しさを愉しんでいた。彼女はファティマがやってくるのを見て立ち上がった。

「ミセス・アマット・アル・ヤスよ」ファティマが紹介した。「でも、みんな、ジャッダと呼んでいるわ」子守りという意味だった。ジャッダは小柄で太っていたが、キアはその目に宿るものを見て、ファティマと同じしたたかさを持ち合わせているのではないかと感じた。

ファティマが新入りの女の子たちをジャッダに紹介し、彼女たちに言った。「ジャッダの言うことをちゃんと聞いて、そのとおりにしていれば、大きな間違いを犯すことはないわ」

家の扉は木枠に釘づけされたトタン板で、ンジャメナの普通の家とは違っていた。なかは狭いベッドルームが並んでいて、共用のシャワーがあった。一階も二階も造りはまったく同じで、それぞれの部屋に狭いベッドが二つ、一人が辛うじて立てるだけのあいだを空けて並べられ、それぞれに小さな衣装戸棚がついていた。娘たちの大半は夜の仕事のための準備にかかっていて、髪を整えたり、制服に着替えたりしていた。少なくとも週に一度はシャワーを浴びるようジャッダが言い、新入りの女の子を驚かせた。

キアとザリアは同じ部屋をあてがわれ、それぞれの衣装戸棚にはすでに制服が掛かっていて、ヨーロッパ風の下着、ブラジャー、布地の少ないパンティも揃えてあった。子供用の寝台がなかったから、ナジはキアのベッドで寝るしかなかった。

今夜から仕事だから急いで制服に着替えるよう、ジャッダが言った。キアは危うくパニックになりそうだった。こんなにすぐに仕事？　ファティマにかかると、すべてが予想より早く起こるようだった。キアはジャッダに訊いた。「何をどうすればいいか、教えてもらえるんですか？」

「今夜は先輩のウェイトレスと組んでもらうわ。彼女が全部教えてくれるから」と言うのが、監督役の答えだった。

キアは上に着ているものを脱ぎ、飾り気も何もない間に合わせの下着姿でシャワーへ向かった。そのあと、制服に着替えたところで、先生役のアミーナに引き合わされた。あっという間もなく――そんなふうに感じられた――連れていかれたレストランは、早くも続々と客がやってきていた。少人数のバンドが演奏を始めていて、何人かが踊っていた。全員がアラビア語かフランス語で話していたが、キアはその半分も聞き取ることができず、たぶん自分が聞いたことのない料理や飲み物のことを言っているのだろうと推測した。自分の国にいるのに外国人になったような気がした。

それでも、アミーナが注文を取りはじめるやいなや、それを見てやり方を理解した。アミーナが客に何が好みかを訊き、客はそれに応えるか、プリントされたメニューを指さすこともある——そのほうが間違えずに注文を取ることができるのだ。アミーナはその注文を紙に書き留めて厨房へ行く。そこで注文された料理を大声で伝え、注文を書き留めた紙をカウンターに置く。飲み物の注文も、口数の少ないバーマンに同じことを繰り返す。料理が出来上がったら、それをテーブルへ運ぶ。飲み物も同じようにする。

三十分見学したあと、初めての注文を間違うことなく取ることができた。アミーナがしてくれたアドヴァイスは一つだけだった。「唇を濡らして」そして、自分の唇を舐《な》めて手本を示してくれた。「セクシーに見せるの」

キアは肩をすくめ、唇を濡らした。

急速に自信が湧いてきて、自分に満足しはじめた。

数時間後、女の子たちは交替で短い休憩を取り、軽い食事をした。キアはナジが心配で宿舎へ急いだ。息子はぐっすり眠っていた。母を探して泣き叫んだりせずにいてくれたことがありがたかった。変化に対して、恐怖より興味のほうが優っているのだ。

キアは安心して仕事に戻った。

食事をすませたら帰る客もいないではなかったが、そのままいつづける客のほうが多く、新しくやってきた客が彼らと合流して飲みはじめた。彼らが飲むビール、ワイン、ウィスキーの量に、キアは驚かずにはいられなかった。彼女自身はアルコールが体内に入ったときの感じが好きではなかった。サリムもたまにビールを一杯口にするだけだった。イスラム教徒ではなくキリスト教徒だったから飲酒は禁じられていなかったが、それでも、酒は彼らの生活で大きな役割を果たしてはいなかった。

雰囲気が変わりはじめた。笑い声が大きくなっていた。キアが気づいてみると、いまや客のほとんどが男性だった。ぎょっとしたことに、飲み物の注文を聞いているときに腕を触られたり、通りすがりに背中に手を置かれたりした。一人など、ちらりとではあったが、尻《しり》を撫《な》でた者もいた。誘うような笑みがあるわけでも、言葉があるわけでもなく、深い意味などないようだった。それでも、キアは面食らわずにいられなかった。村ではないことだった。

夜半になって、ステージが何のためにあるのかがわかった。オーケストラがアラブの音楽を奏ではじめ、カーテンが開いて、エジプト人のベリーダンサーが登場した。キアはそういう人々のことを聞いたことはあったが、見るのは初めてだった。この踊り子は極端に露出度の高い衣装を身に着けていた。そして、ダンスが終わると、なぜか衣装を腰まで滑り落として胸を露わにし、直後にカーテンが閉まった。客が熱い拍手を送った。

キアは都市の生活をよく知っているわけではなかったが、すべてのレストランがこの類いの娯楽を提供しているわけではないはずで、それを思うと落ち着かない気分になった。

テーブルに目を配ると、一人の客が手を上げて呼んでいた。さっき尻を撫でてきた男だった。がっちりした身体つきのヨーロッパ人で、ストライプのスーツの下に白いオープンネックのシャツを着ていた。五十くらいだろうか。「シャンパンを一本持ってきてくれ、可愛い人《シェリ》」男は少し酔っていた。「ボランジェだぞ」

「承知しました、お客さま」

「専用の個室へ頼む。三番だ」

「承知しました、お客さま」

「グラスは二つだ」

「承知しました、お客さま」

「アルベールでいいよ」

「承知しました、アルベール」

キアはアイスバケットに氷を詰め、バーマンからシャンパンのボトルとグラスを二つ受け取った。それを盆に載せると、バーマンがナッツと香辛料を混ぜたダッカーというつまみの小皿と、スティック状に切った胡瓜《きゅうり》とそれにつけるディップソースの皿を付け加えた。キアはそれを持ってレストランの奥へ向かった。もう一人の黒いスーツの大柄な警備担当者が、専用個室への通路の入口に立っていた。キアは三番の個室を見つけると、ドアを低くノックして部屋に入った。

アルベールはソファに坐っていた。キアは室内を見回したが、ほかにはだれもいなかった。とたんに緊張と不安が押し寄せた。

キアは盆をテーブルに置いた。

「シャンパンを抜いてもらえるかな」アルベールが言った。

ワインの栓の抜き方は教わっていなかった。「申し訳ありません、お客さま、やり方がわかりません。今日が初めてなのです」

「だったら、見せてやろう」

キアがじっと見つめていると、彼はフォイルを剝がし、栓を拘束しているワイヤーを外してコルクをつかむと、それを少し捻ってから下へ押して、ゆっくりと戻ってくるのを待った。直後、低い喘《あえ》ぎのような音がした。「満足した女性のため息みたいだ。まあ、きみがそんなに頻繁に聞くことはないだろうがね」アルベールが笑い、キアは冗談なのだと気がついて愛想笑いをしたが、何が面白いのかはわからなかった。

彼が二つのグラスにシャンパンを注いだ。

「どなたかをお待ちなんですよね」キアは言った。

「いや」アルベールがグラスをキアに差し出した。「これはきみのだ」

「ありがとうございます、でも、いただけません」

「馬鹿だな、こんなの、何の害もないよ」そして、肉の厚そうな自分の腿《もも》を叩いた。

「ここに坐りなさい」

「駄目です、お客さま。できません、本当です」

アルベールの顔に苛立ちが表われた。「キス一回で二十バックスだぞ」

「お断わりします！」単位がドルなのかユーロなのか、それともほかの何かなのかわからないが、何であれ二十というのは馬鹿げたほどの高額だろう、とキアは本能的に察知した。キスだけですむはずがない、それ以上のことを要求してくるに決まっている。そして、怖くなった。たとえいい人だとしても、執拗《しつよう》に迫ってきて、無理強いしてくるかもしれない。

アルベールが言った。「なかなかの交渉上手だな、いいだろう、一回やらせてくれたら百だ」

キアは部屋を飛び出した。

ファティマがそこにいた。「どうしたの？」

「セックスを要求されたんです！」

「お金は出すって言った？」

キアはうなずいた。「百です。バックスって言いました」

「ドルよ」ファティマがキアの肩を抱き、顔を近づけた。焦《こ》げた蜂蜜《はちみつ》のような香水の香りがした。「よく聴くのよ。あなた、これまでに百ドルくれるなんて言ってくれた人はいた？」

「いません」

「これからもいないでしょうね、このゲームをしない限りはね。それがここでのチップのもらい方なの。アルベールはとても気前がいいわ。彼のようなお客さまは少ないのよ。さあ、戻って、パンティを脱ぎなさい」ファティマが小さな平たい包みをポケットから出した。「コンドームを使うのよ」

キアはコンドームを受け取らなかった。「本当にすみません、ファティマ」彼女は言った。「あなたの言いつけに背きたくはないし、本当にウェイトレスになりたいんですけど、これだけはできません、絶対に」

自分の尊厳は何があっても護ると決めていたが、困惑したことに涙が溢れた。「そんなことをさせないでください、お願いです」彼女は懇願した。

ファティマの顔つきが変わった。譲るつもりはないようだった。「お客さまの期待に応えられないのなら、ここでは働けないわ！」

キアは返事ができないほど自分が泣いていることに気がついた。

警備担当者がやってきてファティマに言った。「何かありましたか、ボス？」

もし無理にでも言うことを聞かせるつもりなら、この男なら簡単にわたしをねじ伏せられる、とキアは気がついた。それで気持ちが切り替わった。いましてはならない最悪のことは、無力で無知な、いいように振り回される村娘のように見せることだ。自分を護らなくてはならない。

キアは一歩後ろへ下がって顔を上げ、きっぱりと宣言した。「わたしはやりません。失望させたのは気の毒だけど、ファティマ、元はと言えばあなたが悪いんです――だって、わたしを騙したんですもの」そして、ゆっくりと、一言一言を強調するようにつづけた。「だから、争うのはよしましょう」

ファティマの顔に怒りが浮かんだ。「わたしを脅しているつもり？」

キアは警備担当の男を見た。「もちろん、わたしと彼では相手になりません」そして、声を高くした。「でも、あなたのお客さんの目の前で大騒ぎをして見せることはできます」

そのとき、別の個室にいた客が顔を覗かせて言った。「おい、ここへもっと酒を持ってきてくれ！」

ファティマが言った。「はい、ただいま！」それで、いくらか冷静さを取り戻したようだった。「部屋へ戻って、眠りなさい」彼女はキアに言った。「朝になったら、考えが変わっているはずよ。明日、もう一度やってみるといいわ」

キアは黙ってうなずいた。

ファティマが言った。「それから、何があっても、お客さまに泣いているところを見せないのよ」

ファティマの気が変わる前に、キアはすぐにその場を離れた。

従業員出入口を見つけ、中庭を突っ切って、宿舎に戻った。ジャッダは玄関ロビーでテレビを観ていた。「ずいぶん早いわね」彼女が不審そうに言った。

「ええ」と答えただけで、それ以上は何も言わずに二階へ急いだ。

ナジはいまも熟睡していた。

制服を脱いだ。いまや売春婦の衣装としか思えなかった。ここへきたときの下着に着替え、ナジの隣りに横になった。夜半を過ぎていたが、クラブでバンドが演奏する音楽と客の会話が轟きのように聞こえていた。疲れていたが、なかなか眠れなかった。

三時ごろにザリアが帰ってきた。目を輝かし、お金を握っていた。「わたし、お金持ちよ！」彼女は言った。

キアは疲れ果てていて、ザリアのしているのは間違ったことだと諭す気力がなかった。実際、間違ったことかどうか確信がなかった。「お客さんは何人だったの?」

「一人は二十、もう一人は手でしてあげて十よ」ザリアが答えた。「お母さんが三十手に入れるとしたら、どのぐらいの時間がかかると思う?」そして、制服を脱いでバスルームへ向かった。

「よく洗うのよ」キアは言った。

ザリアはすぐに戻ってきて、あっという間に眠ってしまった。

朝の光が粗末なカーテン越しに忍び込み、ナジが身じろぎするまで、キアは眠れないまま横になっていた。乳を含ませてナジをもう少しのあいだ静かにさせてから、服を着せてやり、自分も着替えをした。

ナジを連れて部屋を出たときも、みんな死んだように眠っていた。静まり返った宿舎をこっそりあとにした。

シャルル・ド・ゴールは首都の中心を貫く広い大通りで、早朝のこの時間でも人の姿があった。キアは魚市場へ行く道を教えてもらった。ンジャメナで唯一知っているところだった。チャド湖の漁師は毎晩、真っ暗ななかを車で走り通し、昨日の獲物をその市場へ運んでいた。キアも何度かサリムに同行したことがあった。

魚市場に着くと、ようやく白みはじめた空の下で、トラックから積荷が降ろされているところだった。魚の臭いが充満していたが、〈バーボン・ストリート〉の雰囲気のなかにいるときよりは息がしやすかった。だれもが露店に銀色に輝く魚を並べ、水をかけてそれを冷やしていた。正午までに売り尽くし、午後には帰っていくのだった。

キアは市場を歩き回って知った顔を見つけた。「わたしを憶えてる、メリハム？　サリムの奥さんよ」

「キアじゃないか！」メリハムが答えた。「憶えてるとも、もちろんだよ。ここで何をしてるんだ、独りなのか？」

「話せば長い物語よ」キアは言った。

8

ングエリ・ブリッジの銃撃戦から四日、タマラがセックスなしでタブと寝てから四夜が過ぎたあと、アメリカ大使は妻の三十回目の誕生日を祝うパーティを開いた。

タマラはそのパーティがうまくいくことを願っていたが、それはチャドで一番の友だちであるシャーリーのためであり、すべての手筈を整えるために全力を尽くしている夫のニックのためでもあった。パーティを仕切るのは普段はシャーリーなのだ――それが大使の配偶者の義務の一つだった――が、自分自身の誕生パーティを仕切らせるわけにはいかない、今回は自分がその役をやる、と彼が宣言したのだった。

一大イヴェントになるはずだった。大使館にいる全員がやってくることになっていて、普通の外交官を装っているCIAもそこに含まれていた。全友好国大使館の重要職員全員とチャドのエリートの大半が招待されていて、招待客の総計は二百人に上った。

会場は舞踏室《ボールルーム》が予定されていた。実際に舞踏会が催されることは滅多になかった。

伝統的なヨーロッパのダンスは頑なな形式主義と荘重な音楽がいまや時代遅れだった。だが、大規模なパーティにも頻繁に使われていて、シャーリーはたとえ堅苦しい環境であっても、客の気持ちを楽にさせ、楽しませることに長《た》けていた。

何か手伝えることはないかとタマラが昼食の時間を利用してボールルームを覗くと、ニックが苦労していた。そこへ運ばれて飾られる大きなケーキはまだ厨房で待っていたし、二十人のウェイターは指示を待って所在なげにしていたし、マリから呼んだジャズ・バンドの〈デザート・ファンク〉は外のラフィア椰子の木の下でハシシをやっていた。

ニックは大男で、頭も鼻も耳も顎も大きかった。ゆったりと構えた友好的な立居振舞いと鋭い頭脳を併せ持っていた。とても有能な外交官だが、パーティの仕切り役ではなかった。一生懸命うまくやろうとして、やる気満々で歩き回っていたが、どうしてこうもことが順調に運ばないのかわからずに困惑してもいた。

タマラは三人のコックにケーキを冷やさせ、アンプをつなぐべき電源の場所をバンドに教え、大使館職員二人に風船とテープを買いに行かせた。そのあと、氷を詰めた大きなコンテナを持ってこさせ、飲み物を冷やさせた。そうやって細かいことにも抜かりなく目を配り、スタッフの尻を叩いて一つ一つの仕事を順序よくこなしていって、その日の午後はＣＩＡのオフィスに戻らなかった。

そのあいだも、タブのことがずっと頭から離れなかった。いまは何をしているんだろう? 何時にやってくるんだろう? パーティのあと、二人でどこへ行こうか? 今夜も一緒に過ごすことになるのか?

本当にあんなにいい人なんだろうか?

わずかな時間を見つけて自室へ帰り、パーティ用の服装――この地で人気のある生き生きとしたロイヤルブルーのシルクのドレス――に着替え、招待客がやってくる時間の数分前にボールルームに戻った。

間もなくしてシャーリーが現われた。飾りつけを見、カナッペと飲み物の載った盆を持つウェイターたちを見、準備を整えて楽器を構えているバンドを見た瞬間、その顔に喜びが満ちた。シャーリーが夫に抱きついてキスをすると、驚きを隠せない声で称賛した。「あなた、完璧にやってくれたのね!」

「完璧な助手がいてくれたからね」ニックが認めた。

シャーリーがタマラを見て言った。「あなたよね」

「みんな、ニックの熱意に引っ張られたのよ」タマラは応えた。

「本当に嬉しいわ」

タマラにはわかっていたが、シャーリーがこんなに喜んでいるのは、段取りが完璧になされたからというより、むしろ、ニックが彼女のためにそうしたいと頑張ったたからだった。それこそがあるべき関係よね、とタマラは思った。自分もそうなりたかった。

最初の招待客が到着した。明るい赤と青のプリントのローブのチャドの女性だった。

「彼女、凄いわね」タマラはシャーリーにささやいた。「わたしにはとても着こなせないわ」

「でも、彼女はそれを苦もなくやってのけてる」

大使館のパーティはカリフォルニア・シャンパンと決まっていた。フランス人は口でこそとても美味いと言うものの、空にしないままグラスを置いた。イギリス人はジントニックを所望した。タマラにはとてもおいしいと感じられたが、いずれにせよ、気持ちが高ぶっていた。

シャーリーが意味ありげにタマラを見た。「今夜のあなた、すごく目が輝いているわよ」

「ニックの手助けが楽しかったのよ」

「まるで恋をしてるみたいに見えるけど？」

「ニックに？　もちろんよ、わたしたち全員がそうだわ」

「そうかしら？」正面からの答えは得られそうにないとわかっているようだった。

「わたしは声なき愛が書いた言葉を読み取る術を知ってるのよ」

「当ててみせましょうか」タマラは言った。「シェイクスピアでしょ?」

「満点よ。それから、元々の質問の答えを回避したことにボーナス・ポイントを上げるわ」

次の招待客がやってきた。シャーリーとニックはその客を出迎えに向かった。全員を迎えるのに一時間はかかりそうだった。

タマラは会場を歩き回った。こういう集まりは情報部員が何食わぬ顔でさりげない話を拾い上げる格好の機会だった。無料《ただ》酒が飲めるとき、人は驚くほど簡単に秘密厳守を忘れる傾向があった。

チャドの女性たちは一番明るい色、一番鮮やかなプリントの衣装をまとい、男性陣の服装は女性たちより地味だったが、若者のなかにはファッション・センスのある者がいて、Tシャツの上に流行のジャケットを羽織っていた。

こういうとき、タマラはときどき嫌な現実がよみがえって心が痛んだ。シャンパンを飲んでたわいない話をしながらも、キアのことが思い出された。彼女はわが子を育てる方法を見つけようと、何とかして砂漠を横断し、海を渡ろうとしている。ほとんど未知の遠い国に何らかの安全と安定があるのではないかと期待して。おかしな世界と言うしかなかった。

タブはまだやってきていなかった。一緒に過ごした夜以来、初めて彼を見ることになるのだけれども、平静でいられる自信はなかった。あの夜、二人は一緒にベッドに入った。タブはTシャツにボクサーショーツ、タマラはスウェットシャツにパンティという格好で。彼は彼女に両腕を回し、彼女は彼にぴったり寄り添って数秒で眠りに落ちた。次に目が覚めたとき、彼はスーツ姿でベッドに腰かけ、コーヒーカップを差し出してこう言った。「起こすのは忍びなかったんだけど、これから飛行機に乗らなくちゃならないんだ。きみが目が覚めたときに一人だと可哀そうだと思ってね」その日の朝、彼はパリからきた上司とマリへ飛び、今日、帰ってくることになっていた。彼に会ったら何と言おうか？　彼は恋人ではないけれど、仕事の同僚以上の存在であることは間違いない。

バシル・ファホーリーがやってきた。前に会ったことのある現地のジャーナリストだった。快活で挑戦的で、タマラはとたんに不安になった。タマラが挨拶をすると、彼はすぐさまこう返してきた。「いま、UFDDの詳細記事を書いているんだ」UFDDはチャドの反政府グループで、〝将軍〟の体制を転覆させるという野心を抱いていた。「何か知らないかな？」

この男を利用すべきでない理由はないわね、とタマラは考えた。「彼らはどこで資金を調達しているのかしら？　あなた、ご存じ？」

「われわれの友好的な東の隣人、スーダンがずいぶん援助しているらしい。きみはスーダンをどう考えているんだ？　チャドに干渉する権利はスーダンにはないと、ワシントンは本当にそう考えているのかな？」

「現地の政治についてコメントするのはわたしの仕事ではないわ、それはご存じよね、バシル」

「いや、懸念には及ばないよ。これはオフレコだ。きみはアメリカ人だから、必ずや民主主義の擁護者だよな」

真のオフレコなどあり得ないことをタマラはわかっていた。「民主主義への長くゆっくりとしたアメリカの歩みについて、わたし、よく考えるの」彼女は言った。「アメリカは王から自分たちを解放するために戦争をしなくてはならなかった。さらに、奴隷《どれい》制度をなくすために戦争をしなくてはならなかった。そしてさらに、女性が二級市民でないことを確かなものにするためにフェミニズムの百年戦争をしなくてはならなかったわ」

それはバシルが求めている種類の答えではなかった。「チャドの民主主義者は忍耐すべきだと、それがきみの意見か？」

「そんなことは言っていないわよ、バシル。わたしたちはパーティでお喋りしているだけだわ」タマラはあるグループと達者なフランス語で話している金髪の若いアメリカ人へ顎をしゃくった。「ドリュー・サンドバーグと話してみたらどう？　広報担当だから」

「彼とならもう話したけど、大したことは知らなかった。ぼくはＣＩＡの見解を知りたいんだ」

「ＣＩＡって何？」タマラはとぼけた。

バシルが恨めしげに笑い、タマラはその場を離れた。

とたんに、タブが目に入った。入口のところでニックと握手をしていた。今夜は黒のスーツを着ていて、真っ白なワイシャツの袖でカフスがきらめき、淡い模様の入ったダークパープルのネクタイをしていた。見るだにものにしたくなる姿だった。

そう考えているのはタマラだけではなかった。数人の女性がうっとりとタブを見つめていた。近寄るんじゃないわよ、あんたたち、彼はわたしのものなんだから、とタマラは内心で威嚇《いかく》した。しかし、もちろんタブはタマラのものではなかった。

彼は取り乱しているわたしに慰撫《いぶ》を与えてくれた。魅力的で、思慮深くて、深い同情を寄せてくれた。でも、それで彼の何がわかった？　いい人だってことだけでしょう。彼はマリに出張しているあいだに、これ以上状況を進展させないための言い訳を考え出したかもしれない。男は往々にしてそういうことをするものだ。陳腐な決まり文句で肘鉄を食らわしてくるかもしれない――あれは一時《いっとき》の楽しみだったんだ。だから、そういうことにしておこう。ぼくは関係を欲しているわけじゃない。あるいは

――これが最悪だけど――悪いのはきみじゃなくてぼくなんだ。

タマラはそんなことを思っていて気がついた――わたしは何としても彼との関係を欲している、もし彼が同じように思っていてくれなかったら、二度と立ち直れないぐらい打ちのめされるに違いない。

振り返ると、タブがそこにいた。タマラが驚いたことに、ハンサムな顔が微笑した。そこから愛と喜びが発散していた。タマラはさっきまでの疑いも恐怖もとたんに消えてしまい、首にかじりつきたい衝動を抑えなくてはならなかった。「こんばんは」彼女は形式張って挨拶した。

「素敵なドレスじゃないか！」いまにもキスしそうな勢いだったが、タマラは手を差し出し、握手で代用させた。

それでも、彼は馬鹿みたいににこにこ笑っていた。

「マリはどうだった？」タマラは訊いた。

「きみに会いたかった」

「ありがとう、嬉しいわ。でも、その笑い方はやめなさいよ。みんなに知られたくないもの、わたしたちが……近しいことを。あなたはよその国の情報機関員なのよ。デクスターに知られたら、大騒ぎになるわ」

「きみに会えて嬉しいだけだよ」

「そして、わたしはあなたを敬愛しているわ。でも、いまは近づかないで。だれかに気づかれるとまずいわ」

「もちろんだ」タブの声が少し大きくなった。「そうだ、シャーリーに誕生日のお祝いを言わなくては。では、失礼します」そして、会釈をして離れていった。

彼がいなくなったとたんにタマラは気がついて後悔した。〝敬愛している〟なんて言ってしまった。なんて馬鹿なことを口走ったの、いくらなんでも早すぎるでしょう。それに、彼は戻ってくるとは言わなかった。怖くなって逃げたのかもしれない。

スーツの上衣がぴったりと合っている彼の背中を見送りながら、すべてを台無しにしてしまっただろうかとタマラは考えた。

カリムがやってきた。新しいパールグレイのスーツにラヴェンダー色のネクタイをしていた。「きみの冒険のことをすっかり聞かせてもらったよ」彼が言った。まるで初めて会うかのような、いつもとは違う目でタマラを見ていた。橋での銃撃戦以来、ほかの人々にも同じような目で見られることがあった――きみのことを知っているつもりだったけど、いまは自信がない、という目で。

タマラは言った。「どんな話を聞いたんですか?」

「アメリカ軍兵士が一発も命中させられなかったのに、きみはできたという話だ」

「狙いやすかっただけですよ」

「そのとき、きみの標的は何をしていたんだ？」

「二十ヤード向こうから突撃ライフルでわたしを狙っていました」

「しかし、きみは冷静でいた？」

「たぶん、そうだったんでしょう」

「それで、標的を負傷させたとか？」

「彼は死にました」

「そうだったのか」

自分がある種のエリートの仲間入りをしていることに、タマラは気がついた。ありがたくも嬉しくもなかった。尊敬されたいのは頭脳であって、狙撃手《そげきしゅ》としての腕ではない。タマラは話題を変えた。「大統領宮殿はどんな反応なんです？」

「将軍はひどくお怒りだ。われらがアメリカの友人たちが攻撃されたんだからな。攻撃してきた連中は国際法的にはカメルーンの領土、あるいは、国境の中立地帯にいるのかもしれないが、アメリカ軍はわれわれの賓客《ひんきゃく》だ、だから、平静ではとてもいられないのだよ」

カリムは将軍の激怒を持ち出して、二つのことを言おうとしているんだ、とタマラは気づいた。将軍があのテロリストどもと無関係であることと、彼らがチャド人であるとは決まっていないということだ。責任を外部になすりつけて責めを負わせるのが、こういう場合は常に最善策と言えた。カリムは彼らがチャド領内にいないと示唆《しさ》することまでしていた。到底信じることができないのはタマラにもわかっていたが、彼女がしたいのは情報収集であり、議論ではなかった。「教えていただいて感謝します」

「あの攻撃の黒幕がスーダンだということは、きっときみもわかっているはずだ」

タマラはそんなことは何も知らなかった。「『アル・ブスタン』と叫んでいたけど、ISGSじゃないんですか？」

「われわれを混乱させるための作戦だ」

「では、あなたはどうお考えなんでしょう？」タマラは曖昧な訊き方をした。

「あの攻撃はUFDDがスーダンの支援を受けてやったものだ」

「興味深い見方ですね」タマラは淡々と相槌を打った。

カリムが身を乗り出した。「あのテロリストを殺したあと、その男の銃を調べたか？」

「もちろんです」

「どんなタイプだった？」

「ブルパップでした」

「ノリンコ製だったか？」

「はい」

「やっぱり中国か！」カリムが得たりという顔になった。「スーダン軍部隊はすべての兵器を中国から買っているからな」

ＩＳＧＳもノリンコ製の銃を持っていて、手に入れる先も同じスーダン軍だったが、タマラはそのことは指摘しなかった。カリム自身、自分の言葉を信じているかどうか疑わしかった。しかし、チャド政府はその線を取ろうとしていて、タマラはそれを有益な情報として記憶するに留めた。「将軍は何らかの行動を起こされるんですか？」

「この犯人がだれか、将軍はそれを世界に知らせるつもりでおられる！」

「どうやって？」

「チャド領内でその国の政府転覆の企てを行なったスーダン政府を非難する、大々的な演説を計画しておられる」

「大々的な演説ですか」

「そうだ」

「いつですか？」

「間もなくだ」

「あなたを筆頭に、その演説原稿の作成はもう始まっているんですよね」

「もちろんだ」

タマラは慎重に言葉を選んだ。「ホワイトハウスはこの状況が拡大することを望まないと思います。この地域が不安定になることを欲していません」

「もちろんだ、それはわかっている。われわれもそれは同じだ、言うまでもないことだよ」

タマラはためらい、いま頭にあることを口にする度胸がわたしにあるだろうかと自問した。結論は、ある、だった。「前もってその大々的な演説の原稿を見ることができれば、グリーン大統領にとって大きな助けになるはずなんですけど」

長い間があった。

この要求の厚かましさにカリムは驚いただろうが、同時に、アメリカの賛同を得るための役にどのぐらい立つかを計算しているはずだ、とタマラは推測した。

彼がいま、それを考えていることさえもが驚きだった。

カリムがついに答えた。「何ができるかやってみよう」そして、去っていった。

ボールルームを見回すと、鮮やかなとりどりの色が目に飛び込んできた。会場はいまや混んでいて、女性たちが明るさを競っていた。煙草を喫うために外へ出られるよう、両開きのドアが開け放されていた。〈デザート・ファンク〉はアフリカ風にアレンジした洒落たジャズを演奏していたが、それもアラビア語、フランス語、英語の会話の唸りに飲み込まれていた。エアコンが全力で涼を送りつづけ、だれもかれもが愉しんでいた。

シャーリーが隣りにやってきた。「あなた、タブダルとあまり一緒にいなかったでしょう」

彼女の目は侮れなかった。「あなたに誕生日のお祝いを言わなくちゃって、急いでいたのよ」

「二週間前のイタリア大使館のパーティのときはべったりだったじゃない」

あのときのことを思い出してみると、確かにあの日の夜は長いことタブと話をした。でも、それは主にアブドゥルについてだった。気がつかなかっただけで、わたしはあのとき彼に恋をしたのだろうか？「べったりだったわけじゃないわ」タマラは言い返した。「仕事の話をしていたのよ」

シャーリーは肩をすくめた。「まあ、どっちでもいいけどね。でも、彼、あなたの機嫌を損ねるようなことをしたんじゃないの？　口論になっていたでしょう」そして、じっとタマラを見てから言い直した。「違う、そうじゃないわ――逆だったのよ！その振りをしているのよ。ばれないようにしているんだわ」声が小さくなった。「もう彼と寝た？」

どう答えればいいかわからなかった。答えるとすれば「寝たけど寝なかった」だが、それはさらなる説明を求められることにしかならない。

シャーリーは酔っているようだったが、彼女には珍しいことではなかった。「ごめんなさい、わたし、ずいぶん失礼よね」

タマラは何とか筋の通った説明を作り上げた。「もし寝ていたとしても、あなたに言わないわよ。だって、ニックやデクスターに知られたら困るから黙っていてくれと頼まなくちゃならないし、それはあなたに余計な負担をかけることになるもの」

シャーリーがうなずいた。「わかった。ありがとう」そして、部屋の向こうを見て言った。「お呼びがかかってるみたい」タマラがその視線を追っていくと、ニックが入口で手招きしていた。そばにダークスーツにサングラスという二人の男が立っていた。だれかの護衛にしか見えなかったが、でも、だれの護衛だろう？

タマラはシャーリーについていった。

ニックが切羽詰まった様子で補助員に何か言っていて、シャーリーが到着するや否や手をつかんでドアのところへ引っ張っていった。

直後、将軍が入ってきた。

タマラは生身のチャド大統領は見たことがなかったが、写真で知っていたから、彼だとわかった。六十歳ぐらいのがっちりした体格の人物で、髪を剃《そ》り上げていた。肌は黒く、アラブ人というよりアフリカ人だった。西欧風のビジネス・スーツを着て、指には大ぶりな金の指輪がいくつもはまっていて、何人もの男女を従えていた。

友好的な雰囲気で、にこやかな笑みを浮かべてニックと握手をすると、ウェイターが勧めたシャンパンを断わってから、小さな贈物の包みをシャーリーに差し出した。

そして、英語で歌い出した。「ハッピー・バースデイ・トゥ・ユー……」

お供の者たちが追随した。「ハッピー・バースデイ・トゥ・ユー」

将軍は期待するように会場を見回し、その意味に気づいた者たちが加わった。「ハッピー・バースデイ・ディア・シャーリー……」バンドが伴奏しはじめた。

最後にはボールルーム全体の合唱になった。「ハッピー・バースデイ・トゥ・ユー！」そして、歓声を上げた。

なるほど、タマラは内心で唸った。部屋を自分のものにする方法をよく知っているわけだ。

シャーリーが言った。「いただいたものを開けてみてもよろしいですか？」

「もちろんです、さあどうぞ！」将軍が促した。「気に入ってもらえたことを確認したいのでね」

まるで気に入ってもらえないのではないかと心配しているみたいね、とタマラは思った。

そのときカリムの視線に気がついた。その訳知り顔を見て、そのプレゼントが何かがタマラはわかった。

シャーリーが一冊の本を手に取った。「ありがとうございます！　素晴らしいものをいただきました。英語版のアル-ハンサの詩集じゃありませんか、わたしの大好きな詩人です。本当にお礼を申します、大統領」

「詩に関心がおありなのを知っていましたからね」将軍が言った。「アル-ハンサは数少ない女性詩人の一人です」

「これを選んでくださったなんて、最高の誕生日のプレゼントです」

将軍が満足げに言った。「それでも、彼女の詩は少し暗くありませんか？　大半が死者への悲歌だ」

「でも、最も偉大な詩のいくつかは悲しみを歌っていますよね、大統領？」

「確かに」そう応えると、将軍はニックの腕を取り、そこにいる者たちに背を向けた。

「二人だけで話がしたいのだが、よろしいかな、大使？」

「もちろんです」ニックは答え、二人は声をひそめて話しはじめた。

シャーリーは気配を察し、自分を囲んでいる者たち全員にプレゼントを見せた。そのプレゼントを選んだのが自分だということを、タマラは黙っていた。いつかは教えるかもしれないが、それはいまではなかった。

将軍は五分ほどニックと話して帰っていった。パーティはさらに盛り上がった。この国の大統領がやってきたことに全員が興奮していた。

ニックは少し気持ちが沈んでいるみたいだけど、とタマラは訝った。将軍に何を言われたのかしら？

　タマラはドリューと遭遇したとき、バシルと話したことを伝えた。「彼がまだ知らないことは何も話さなかったわ」彼女は言った。「もちろん、何かしら推測と憶測で作り上げることはできるでしょうけど、大使館がパーティをやったら、それは避けられないことよね」

　ドリューが言った。「知らせてくれてありがとう、でも、心配する必要はないと思う」

　ドリューのフィアンセのアネット・セシルが隣りにいた。彼女はンジャメナにあるイギリスの小さな伝道所の一員だった。「わたしたち、あとで〈バー・ビソー〉に行くけど、あなたもどう？」

「ありがとう、ここを抜けることができたらお邪魔するかもね」

　タマラはシャーリーに見られていることに気がついた。なんだか気落ちしているようだった。誕生パーティを駄目にするような何かがあったのだろうか？　タマラはシャーリーに歩み寄って訊いた。「どうしたの？」

「憶えてる？　武器取引についてのグリーン大統領の国連決議を将軍が支持してくれることになったって、わたし、あなたに言ったでしょう」

「ええ、憶えてるわ――ニックがとても喜んでいるって教えてくれたわよね」

「将軍がここへきたのは、気が変わったことを伝えるためだったの」

「何てこと。でも、どうしてなの？」

「ニックもそれをしつこく訊いたんだけど、まともには答えてもらえなかったわ」

「グリーン大統領が将軍の機嫌を損ねるようなことをしたとか？」

「それを突き止めようとしているところよ」

シャーリーのところへ招待客がやってきて、招いてもらったことの礼を言った。引き上げようとしているのだった。

カリムがタマラに近づいてきて言った。「きみにプレゼントのことを訊いたのは大成功だったよ！　助言に感謝する」

「どういたしまして。将軍がお見えになって、みんな大興奮でしたね」

「今週のどこかでまた会おう。コーヒー・デートの約束もあるしな」

タマラは帰ろうとするカリムを引き止めた。「カリム、あなたのことだから、この町で起こっていることは何でもご存じですよね」

カリムが持ち上げられてこそばゆそうな顔になった。「何でも、というわけではない……」

「将軍はグリーン大統領が提出する国連決議案に賛成票を入れないことになったそうなんですけど、われわれはその理由がわからずにいるんです。最初は賛成してもらえたんですよね。将軍が心変わりした理由をご存じですか?」

「もちろんだ」カリムは認めたが、理由を説明する気はなさそうだった。

「それがわかれば、ニックはとても助かるんですけど」

「中国大使に訊くべきだな」

なるほど、そういうことか、とタマラは納得した。カリムの頑なさが緩んだのを見て取って、さらに踏み込んでみた。「中国が決議に反対するのは、われわれももちろんお見通しです。だけど、誠実な友人であるアメリカから寝返らせるために、中国はどんなプレッシャーを将軍にかけたんでしょう?」

カリムが右手の親指と人差し指をこすり合わせ、万国共通の身振りで、金であることを示した。

タマラは訊いた。「中国は将軍を買収したんですか?」

カリムが首を横に振った。

「では、何なんです?」

カリムは何か言わなくてはならなくなった。さもないと、知っている振りをしているだけに見えてしまう。「もう一年以上も前から」彼が慎重に、静かに口を開いた。

「中国はコンゴ川からチャド湖までをつなぐ運河の開削に取り組んでいる。完成の暁《あかつき》には、世界史上最大のインフラ整備プロジェクトになるはずだ」

「その計画のことなら聞いています。それで……?」

「われわれがアメリカの決議に同調したら、運河開削プロジェクトを即刻中止すると脅してきた」

「なるほど」タマラは息をついた。「そういうことだったんですか」

「将軍はあの運河に尋常でなくご執心なんだ」

それはそうだろう、とタマラは思った。運河が出来れば数百万の命が救われ、チャドが変わるんだから。

しかし、そういうプロジェクトは政治的な圧力に利用できる。それは悪いことでもないし、日常茶飯のことでさえある。アメリカだってほかの国だって、支援プロジェクトや投資を、自分たちの影響力を強めるために利用している。それはゲームの一部なのだ。

でも、大使は知る必要がある。

「私がこの話をしたことは内緒だぞ」カリムがタマラにウィンクして歩き去った。

タマラはボールルームを見回してデクスター、あるいはCIAの上級職員の姿を探した。カリムとのいまの話を報告したかったのだが、みんな帰ってしまっていた。

タブがやってきた。「素敵なパーティでした、ありがとうございました」彼は大きな声で言い、そのあと、声をひそめた。「一時間前にぼくに言ったことを憶えてるかい?」

「何だっけ?」

「『あなたを敬愛してる、でも、いまは近づかないで』だよ」

タマラは当惑した。「ほんとにごめんなさい。パーティのことで緊張してたのよ」

「謝ることはないさ。ディナーでもどう?」

「是非とも、と言いたいところだけど、あなたと一緒にここを出るわけにはいかないわ」

「だったら、どこでなら会える?」

「〈バー・ビソー〉に迎えにきてもらえる? ドリューとアネットに誘われたの」

「いいとも」

「なかには入ってこないでね。店の前から電話をくれれば、すぐに出ていくから」

「名案だ。それならだれにも見られずにすみそうだ」タブは微笑して去っていった。

その前に、カリムから仕入れた情報を上に伝える必要があった。デクスターを探しに行こうかと考えたが、ニックがあまりに落胆しているように見えたので、すぐに教えてやるべきだと思い直した。

タマラが近づいていくと、ニックが言った。「今日は手伝ってくれて感謝しているよ。パーティは大成功だ」本心からの言葉に違いなかったが、その奥に処置の難しい難題が居坐っていることは明らかだった。

「よかったです」タマラは即答してからつづけた。「たったいま、ちょっとした情報を入手したんですけど、お伝えしておいたほうがいいのではないかと思って」

「聞かせてくれ」

「わたし、将軍が国連決議について心変わりした理由がわからずにいたんです」

「私もだよ」ニックが髪をくしゃくしゃに掻き乱した。

「中国はコンゴ川からチャド湖までをつなぐ、数十億ドルの運河開削プロジェクトの可能性を将軍の鼻先にぶら下げています」

「そのプロジェクトなら、私も知っている」ニックが言った。「そうか、そういうことか――チャドが決議に賛成したら、その計画を中止すると脅したわけだ」

「わたしはそう聞きました」

「間違いなさそうだな。ともあれ、少なくともわかってよかった。だが、われわれに何ができるかな。状況は厳しそうだ」ニックはゆっくりと歩き去った。

会場は人が少なくなりつつあり、ウエイターが片付けを始めていた。あとはニックに任せればいい。タマラには将軍があっと言う間に寝返ったことについて、いい情報を提供したという満足感があった。それにどう対処するかを決めるのは、ニックとグリーン大統領であって、わたしではない。

ボールルームをあとにして構内を横切った。夜になっていた。陽が落ちて、涼しくなりはじめていた。アパートに戻ってシャワーを浴びていると、電話が鳴った。折り返し電話をくれというデクスターのメッセージが残されていた。たぶん褒めてくれようとしているのだろう。それなら、いますぐでなくてかまわない。明日の朝でいい。早くタブに会いたかった。というわけで、デクスターへの折り返しの電話は省略した。新しい下着を着け、パープルのシャツに黒のジーンズに着替え直した。寒さから身を護ろうと、短い革のジャケットを着た。そして、車を呼んだ。

すでに何人かが車を待っていた。ドリューとアネット、デクスターとデイジー、デクスターの次席のマイケル・オルソン、そして、CIAの下級支局員のディーンとライラ。一緒に乗っていこうとドリューとアネットがタマラに提案してくれて、話はすぐにまとまった。

デクスターの顔はシャンパンのせいで少し赤くなっていた。「電話をしたんだぞ」咎《とが》めるような口調だった。

「折り返そうとしていたところです」タマラは嘘をついた。褒めてくれるような雰囲気ではなかった。

「訊きたいことがある」デクスターが言った。

「どんなことでしょうか？」

デクスターが声を荒らげた。「おまえは一体自分を何さまだと思っているんだ?」

タマラはびっくりして一歩後ずさった。首がいきなり赤くなるのがわかった。そこにいる者全員の顔に当惑が浮かんだ。「わたしが何をしたんでしょうか?」タマラは静かな声で訊いた。そうすれば、デクスターも落ち着くのではないかと期待してのことだった。

だが、それは成功しなかった。「大使に報告したじゃないか!」デクスターが怒鳴った。「それはおまえの仕事ではない。大使に報告するのは私の仕事だ。私でなければマイケルの仕事だ。おまえごとき下っ端の下っ端にそんな資格はない!」

こんなに大勢の部下の前でよくもこんなことができるわね、とタマラは呆《あき》れた。

「大使に報告なんかしていません」彼女は言ったが、その言葉が口から出た瞬間に、決まりに従うならそういうことになるのだと気がついた。「もしかして将軍のことを言っておられるのですか?」

デクスターがゆらゆらと首を揺らしながら、呂律《ろれつ》の怪しくなった声で言った。「そうとも、そのとおりだ、あのくそったれ大統領のことだ」

デイジーが小声でたしなめた。「デクスター、ここでは駄目よ」

デクスターは妻の諫めを無視し、両手を腰に当てて喧嘩腰《けんかごし》で詰め寄った。「どうなんだ?」

厳密に言えば、デクスターは正しかった。だが、公式の手続きに則《のっと》っていたら、時間が無駄になったはずだった。「ニックは気落ちして困惑していて、わたしはたまたま彼が知っておくべき情報を手に入れたということです」タマラは言った。「それで、すぐに彼に伝えるべきだと考えたんです」

「そういう判断をできるとすれば、それはおまえが支局長になったときだ。そして、いまのおまえは支局長ではないし、後任の選定に私が関わっている限り、これからもおまえが支局長になることはない」

政治家に伝える前に情報を評価しなくてはならないのは事実だった。篩《ふるい》にかけられていない情報は信頼できないし、間違った方向へ導かれる恐れがある。入ってきた情報はCIA上級局員が評価し、過去の情報についての情報源の信頼性を確認し、別の報告と比較し、前後関係に矛盾がないかを精査し、そのあとで最善の判断を政治家に伝えることになっていた。それが避けられない場合はやむを得ないとしても、生のデータをそのまま手渡すことは滅多になかった。

でも、とタマラは思った。これは単純な事案だし、ニックは経験豊かな外交官であって、情報が正しくない場合があることを思い出させる必要はほとんどない。わたしのしたことは無害だ。

タマラの推測では、デクスターの怒りに油を注いでいるのは、自分の部局がささやかな勝利を愉しんでいるのに、自分は何の功績も認められていないという事実だった。しかし、デクスターと議論しても意味はない。彼は上司であり、わたしが無視した手続きを主張する権利がある。

リムジンが到着し、運転手がドアを開けた。デイジーが当惑顔のまま後部席に腰を下ろした。

「申し訳ありませんでした」タマラはデクスターに謝罪した。「考えなしにやってしまいました。二度とこういうことがないよう気をつけます」

「そのほうがいいな」デクスターが言い、デイジーの隣りに坐った。

三時間後、タマラはデクスターがいたことを忘れていた。

耳たぶから耳たぶへ優雅な曲線を描いているタブの顎に指を這わせた。鬚を蓄えていないのが嬉しかった。

彼のアパートはランプの明かりが一つあるだけで仄暗かった。カウチは大きくて柔らかかった。ピアノ四重奏が静かに奏でられていた。たぶんブラームスだった。

タブは彼女の手にキスをした。唇が彼女の肌の上を優しく動き、彼女を味わい、指の関節と膨らみを、掌《てのひら》を、そして、手首——人が死のうとするときに切り裂くところ——を探索した。

タマラは靴を蹴《け》り脱ぎ、タブも同じことをした。彼は靴下を履いていなかった。大きな、形のいい足だった。どこからどこまで優雅に思われた。でも、どこかに瑕疵《きず》があるに違いない、とタマラは自分に言い聞かせた。一時間もしたら、全裸を見ることになるだろう。でっかいでべそかもしれないし、あるいは……

わたしは神経質になっているはずだ、とタマラは思った。タブをがっかりさせるかもしれない。思いやりが欠けているとか、急ぎすぎるとか、彼の欲望が一風変わっているとかで。セックスがうまくいかないと、女性に腹を立て、罵り、責める男の人がときどきいる。わたし自身、悪い経験を二度しているし、女の友だちからもっとたくさんのことを聞いている。だが、緊張はしていなかった。タブは心配ない、と本能が教えてくれていた。

タマラは彼のシャツのボタンを外した。糊のきいたコットンの感触と、その下の肌の温もりが感じられた。ネクタイは何時間も前に取っていた。流行遅れのコロン、白檀の香りがした。彼の胸にキスをした。毛深くはなく、黒い毛が何本か長く伸びているだけだった。暗褐色の彼の乳首に触った。歓びのため息がかすかに聞こえた。彼女はそれを合図と受け取り、そこにキスをした。タブがタマラの髪を撫でた。

タマラが身体を起こすと、タブが言った。「もっとやってもらってよかったんだけどな、どうしてやめるんだ？」

タマラは自分が着ているパープルのシャツを脱ぎはじめた。「わたしにも同じことをしてほしいからよ。駄目？」

「大歓迎《オー・ボーイ》だよ！」タブが答えた。

9

グリーン大統領は悪い知らせについてチェスター・ジャクソン国務長官と話し合っていた。彼は大学教授のようなたたずまいで、ヘリンボーンのスーツにニットのネクタイという服装だった。が、彼が隣りに腰を下ろしたとき、その左手首に何か白いものがあることにポーリーンは気がついた。「それは何、チェス?」彼女は訊いた。普段彼がしている時計は、鰐革《わにがわ》のベルトのほっそりとしたロンジンだった。

国務長官が袖を引っ張り上げると、プラスティックのベルトの真っ白なスウォッチ・デイ‐デイトが現われた。「孫娘がプレゼントしてくれたんだよ」チェスが説明した。

「だったら、宝石店で買えるどんなものより価値があるわね」

「そのとおりだ」

ポーリーンは笑った。「優先順位を間違わない男性は好きよ」

チェスは洞察力のある老練な政治家で、寝ている犬は起こさないでおくと考える傾向があった。政治の世界に入る前はワシントンの法律事務所のシニア・パートナーで、国際法を専門にしていた。ポーリーンは彼の淡々として簡明な報告の仕方が気に入っていた。

彼が言った。「ジョシュから数字を聞いているだろうが、今日の国連決議の採決は勝てないかもしれない」アメリカの国連大使はジョシュア・ウッドワードだった。「われわれへの賛成票が減ってきている。最初は支持すると言ってくれていた中立国の大半が、ここへきて棄権するか反対票を投じると言っているんだ。残念だよ」

「まったくどういうことなの」ポーリーンは言った。週末はまだどちらともはっきりしないように見えた不安がここへきて確認され、腹が立っていた。

チェスがつづけた。「中国が投資を引き上げると脅して、彼らの多くを寝返らせることに成功したんだ」

入室したときから首に巻いたままのスカーフをいじっている、ミルトン・ラピエール副大統領がポーリーンの向かいで憤然と口を開いた。「われわれも同じことをすればいい――海外援助計画を梃《てこ》に利用するんだ。われわれが助けている国がわれわれを助けてくれるはずだ！」彼の南部訛りでは、〝助ける《ヘルプ》〟が〝ヘイ・ウルプ〟という発音になった。「もしうんと言わなかったら、地獄へ落としてやればいい」〝地獄《ヘル》〟は〝ヘイル〟だった。

チェスが我慢強く首を横に振った。「われわれの海外援助の多くは、わが国政府がわが国の工業製品を買って現地へ送ることで成立している。援助をやめたら、わが国の産業界が困ることになる」

ポーリーンは言った。「今回の決議はあまりいい考えじゃなかったわね」

チェスが応じた。「あのときは、全員が名案だと考えたんだ」

「動議を撤回したらどう？　負けるよりはましじゃないかしら」

「一旦留保するんだ。修正すべき部分を話し合うためだと言えばいい。それなら好きなだけ引き延ばせる」

「わかった、そうしましょう、チェス。でも、わたしの胸は張り裂けそうよ。大地の塩たる価値あるアメリカの若者が、テロリストに、しかも中国製のライフルで殺されたばかりなのよ。この決議は絶対に諦めませんからね。自分たちのやっていることの代価は払わなくてはならないことを、絶対に中国に知らしめてやるわ。何の代価も払わずにし放題なんて、許してなるものですか」

「中国大使を呼んで抗議すればいい」

「もちろん、やります」

「たぶん大使はこう言うだろうな――中国はスーダン軍に武器を売っているのであり、その武器をスーダンがＩＳＧＳに売ったとしても、それは中国の責任ではない、とな」

「でも、中国政府とスーダン政府はそれを見て見ぬ振りをしているわけでしょう」

チェスがうなずいた。「それはそのとおりだが、想像してみてくれ、もしアフガン軍将校が国境を越えてアメリカのライフルを新疆自治区の北京政府に反対するグループに売ったとしたら、中国政府は何と言うと思う？」

「アメリカは自分たちを打倒しようとしていると非難するでしょうね」

「中国を罰したいのであれば、大統領、北朝鮮に対する制裁を強化すればいいのではないかな？」

「そうすれば、中国は北朝鮮のためにお金を使うことになるけど、大した額にはならないわ」

「確かに金額は大きくはないが、中国が国連決議を無視して彼らに資金援助していることを世界に知らしめることになり、やつらに恥をかかせることにはなる。抗議してきたとしても、それはわれわれの主張が正しいことを証明することにしかならない」

「狡猾《こうかつ》極まりないわね、チェス。いいじゃない、気に入ったわ」

「それに、国連決議も必要なくなる。なぜなら、国連はすでに北朝鮮との取引を制限しているのだから、われわれとしてはその既存のルールをさらに厳密に遵守《じゅんしゅ》するだけでいいことになる」

「たとえば……?」

「輸出入記録がインターネット上で公開されているんだが、よくよく精査すれば、どれが偽物かがわかるはずだ」

「でも、どうやって?」

「例を一つ上げようか。北朝鮮はピアノ・アコーディオンを造っている。高品質で安価だ。過去においては世界じゅうに輸出されていたが、いまはできなくなっている。だが、去年、中国のいくつかの県が四百四十三台のピアノ・アコーディオンを買っている。そして、同じ年、中国はぴったり四百四十三台のピアノ・アコーディオンをイタリアに売っているんだ、〝メイド・イン・チャイナ〟と記してな」

ポーリーンは笑ってしまった。

チェスが言った。「天才でなくても、そのぐらいのことは突き止められる。ちょっと探偵の真似事をするだけでいいんだ」

「もっとあるの?」

「山ほどある。海上で船と船とが直接取引をしているから、それを監視して捕捉《ほそく》するんだ。衛星を使えば簡単なことだ。そうすれば北朝鮮は海外に貯えている通貨を出し入れできなくなるし、その相手をしているのではないかと疑われた国は困ることになる」

「いいじゃないの、やりましょう」

「ありがとうございます、大統領」

上級秘書官のリジーがドアを開けて言った。「ミスター・チャクラボーティがお話しになりたいことがあるそうです」

ポーリーンは言った。「どうぞ、入ってちょうだい、サンディップ」

コミュニケーションズ・ディレクターのサンディップ・チャクラボーティは聡明なベンガル系アメリカ人の若者で、スーツにスニーカーという、洒落たワシントンの職員のあいだで流行《はや》っている服装だった。彼が言った。「今夜、ジェイムズ・ムーアがサウスカロライナのグリーンヴィルで大規模演説会を開き、国連決議について話をするとのことです。お耳に入れておいたほうがいいだろうと考えたものですから」

「CNNをつけてちょうだい」

サンディップがテレビのスイッチを入れると、ムーアが現われた。

ポーリーンより十歳年上の六十で、顔はごつく、髪はクルーカットで白髪が多くなりはじめていた。スーツの上衣は西部劇風で、肩の部分とポケットのフラップにV字形の縫い取りがあった。

ミルトが嘲った。「南部生まれだからって、田舎者の牛飼いのような格好をする必要はないだろうにな」

チェスが言った。「やつの稼ぎの種は牛じゃなくて石油だ」

「確か、〝引鉄《トリッガー》〟って名前の馬を持ってたんじゃなかったかな」

「だけど、ほら」ポーリーンは言った。「凄い人気じゃないの」

ムーアは陽射しの溢れる通りで大勢の買い物客から握手を求められていた。人が群れ、スマートフォンで写真を撮っていた。「こっちよ、ジミー！　わたしを見て！　笑ってちょうだい、お願い！」ある女性たちは彼と一緒にいることに大興奮していた。

ムーアは話すことをやめなかった。「やあ、みんな、元気かな？　会えて嬉しいよ。応援に感謝する――ありがとう」

一人の若い女性が彼の顔の前にマイクを突き出して訊いた。「今夜、お話しになるとき、中国がテロリストに武器を売っていることを非難されますか？」

「その話はする予定でいますよ、マム」

「どういう話をなさるんでしょう？」

ムーアがいたずらっぽい笑みを浮かべて答えた。「いや、マム、それをいまここで言ってしまったら、だれも今夜の話を聞きにきてくれないのではないですか？」

ポーリーンは言った。「消して」

画面が暗くなった。

チェスが言った。「どこまでも口の減らない野郎だ」

ミルトが言った。「だが、大した役者ではある」

リジーが顔を覗かせて言った。「ミスター・グリーンがお見えです、マダム」

ポーリーンが立ち上がり、全員がそれに倣った。彼女は言った。「この件はまだ終わっていないわ。明朝、会議室で続きをやります。それまでに、わたしたちが諦めていないことを中国にわからせる方法を考えておいてちょうだい」

全員が退出すると、ジェリーが入ってきた。濃紺のスーツにストライプのネクタイという、仕事用の服装だった。彼がオーヴァル・オフィスにやってくることは滅多になかった。ポーリーンは訊いた。「何かあったの？」

「実はそうなんだ」ジェリーはポーリーンの向かいに腰を下ろし、ミルトが忘れていった紫のスカーフを取ってカウチの腕に掛けた。「今日の午後、ピッパの学校の校長がぼくのオフィスにやってきた」

ジェリーは法律の世界から全面的に撤退したわけではなかった。いまも、昔いた法律事務所のパートナーとして、小さいけれども贅沢なオフィスを持っていた。理屈の上ではそこで基金の仕事をしていることになっていたが、事務所のために非公式かつ無給でしばしば助言をしていたし、事務所にとってもファースト・ジェントルマンがいてくれることはいい宣伝になっていた。ポーリーンは必ずしもそれをよしとしていなかったが、敢えて争うことはしなかった。

てないけど？」

彼女は訊いた。「ミズ・ジャッドが？　会うことになってるなんて、わたし、聞いてないけど？」

「ぼくも知らなかった。ミセス・ジェンクスという、結婚してからの姓で面会の予約がしてあったんだよ」

ポーリーンはそれでも奇妙な気がしたが、それは重要な問題ではなかった。「ピッパがまた何かしたの？」

「マリファナをやっているらしい」

ポーリーンは信じられなかった。「学校で？」

「いや、学校のなかじゃない。もしそうだったら、即刻退学処分だ。あの学校は必罰主義で、例外は一切認められていない。だけど、ピッパの場合はそこまではないんだ。学校の外で、放課後、シンディ・ライリーの誕生パーティでやったらしい」

「でも、ミズ・ジャッドがどういう形であれそれを知った以上、無視するわけにはいかないんじゃないの？　たとえ学校の外で、放課後だったとしても？」

「そのとおりだ」

「なんてこと。子供というのはどうして可愛らしい幼子から責任ある大人へとまっすぐに行ってくれないのかしらね。ろくでもない中間期間を挟むことなしに？」

「そういう子供だっていなくはないよ」

あなたはきっとそうだったんでしょうね、とポーリーンは言いたかった。「それで、ミズ・ジャッドはわたしたちにどうしろと？」

「マリファナをやめさせてもらいたいそうだ」ジェリーが言った。

「わかったわ」ポーリーンは応えたが、こう思わずにはいられなかった。でもどうやって？ 脱いだまま放ってある靴下を洗濯籠に入れさせることもできないのよ？

ミルトの声がした。「失礼、スカーフを忘れた」

ポーリーンはびっくりして顔を上げた。ドアが開く音が聞こえなかった。

ミルトンがスカーフを手に取った。

リジーが顔を覗かせて言った。「コーヒーか何かお持ちしますか、ミスター・グリーン？」

「いや、結構だ」

リジーがミルトに気づいて眉をひそめた。「副大統領！ お戻りになっているとは気がつきませんでした」オーヴァル・オフィスを訪れる者に目を光らせるのが仕事の彼女は、自分が知らないうちにだれかが通ってしまったことが不本意なのだった。

「何か、ご用はおありでしょうか、サー？」

いまのジェリーとの会話をどのぐらいミルトに聞かれただろう、とポーリーンは気になった。きっとそんなに多くはないはずだし、聞かれたとしてもそもそもどうしようもない。

ミルトがスカーフを手にし、言い訳めかして言った。「お邪魔してすまなかった、大統領」そして、そそくさと出て言った。

リジーは当惑していた。「申し訳ありません、大統領」

「あなたは悪くないわよ、リジー」ポーリーンは言った。「わたしたちもレジデンスに戻るわ。娘はどこにいるのかしら？」

「自室で宿題をしていらっしゃいます」シークレットサーヴィスは常に全員の居所を把握していて、それをリジーに伝えていた。

ポーリーンはジェリーと一緒にオーヴァル・オフィスを出ると、夕陽のなか、蛇行する小径《こみち》を通ってローズ・ガーデンを横断した。レジデンスに着くと階段を二階へ上がり、ピッパの寝室へ行った。

以前はベッドの頭のところに貼ってあった北極熊《ほっきょくぐま》のポスターが、ギターを持った魅力的な若者のそれに代わっていた。たぶん大スターなのだろうが、ポーリーンにはだれだかわからなかった。

ピッパはジーンズにスウェットシャツという服装でベッドに胡坐をかき、ラップトップ・コンピューターを前にしていた。彼女が顔を上げて訊いた。「どうしたの？」

ポーリーンは椅子に腰を下ろした。「今日の午後、ミズ・ジャッドがお父さんのところに見えたんですって」

「あの口やかましい婆さんが何の用だったの？　二人の顔からすると、また何か面倒なことを言ってきたんでしょうね」

「あなた、マリファナをやってるんですって？」

「あのおいぼれ、一体どうしてそんなことを知ってるのかしら？」

「お願いだから、そういう汚ない言葉を使わないでちょうだい。シンディ・ライリーの誕生パーティでのことみたいね」

「あのくそったれシンディ、何をちくってくれたのかしら？」

ポーリーンは思った。この可愛らしい顔からどうやったらそんな汚ない言葉が出てくるんだろう？

ジェリーが冷静に言った。「ピッパ、おまえの質問は的外れだ。どうやってミズ・ジャッドが知ったかは問題じゃない」

「わたしが学校の外で何をしようと、彼女の知ったことじゃないわ」

「ミズ・ジャッドはそう考えていないし、私たちもそれは同じだ」

ピッパが大袈裟《おおげさ》に肩をすくめてラップトップを閉じた。「それで、わたしにどうしてほしいわけ？」

ポーリーンはピッパを生んだときのことを思い出した。とても子供が欲しかったのだが、とても痛かった。いまもわが子を愛していて、いまも痛かった。

ジェリーがピッパの横柄な質問に答えた。「マリファナをやめることだ」

「あんなもの、だれだってやってるわよ、お父さん！　ワシントンＤＣでも合法だし、世界の半分がそうだわ」

「おまえにはよくない」

「アルコールほどじゃないわ、お父さんやお母さんだってワインを飲んでるじゃないの」

ポーリーンは言った。「そのとおりよ。でも、あなたの学校では禁止されているわ」

「あいつら、馬鹿なのよ」

「そんなことはないわ。でも、仮にそうだとしても、それは問題じゃないでしょう。ルールがあって、それを決めるのは学校なの。あなたがほかの生徒に悪い影響を与えていると判断したら、あなたを退学にする権利がミズ・ジャッドにはあるの。そして、あなたがやり方を変えなかったら、早晩そうなるでしょうね」

「わたしはかまわないけど？」

ポーリーンは立ち上がった。「わたしもかまわないいんじゃないかしら？　あなたは親の言うことを聞くには大きくなりすぎようとしている。だとしたら、あなたが間違いを犯したとしても、そういつまでもあなたを護れないものね」

ピッパの顔に怯えが浮かんだ。話が思惑と違うほうへ進んでいた。「何を言ってるの？　さっぱりわからないんだけど？」

「もし退学処分になったら、あなたは自宅で勉強するしかなくなるわね。だって、転校したって意味がないもの。そこで同じような問題を引き起こすに決まっているんだから」ポーリーンはこれを言うつもりはなかったが、そうしないわけにはいかないといまは考えていた。「家庭教師を雇うことになるわね。たぶん、二人は必要でしょう。あなたはここで授業を受け、試験を受けるの。友だちが懐かしくなるでしょうけど、残念よね。まあ、いい子にして、一生懸命勉強すれば、夕方には外出させてあげてもいいわね、もちろん監視付きだけど」

「そんなのあんまりだわ！」

「〝厳しい愛〟よ」ポーリーンはジェリーを見た。「わたしの話は以上よ」

彼が言った。「ぼくはもう少しここにいるよ」

ポーリーンは心臓が何回か打つあいだ夫を見つめたあと、部屋を出た。

彼女はリンカーン・ベッドルームへ行った。夜遅くなるとき、朝早く起きなくてはならないとき、ジェリーの睡眠の邪魔をしたくないとき――頻繁にあった――に使う部屋だった。

どうしてこんなに気持ちが沈むんだろう？　ピッパは態度が悪かった。だから、わたしも断固たる態度を取った。でも、ジェリーはあそこに残った。わたしが叱《しか》ったことの衝撃を和らげるために決まっている。でも、そうしようと相談したうえでのことではない。これまでにこういうことがあっただろうか？　初めてジェリーに会ったとき、考えがあまりに似ていることに驚いた。でも、いまこれまでのことを思い出してみると、ピッパのことでは結構意見が食い違っている。

そういう食い違いが起きはじめたのは、ピッパが生まれる前からだった。わたしは一番自然なやり方で生みたかった。でも、ジェリーは最新の、医療科学の粋《すい》を集めたハイテク機器をすべて備えた産科の病院での分娩《ぶんべん》を望んだ。当初、ポーリーンは自分の考えを譲らず、ジェリーも自宅分娩のための計画に沿って協力してくれた。でも、陣痛がひどくなったとたんに救急車を呼び、わたしはあまりの痛みにそれを拒否する余裕がなかった。裏切られたと感じたけれど、生まれたばかりの赤ん坊を世話する喜びと興奮と困難にまぎれて、彼を問い詰めることをしなかった。

最近はもっと意見の食い違いが増えているのではないだろうか。ここへきて、何かまずいことがあるとわたしのせいになる傾向が確かに出てきたような気がする。

二分ほどして、ジェリーがやってきた。「やっぱり、ここだったか」

ポーリーンは即座に訊いた。「なぜあんなことをしたの」

「あんなことって、ピッパを慰めたことか？」

「わたしの面目を潰したことよ」

「〝優しい愛〟も少し必要だと考えたんだ」

「ねえ。二人で厳しくするのもいいし、二人で甘やかすのもいい。でも、二人の考えが食い違うのは最悪よ。別々のメッセージを受け取ったらピッパは困惑するだけだし、混乱する子は不幸な子だわ」

「それなら、あの子にどう対応するかをあらかじめ相談して決めないと駄目だな」

「相談したじゃない！　あなたはドラッグをやめさせないといけないと言い、わたしはそれに同意したでしょう」

「そうじゃないんじゃないかな」ジェリーが苛立ちの口調で言った。「ミズ・ジャッドがピッパにマリファナをやめさせたがっていると、ぼくはそう言ったんだ。そして、きみはさっきのような対応をすると決めた。ぼくは相談にあずかっていないよ」

「あの子はいまのままでいいと、あなたはそう考えたわけ？」

「それをあの子と話し合うほうがよかったんじゃないかとは思ってる、単に命令するのではなくてね」

「親の言うことに従ったり、助言を聞き入れたりする年齢は過ぎているわよ。わたしたちにできるのは、こういうことをつづけているとどうなるか、結果を警告することだけだわ。だから、わたしはそれをしたのよ」

「でも、あの子を怯えさせた」

「それでいいのよ！」

ドアの向こうで声がした。「ディナーの支度が整いました、大統領」

ポーリーンとジェリーはセントラル・ホールを通って、建物の西の端、厨房の隣りのダイニングルームへ向かった。そこには中央に小さな丸テーブルが据えられ、背の高い窓から北の芝生と噴水を見ることができた。間もなく、ピッパが姿を現わした。

ポーリーンがパン粉をまぶしてフライにした小海老《こえび》をまず口に入れたとき、電話が鳴った。サンディップ・チャクラボーティからだった。ポーリーンは立ち上がると一歩テーブルを離れ、背を向けた。「どうしたの、サンディップ？」

「ジェイムズ・ムーアがわれわれの国連決議のことを嗅ぎつけたようです」彼が言った。「いま、CNNに出ています。ご覧になりたいのではないかと思ったものですから。したたかに攻撃していますよ」

ダイニングルームの隣りに〈ビューティ・サロン〉と呼ばれる小部屋があった。普段のポーリーンはその名前通りの目的ではそこを使わなかったが、テレビがあったから、移動してスイッチを入れた。

ムーアは熱狂的な支持者で埋め尽くされたバスケットボール・アリーナにいた。マイクを手にしてステージに立ち、原稿なしで話していた。爪先の尖ったカウボーイ・

ブーツを履いて、星条旗を背景にしていた。

彼は言っていた。「いま、国連を信用するなとグリーン大統領に忠告してもいいと考える人は、ここにいるみなさんのなかに何人いるでしょう?」

カメラが会場全体を映し出した。聴衆の大半が普段着か、〝ジミー〟と大書したTシャツに野球帽という格好だった。

「何と!」ムーアが声を上げた。「全員の手が挙がっているではないですか!」聴衆がどっと沸いた。「では、ここにいるみなさん全員がこう言っているわけだ――ポーリーンよ、間違いに気づいて、それを正せとね!」そして、ステージを降りて聴衆のなかへ入っていった。「前のほうにいる小さな子供たちまでが手を挙げているじゃないですか」カメラがすぐさま最前列へ振られた。「彼らまでがグリーン大統領に忠告しようとしているのかもしれません」まるで独り芝居のようだったが、言葉と言葉のあいだの間は非の打ちどころなく完璧だった。

「さて、みなさんがもし私を大統領にしてくださったら……」〝もし私を大統領にしてくださったら〟という謙虚な言い方に、長い拍手がつづいた。「私は中国の国家主席に何と言うと思いますか?」そして、一拍置いた。「心配ご無用、長くはかかりません」そこで、笑いを待って間を置いた。

「こう言うのです――〝何でもあなたのしたいようにすればいい、主席――だが、今度私が近づいてくるのを見たら逃げたほうがいいですよ！〟とね」

耳を聾《ろう》する歓声が轟いた。

ポーリーンは音を消し、電話に向かって言った。「どう思う、サンディップ？」

「戯言《たわごと》ですが、見事なものではありますね」

「対応すべきかしら？」

「いますぐにはやめたほうがいいでしょう。明日は間違いなく丸一日この映像が流されるでしょうからね。充分な武器がこっちの手に入るのを待ってからにしましょう」

「ありがとう、サンディップ。おやすみなさい」ポーリーンは電話を切ってダイニングルームへ戻った。前菜は片づけられ、主菜のフライド・チキンが現われていた。

「ごめんなさい」彼女はジェリーとピッパに謝った。「事情は察してもらえるわよね」

「あのカウボーイがきみを困らせているんだろ？」

「わたしにできないことなんてないわよ」

「よかった」

ディナーのあと、ポーリーンとジェリーはイースト・シッティング・ホールでコーヒーを飲みながら話し合いを再開した。

ジェリーが言った。「ピッパに必要なのはもっと母親と会うことだと、ぼくはいまでもそう考えている」

ポーリーンは簡単に首を縦に振るわけにいかなかった。「わたしだってできることなら是非ともそうしたいわ、それはあなたにもわかっているはずよ。それができない理由もね」

「残念だよ」

「あなた、ピッパともっと顔を合わせるべきだと言ったのは二度目よ」

ジェリーが肩をすくめた。「本当のことだと思うからだよ」

「わたしにできることは何もないとわかっているくせに、どうして同じことを言いつづけるの？」

「当てて見せようか、きみはある仮説を立てているんじゃないのかな」

「そうね、あなたはわたしに責めをなすりつけることしかしていないということかしら」

「違うよ、きみを責めてなんかいない」

「でも、それ以外の目的は見えないわね」

「きみにはきみの考えがあるんだろうが、もっと母親が目を向けてやる必要がピッパにはある、というのがぼくの考えだ」ジェリーがコーヒーを飲み干し、テレビのリモコンを手に取った。

ポーリーンはウェスト・ウィングへ戻り、仕事をしようと書斎《スタディ》に入った。思うに任せない苛立ちが募った。国連決議は実は些細なことだが、わたしはその些細なことすらやり遂げられなかった。北朝鮮に対する制裁を強化するというチェスの計画が何らかの成果を上げてくれればいいんだけど。

過去一年の国防費がどう使われたかの一覧に目を通さなくてはならなかったが、夜の遅い時間に狭い部屋に独りきりでは集中することが難しく、想いは移ろいつづけた。わたしともっと顔を合わせる必要があるのは、ピッパではなくて、ジェリーではないのだろうか。彼は自分が拒絶されているという感じをピッパに重ねていて、それは精神科医が診断する種類のことかもしれない。

ジェリーは自立しているように見えるけれども、実は依存心が強い可能性だって否定はできない。いま、彼はわたしへのさらなる依存を必要としているのではないか。それはセックスではない。結婚してすぐに、セックスは週に一度と決まってしまった。普通は日曜の朝で、彼はそれで充分に満足していた。わたしはもっとしたいけれど、いずれにしても、そういう時間を取ることができない。でも、ジェリーが必要としているのはセックス以外のものだ。精神的に慰撫されたがっていて、自分のことを素晴らしいと言ってもらう必要があるのだ。わたしはもっとそれをしてあげるべきなのだ。ため息が出た。もっと自分に目を向けてくれと、全世界がわたしに要求しているわけだ。

ジェリーがもっと積極的で前向きであってくれればいいのに。いつか、ピッパが彼を支える味方になるかもしれないけど、それはずいぶん遠い先のことだ。

わたしはジェリーとピッパを除く全員を支えなくてはならないのよね、とポーリーンは自分が可哀そうになった。

でも、それは当然のことなのだ。だって、わたしはアメリカ大統領なのだから。

弱気になるのはやめなさい、ポーリーン、と彼女は自分を叱咤《しった》し、国防予算に目を戻した。

10

ナイトクラブ〈バーボン・ストリート〉は、わたしがチャドで生きていくための最後のチャンスだった。そうとわかっていたにもかかわらず、うまくいかなかった。わたしは売春婦にもなれなかったけど、それを恥じるべきなのか、あるいは、誇りに思うべきなのか？

その仕事が本当はどういうものなのか、あらかじめ推測すべきだった。ファティマは住むところ、食べるもの、着るものを提供すると言い、子供の面倒まで見ると言った。たかだかウェイトレスを雇うのにそこまでする者はいないだろう。わたしは世間知らずだったのだ。

我慢すべきだったのだろうか、若いザリアのように。でも、ザリアはあの仕事を喜んでいた。刺激的で魅力的だと思っていたし、最初の夜に稼いだ金は、たぶんこれまで手にしたこともない金額だったはずだ。ザリアにできるのなら、どうしてわたしにできないのか？　セックスなら、相手はサリムだけだけど、数えきれないぐらいしてきている。痛くはない。避妊の方法もある。嫌な相手だろうといい相手だろうと、売春婦に選択の余地はない。だれもが例外なくときどき微笑して、いやらしくて醜い男をも魅了しなくてはならない。わたしは潔癖すぎるのか、臆病すぎるのか？　わたし自身とナジのためのチャンスを自ら手放してしまっただろうか？　でも、こんな疑問に意味はない。見も知らない男に身体を売ることなど、わたしにはできないし、するつもりもないのだから。

というわけで、希望はハキムと彼のバスだけになった。

わたしの潔癖さがわたしを殺すことになるかもしれない。旅の途中で、夢の目的地フランスに着くはるか前に死ぬことになるかもしれない。まんまと金を持ち逃げできると考えたハキムが乗客を見捨ててしまうことは容易に想像できる。仮に彼がまっとうな人間だとしても、砂漠では些細な間違いが致命的な過ちになり得る。それに、人を密輸する連中は危険な小舟で地中海を渡ろうとすることがあるという話も聞いている。

でも、死ぬことになったとしても、それはそれで仕方がない。しょせん、できることしかできないのだ。

キアは数少ない私物を村の妻たちに分け与えた。マットレス、鍋、壺、クッション、敷物。女性たちを家に呼び、だれに何を渡すかを決めて、自分が出ていったらできるだけ早く引き取ってくれるよう言った。

その夜、横になっても眠れないまま、この家にきてからあったすべてのことに想いを巡らせた。サリムと初めて寝たのもここだった。この床でナジを生み、そのときの痛みに泣き叫ぶ声を村人全員に聞かれた。サリムの遺体が運び込まれ、敷物の上にそっと横たえられたときもここにいて、彼に覆いかぶさり、キスをした。まるで愛が彼を生き返らせてくれるとでもいうように。

バスの出発予定日の前日、キアは夜明け前に起きて着るものと腐る心配のない食べ物——燻製《くんせい》にした魚、乾燥フルーツ、塩漬けのマトン——をバッグに詰めたあと、部屋のなかを見回し、自分の家に別れを告げた。

バッグを持ち、反対側の腰にナジを乗せて、夜明けとともに家をあとにした。静まり返っている村の外れまでくると、振り返って、椰子の葉で葺いた屋根の連なりに名残りを惜しんだ。ここで生まれ、それから二十年、ここで暮らした。縮みつつある湖に目をやった。夜が白々と明けはじめるなかで、水面は波一つなく、死んだように静かだった。二度と見ることのない景色だろうと思われた。

ユスフとアズラの住んでいる村を、足を止めることなく通り過ぎた。

一時間後、ナジが重く感じられるようになり、休憩しなくてはならなくなった。それからはたびたび休まなくてはならなくなり、思うように距離がはかどらなくなった。

陽が高くなり、次の村で長めの休憩を取ることにして、ナツメ椰子の木立の陰に腰を下ろした。ナジに授乳し、自分も水分を補給して塩漬けの肉を食べた。ナジに一時間ほど昼寝をさせたあと、午後、多少涼しくなってからふたたび歩き出した。

三本椰子に着いたときには陽が傾いていた。カフェのそばのガソリンスタンドの前を通り過ぎながら、ハキムが予定より早く出発していて、置き去りにされていることを、半ば本気で期待した。しかし、彼は修理工場の前にいて、形も大きさも様々な荷物を持った人々に向かって大袈裟な保証を与えていた。彼らもキアと同様、明日の朝一番に出発するバスに乗り遅れまいと、一日早くやってきているのだった。

キアはゆっくりと歩き、さりげなさを装いながらも、しっかりと様子を観察しようとした。困難な旅の道連れになるはずの者たちだった。どのぐらいかかる旅なのか、確信のある者はだれもいないだろうと思われた。だが、二週間以内ということはなく、簡単にその倍になる可能性があることはわかっていた。男たちの大半は若者だった。興奮した様子で、声高に話していた。戦地へ赴く兵士がこんなふうかもしれない、とキアは想像した。見知らぬ土地と新しい体験を期待し、一方で命を落とす危険を覚悟しているけれども、まだ現実にはそれを受け容れていない兵士たち。

煙草売りがいる様子はなかった。彼にいてほしかった。まったく未知の人間ばかりでなく、一人でも知っている人間がいれば、旅も多少は安心できる。

三本椰子にホテルはなかった。女子修道院へ行き、修道女に訊いた。「わたしと息子を一晩泊めてくださる奇特な一家をご存じありませんか。少しならお金を持っているので、泊まり賃は払えます」

思惑通り、その女子修道院が泊めてくれることになった。とたんに子供のころを思い出したのは、そこの雰囲気、蠟燭《ろうそく》の煙とその香り、古い聖書のおかげだった。キアは学校が大好きだった。数学やフランス語、歴史や遠い土地のことをもっと知りたかった。しかし、十三で学校をやめなくてはならなかった。

修道女たちはナジをとても可愛がってくれ、心のこもった食事――豆を添えた香辛料のきいた子羊の肉――を提供してくれて、その代価は寝る前に聖歌を歌って祈りを捧げるだけでよかった。

その夜、横になっても眠れなかった。ハキムのことが不安だった。彼は全額前払いを要求していた。明日、その要求を繰り返されるのが怖かった。払えるとしても半分だが、それでは乗せないと言われたらどうしよう？　ナジの運賃も払えと言われたらどうする？

でも、そうなったとしても、どうしようもない。チャドで人間を密輸しているのはハキムだけじゃないはずだから、もし最悪の事態になったら、別の密輸業者を探せばいい。ハキムに有金をすべて渡すという愚かなことをするよりは、そのほうがいい。

一方で、この機会を逃したら二度とこんな勇気は持てないのではないかという気もしていた。

翌朝、修道女がコーヒーとパンを提供してくれて、これからどうするつもりなのかと訊いた。隣り町にいる従兄弟を訪ねるのだと、キアは嘘をついた。本当のことを打ち明けたら、何時間も引き止められ、思いとどまるよう説得されるのではないかと怖かった。

よちよち歩くナジと一緒に街を横断しながら、今日から先、三本椰子を見ることはたぶん二度とないだろうし、間もなくチャドに、そしてアフリカに、別れを告げることになるのだと気がついた。移民は故郷へ手紙を書くが、返事が返ってくることは滅多にない。ここまでの全人生を放棄し、過去のすべてを捨てて、新しい世界へ移るのだ。怖かった。喪失感が頭をもたげ、先のことを思って根無し草になったような気がしはじめた。

陽が上る前にガソリンスタンドに着いた。

すでに先客が何人かいて、明らかに見送りと思われる大人数の家族を伴っている者もいた。隣りのカフェはすでに開いていて、客で賑わっていた。全員がハキムを待っているのだ。キアは女子修道院でコーヒーを飲んできていたから、ナジのために甘くした米の料理を頼んでやった。

店主は好意的とは言えなかった。「ここで何をしているんだ？　女が一人でおれのカフェにくるとは、よからぬことを目論んでいるんじゃないだろうな？」

「ハキムのバスに乗るんです」

「おまえが独りでか？」

キアは嘘をついた。「ここで従兄弟と待ち合わせているんです。一緒に行くんですよ」

店主は返事もせずに離れていった。

けれども、注文したものは彼の妻が運んできてくれた。この前きたときのキアを憶えていて、子供のためのものだから、払いはいいと言ってくれた。

世界には親切な人がいるんだ、とキアはありがたかった。この旅では見知らぬ人に助けてもらわなくてはならないかもしれなかった。

直後、ある家族連れが相席してもいいかと訊いてきた。キアと同い年ぐらいのエスマという女性、彼女の義理の両親――母親は優しそうな顔のブシュラ、父親はワヘドと言い、煙草を喫って咳をしていた――の三人だった。

エスマはすぐにキアと仲良くなり、ご主人も一緒に行くのかと訊いてきた。キアは夫を亡くしたことを打ち明けた。

「それは本当に気の毒にね」エスマが言った。「わたしの夫はニースにいるの、フランスの町よ」

キアは興味を持った。「そこでどんな仕事をしているの？」

「金持ちの庭の壁を造っているわ、夫は石工なの。ニースにはそういう家がたくさんあって、仕事が切れるときがないんですって。一つの壁を造り終えると、すぐに次の壁に取りかかるほど忙しいそうよ」

「お金はいいの？」

「びっくりするぐらいね。ニースへくるようにって、アメリカのドルで五千も送ってくれたんだもの。でも、夫はフランスの正式な居住許可を取れていないから、わたしもこのルートを使うしかないの」

「五千ドルですって？」

エスマの義理の母親のブシュラが説明してくれた。「そもそもはエスマだけが行くはずで、わたしと夫のぶんはあとで送ると息子は言っていたの。でも、エスマはとても優しい子でね、一緒に行こうと言ってくれたのよ」

エスマが言った。「ハキムと交渉して、三人で五千ドルに値切ったの。いまや一文無しだけど、そうするだけの価値はあるわ。だって、もうすぐ一家が全員揃って暮らせるようになるんだもの」

「神の御心《インシャラー》のままに」キアは言った。

その晩、アブドゥルはアナンドの家に泊まった。これまで乗っていた車を買い上げてくれた男だった。不審に思われないよう金額については揉《も》めて見せなくてはならなかったが、最終的に取引は成立し、アブドゥルは残っていた〈クレオパトラ〉をすべて、おまけとしてアナンドにくれてやった。アナンドは嬉しかったようで、一晩泊まっていけと誘ってくれた。彼には妻が三人いて、彼女たちがうまいディナーを食べさせてくれた。

その日の夕刻、アナンドの友人が二人――フォウゼンとハイダル――やってきて、賽子博打《さいころばくち》をすることになった。フォウゼンは汚ないシャツを着た人相の悪い若者で、ハイダルは昔の怪我で片眼が半分塞がっている、卑しい顔つきの小男だった。アナンドは車を買った金のいくばくかをおれから取り戻せればと期待しているんだろうが、とアブドゥルは思った。フォウゼンとハイダルと組んでもっと悪いことを目論んでいるかもしれない。だとすれば、用心するに越したことはない。

アブドゥルは慎重に勝負し、少し勝った。

質問攻めにされ、車を売ったのはハキムのバスでヨーロッパへ行くための金を作らなくてはならなかったからだと説明した。話しているアラビア語からチャド人でないことを見抜かれる恐れがあったから、先手を打って言った。「私はレバノン人なんです」それは本当のことで、それはここにいる三人も訛りでわかるはずだった。なぜレバノンを出たのかと訊かれて、標準的な答えを返した。「ベイルートに生まれてみればわかりますよ、あなたたちだって出ていきたくなるに決まってます」

バスの出発は何時か、朝のいつまでにハキムのガソリンスタンドへ行っていなくてはならないのかと訊かれて、アブドゥルの懸念はさらに強くなった。こいつら、やっぱりおれをいいかもだとみて身ぐるみ剝ごうとしているんだ、たぶん間違いない。おれはよそ者で、流れ者だ。おれを殺しても逃げおおせられるとさえ考えているかもしれない。三本椰子に警察はない。

できることなら手荒なことはしたくなかったが、いずれにしても負ける心配はないはずだった。三人はしょせん素人で、アブドゥルは高校でレスリングをやっていたし、大学時代は複合格闘技の大会に出て金を稼いでいた。ＣＩＡの研修で当惑したときのことが思い出された。素手による格闘戦の研修で、筋骨隆々の教官が昔ながらの言葉で挑発してきた――「さあ、どこからでもかかってこい」

「やりたくありません」アブドゥルが言うと、研修生全員が笑った。怖がっていると思ったのだ。

「そうかい」教官が嘲った。「では、おまえは素手の格闘戦のすべてを知っているわけだな？」

「何についてもすべてを知っているということはありませんが、戦うことについては多少の知識がありますし、可能な限り避けることにしています」

「それなら、見せてみろ。さあ、最高の一撃を放ってこい」

「だれかほかの者を選んでください」

「いいから、やれ」

教官は頑なだった。自分の熟練の技を見せつけて研修生の胸に畏怖《いふ》の念を植えつけたいと考えているに違いなく、アブドゥルは教官の計画を台無しにしたくなかったが、そうせざるを得ないようだった。

アブドゥルは言った。「そうですか、仕方ありませんね」そして、教官の腹に蹴りを叩き込み、投げ倒して、背後から腕を回して首を締めた。

「本当にすみません」アブドゥルは言った。「でも、どうしてもやれとおっしゃったので」そして、教官を解放して立ち上がった。

教官はもがくようにして立ち上がった。目に見える怪我は血が出ている鼻だけだった。彼は言った。「とっとと失《う》せろ」

しかし、フォウゼンとハイダルはナイフを持っているかもしれなかった。

二人は夜半になるころに帰っていき、アブドゥルは藁のマットレスに横になって眠ろうとした。曙光《しょこう》が射すころに起きてアナンドと妻たちに礼を言い、すぐに立ち去ろうとした。

「朝飯を食っていったらどうだい」アナンドが引き止めた。「コーヒーと、蜂蜜を塗った小さなパン、それに無花果だ。ハキムの修理工場なら、ここから歩いてほんの数分だしな」

ここまでするからには下心があって、とアブドゥルの胸でふたたび不審が頭をもたげた。おれをこの家のなかでやるつもりなんじゃないのか？　子供たちには見せないようにすればいいし、妻たちは黙っているに決まっている。目撃者はいない。

アブドゥルは誘いをはっきりと辞退し、小さな革のバッグを手にして外に出た。これでやつらが企みを諦めてくれたならいいんだが。

小さな町の埃っぽい通りは静まり返っていた。間もなく鎧戸が開けられ、家々の中庭から朝飯を作る煙が昇りはじめ、女性たちが甕《かめ》やプラスティック・ボトルを手に水を汲みに出てきて、眠っていた原付自転車やスクーターが不機嫌な唸り声を発しながら目を覚ますはずだった。だが、いまはまだ何の音もなく、そのおかげで後ろから近づいてくる足音をはっきり聞き取ることができた。二人が追いかけてきているのだった。

アブドゥルは周囲を見回し、武器になるものを探した。煙草の空箱や野菜屑《くず》、小石や木の切れ端が散らばっているばかりだった。屋根から落ちてきたタイルの、角が鋭い破片があれば最高だったが、そもそも屋根のほとんどが椰子の葉で葺かれていた。車のエンジンの錆びたスパーク・プラグはどうだろうと考えたが、小さすぎて大したダメージは与えられないようだった。結局、拳大の石を拾って歩きつづけた。

足音がさらに近くなった。アブドゥルは十字路で足を止めた。相手は四方向に目を配らなくてはならず、アブドゥルに集中できないかもしれなかった。バッグを置いて、二人に向き直った。二人はサンダル履きで、ここではそれが便利だったが、アブドゥルは頑丈なブーツを履いていた。二人とも刃渡り六インチのナイフを手にしていて、キッチンの道具としては格好の小ささであり、人の心臓を突き刺すには充分な大きさだった。

アブドゥルのほうへ歩いてきた二人の足が止まった。ためらってくれているのはいい兆候だった。アブドゥルは言った。「おまえたちは自分から死のうとしているんだぞ、それが罪なのを知っているのか？」

踵《きびす》を返して戻っていってくれればと期待したのだが、二人に怯えた様子はなく、結局は戦わざるを得ないようだった。

石を握った手を振り上げて小柄なほうのハイダルへ走ると、彼は後ずさったが、目の端にフォウゼンが向かってくるのが見えた。アブドゥルはくるりとフォウゼンに向き直り、力任せに石を投げつけた。至近距離だったから、それは顔の真ん中に正確に命中した。フォウゼンは悲鳴を上げ、片方の目を押さえて膝から崩れ落ちた。

アブドゥルはふたたびハイダルに向き直り、股間《こかん》をブーツで蹴り上げた。格闘技をやっていたおかげで、蹴りが決定的な武器になることはわかっていた。ハイダルが苦悶の声を上げ、身体を二つ折りにして後ろへよろめいた。

アブドゥルの本能が、攻撃を続行して二人にとどめを刺せと命じた。格闘技の試合では倒れている男に飛びかかって顔にパンチを連打するのが普通で、最後には審判が止めてくれた。だが、いまは審判がいなかったから、自分で自分を抑えるしかなかった。

それでも起き上がってくるのではないかと、二人の様子を見ていたが、その気配はどちらにもなかった。

アブドゥルは言った。「どっちだろうと、今度おれの前に姿を見せたら、そのときは本当に殺すからな」

そしてバッグを拾い、背を向けて歩き出した。

やっつけてやったという喜びが湧き上がり、アブドゥルはそういう自分を恥じた。格闘技の試合でも、ルールで許されている範囲ではあるにせよ、相手を暴力で攻め立てることにひそやかではあるけれども深い満足を覚え、そのあとでこう考えるのが常だった。おれは一体どういう男なんだ？　鶏小屋に入り込んだ狐《きつね》か？　そこにいる鶏を強烈な歓びを感じるためだけに食いちぎり、引き裂いて皆殺しにする。全部食べられるわけでもないし、巣に持って帰れるわけでもないのに。

しかし、フォウゼンとハイダルは殺さなかった。あいつらは鶏じゃない。

ガソリンスタンドの隣りのカフェは、もう混雑していた。キアの姿があった。この前アブドゥルがここにいたときに色々訊いてきた女性で、今日は子供が一緒だった。勇敢な女だな、とアブドゥルは思った。

ハキムは気配がなかった。

キアが微笑して手を振ってきたが、アブドゥルは視線を外して独りで腰を下ろした。彼女とも、ほかのだれとも、友だちになりたくなかった。潜入工作員は友だちを持たない。

アブドゥルはコーヒーとパンを注文した。周りにいる人々には不安と期待の両方があるようだった。不安をごまかすためかもしれないが声高に話している者、待ち切れないというようにそわそわしている者、黙って坐って煙草を喫いながら考えている者がいた。そういう者たちのなかに、年輩の男や涙に暮れている女もいた。たぶんこれから出発するだれかの親戚なのだろう、おそらく二度と会うことはないと覚悟して、愛する者に別れを言いにきたのだった。

ようやくハキムが姿を見せ、汚れたヨーロッパ風のスポーツ・ウェア姿で通りをのろのろと歩いてきた。そして、自分を待っている人々には目もくれず、修理工場のサイド・ドアの鍵《かぎ》をあけてなかに入り、またドアを閉めた。数分後、正面の巻上げ式のドアが開いてバスが出てきた。

その後ろに二人のジハーディがつづいていた。突撃ライフルを肩から下げて周囲を睥睨《へいげい》するように歩きながら、人々を睨みつけていた。全員がすぐさま目を逸《そ》らすなか、アブドゥルは訝った。どう見てもテロリストでしかないこの二人を、乗客は何だと思うだろう？　このバスのなかに数百万ドルの価値のコカインがあるのを知っているのはおれだけだ。自分たちを護ってくれるジハーディだと、ほかの乗客は信じるだろうか？　肩をすくめて、謎のままにしておくかもしれない。

ハキムが運転席を出て乗車口を開け、そこへ人々が押し寄せた。

ハキムが声を張り上げた。「荷物の置き場所は上の網棚だけだ。持って入っていい荷物は一人当たり一つ。例外もないし、交渉の余地もないからな」

乗客たちが不満の呻きを漏らしたり叫んだりすると、ジハーディと称するあの二人がハキムの左右に立った。抗議の声は消えていった。

ハキムが言った。「料金はいまここで払ってもらう。千アメリカ・ドル、千ユーロ、あるいは、それと同じ価値のものだ。それをおれに払えば、バスに乗れる」

一番乗りを争う者もいたが、アブドゥルはそこに加わらなかった。最後に乗るつもりだった。スーツケース二つ分の荷物を一つにまとめようとしている者がいた。涙に暮れ、抱擁し、キスをして別れを惜しんでいる者も何人かいた。アブドゥルはまだ動かなかった。

シナモンとターメリックの匂いがして、見るとキアが隣りにいた。彼女が言った。

「あなたと話をしたあと、ハキムと交渉したんです。そのときは出発前に満額払わなくちゃ駄目だと譲らなかったのに、いまは、あなたが言ったとおり、全員に半額を支払わせていますよね。それでも、わたしは満額払わなくちゃならないんでしょうか?」

彼女が安心するようなことを言ってやりたかったが、アブドゥルはそれをこらえて、さあどうだろう、というように肩をすくめるにとどめた。

「とりあえず、千ドル渡してみます」キアが言い、子供を片方の腰に乗せて先陣争いに加わった。

見ていると、彼女がついにハキムに金を渡した。ハキムはそれを受け取り、数えてからポケットに入れた。そして、乗っていいと手で促した。その間《かん》、口をきくでもなければ、顔を見るでもなかった。満額前払いしろというのは、女独りと見くびって言ってみただけのことで、その女が簡単には折れないとわかったとたんに諦めたに違いなかった。

全員が乗り終えるのに一時間かかった。アブドゥルは最後に、安物の革のバッグを持ってステップに足を掛けた。

座席は中央の通路を挟んで左右に二席ずつ、全部で四十人の乗客が乗れるようになっていた。ほとんど満席だったが、最前列の四席が空いていた。だが、左右どちらの二席にも荷物が置いてあり、その列の後ろの席の男性が教えてくれた。「そこには護衛が坐っているんだが、どうやら、一人で二席分必要らしい」

アブドゥルは肩をすくめて車内を見た。一つだけ空席があった。キアの隣りの席だった。

小さな子供の隣りに坐るのを、だれもが敬遠したに違いなかった。トリポリまでの道中、絶対に大人しくしていないだろうし、泣いたり吐いたりするに決まっているのだから。

アブドゥルは網棚にバッグを載せると、キアの隣りに腰を下ろした。

ハキムが運転席に入り、護衛が乗り込んで、バスは町を出るべく北へ走り出した。

速度が増すにつれて、破れた窓から涼しい風が流れ込んできた。四十人も乗っているのだから、それは必要な換気だけれども、いずれ砂嵐が起こったときには防ぎようがなく、不快を我慢するしかないだろうと思われた。

一時間後、アメリカの小さな町のようなものが遠くに見えてきた。雑多な建物が不規則に広がり、塔のようなものもいくつかそこに含まれていた。ジェルマヤの精油所だ、とアブドゥルは気がついた。煙突、蒸留塔、ずんぐりした白いものは貯蔵タンクだ。チャドで最初にできた精油所で、中国がチャドの石油開発の取引の一部として建てたものだった。その取引のロイヤリティで政府は数十億を手にしていたが、その金はチャド湖の岸に暮らす貧しい人々のためにはまったく使われていなかった。

前方は主に砂漠だった。

チャドの人口の大半は南部、チャド湖周辺とンジャメナに住んでいる。この旅の最遠部、リビアの町の大半は北部、地中海沿岸に集中している。トランス・サハラ・ハイウェイを含めて舗装された道路が何本かあるけれども、このバスは密輸荷物と不法移民を乗せているから幹線ルートをたどるはずがなかった。滅多に使われることのない、夜明けから日暮れまで一台の車も見ないことがよくある砂漠の道を、オアシスからオアシスへと時速二十マイルで移動するのだ。

キアの子供はアブドゥルに興味津々だった。自分を見てくれるまでアブドゥルを見つめ、見てくれたとたんに顔を手で覆った。アブドゥルが無害だと徐々にわかってくると、彼を見つめ、見てくれたとたんに顔を隠すのがゲームになった。

アブドゥルはため息をついた。千マイルの旅のあいだ、仏頂面で黙り通すのは無理だった。彼は降参して言った。「やあ、ナジ」

キアが言った。「この子の名前を憶えていてくれたのね！」そして、微笑した。ある女性を思い出させる笑顔だった。

彼はラングレー、ワシントンDC郊外のCIA本部で働いていた。そこではミドルネームのジョンを使っていたが、アブドゥルを名乗ると、自分の生い立ちからいままでを、出会った白人局員全員に話すはめになるからだった。

CIAに入局して一年、その間《かん》にした仕事と言えば、研修と訓練を別にすれば、アラビア語の新聞を読んで、外交政策や防衛政策、諜報活動に関する報告記事を英語にして要約することだった。最初のうちはその要約が無駄に長くなり過ぎたが、すぐに上司が何を欲しているかがわかるようになり、いまはその仕事が退屈になりはじめていた。

アナベルと出会ったのはワシントンのあるアパートで開かれたパーティだった。彼女はアブドゥルほどではないけれども背が高く、運動を好んで、ジムに通い、いくつものマラソンに出場していた。そのうえ、目を見張るほどの美人でもあった。勤め先は国務省で、お互いの関心事であるアラブ世界を話題にした。頭がとても切れることはすぐにわかったが、何より気に入ったのは笑顔だった。

彼女が帰るとき、アブドゥルは電話番号を教えてくれないかと頼んだ。彼女はあっさりと教えてくれた。

デートをし、それから一緒に寝るようになった。ベッドでの彼女はほとんど獣《けもの》だった。何週間かして、アブドゥルは自分が彼女と結婚したがっていることに気がついた。アブドゥルのワンルームか彼女のアパートで一緒に過ごすようになって半年が経ったとき、もっと大きな家に引っ越して同棲《どうせい》することにした。素敵な家が見つかったが、頭金を払う余裕がなかった。そのときアナベルが言った——両親から借りるわ。それでわかったのだが、彼女の父親は小規模ではあるが個人向けに上質なワインや有名ブランドのスピリッツ、特選オリーヴ・オイルを売るチェーン店、〈ソレンティーノ〉のオーナーで、大金持ちだった。

トニーとレナのソレンティーノ夫妻は〝ジョン〟に会いたがった。

彼らはマイアミ・ビーチの周囲をフェンスで囲い、警備員が出入りを監視する高級住宅地《ゲーテッド・コミュニティ》のなかの高層マンションに住んでいた。アナベルとアブドゥルは土曜日に空路マイアミへ飛び、ディナーに間に合うよう両親の住まいに着いた。別々の部屋をあてがわれたが、アナベルが言った。「一緒に寝たっていいのよ——こんなの、使用人の手前に過ぎないんだから」

レナ・ソレンティーノはアブドゥルを見てショックを受けたようだった。アナベルはおれの肌が黒いことを教えていなかったんだ、とアブドゥルはその瞬間にわかった。

「では、ジョン」トニーが貝料理の皿の向こうから言った。「きみの出自を教えてくれないか」

「生まれたのはベイルートです――」

「では、移民だな」

「そうです――ミスター・ソレンティーノの先祖もそうなのではありませんか？　きっとソレントの出なんでしょうね」

トニーが無理やり笑顔を作った。〝そうとも。だが、われわれは白人だ〟と考えているのは疑いの余地がなかった。「この国では、おそらく全員が例外なく移民だろう。なぜベイルートを離れたんだね？」彼が言った。

「もしあなたがベイルートで生まれたら、やはり離れたいと思われたはずです」

全員が義務的に笑った。

トニーが訊いた。「で、宗教は？」

〝イスラム教か？〟と訊いているのだった。

アブドゥルは答えた。「両親はカトリックですが、レバノンでは普通です」

レナが訊いた。「ベイルートってレバノンなの？」

「そうです」

「でも、だれも知らないんじゃない？」

妻よりは物知りなトニーが言った。「だが、あそこのカトリシズムはほかとは違っているのではなかったかな」

「おっしゃるとおりです。われわれはマロン派カトリックと呼ばれています。ローマ教会に百パーセント属しているんですが、礼拝にアラビア語を使います」

「きみの仕事ではアラビア語の知識が役に立つんだろうな」

「はい。でも、私はフランス語も不自由なく操れるんです。レバノンの第二言語ですからね。ところで、ソレンティーノ一族のことを教えていただけませんか。いまの事業はあなたが始められたんですか？」

「父はブロンクスで酒屋をしていた」トニーが言った。「ビール一本で一ドルの儲けを出すために、敢えて飲んだくれやジャンキーを相手にするのを見ていた。そして、これは私の仕事じゃないとわかった。それで、グリニッチヴィレッジに自分の店を開き、一本二十ドルの儲けが出る高級ワインを売ることにした」

レナが言った。「最初の広告はこうよ――いい服装の男の人がグラスを手にしてこう言うの。『おい、こいつは一本百ドルのワインの味がするぞ』ってね。すると、彼の友だちがこう応えるのよ。『そうだろ？　だけど、おれはそれをソレンティーノの店で買ったんだが、代金はその半分だったぞ』ってね。その広告を一年間、週に一度流しつづけたの」

「いいワインが百ドルで買える時代だったんだよ」トニーが言い、全員が笑った。

アブドゥルは訊いた。「お父さまはいまも最初の店をやっておられるんですか？」

「もうこの世にいない」トニーが言った。「店に盗みに入った男に撃ち殺された」そして、一拍置いて付け加えた。「アフリカ系のアメリカ人にな」

「それは本当にお気の毒でした」アブドゥルは反射的に言ったが、トニーが付け加えた、〝アフリカ系のアメリカ人にな〟という部分が気になっていた。あんた、それを言わなくちゃならなかったんだよな、トニー？　〝父は黒人に殺された〟と、そう言ってるんだよな。まるで白人に殺人者はいないかのように。マフィアのことなど知らないかのように。

　アナベルが自分の仕事のことに話題を切り替え、重苦しい雰囲気を取り払ってくれた。それ以降、アブドゥルはほとんど聞き役に回った。夜、アナベルがパジャマ姿でアブドゥルの部屋へやってきた。抱き合って寝たが、セックスはしなかった。

　ついに同棲には至らなかった。頭金を貸すのをトニーが拒否したのだが、それがわが子がレバノン人移民の妻になることを阻止《そし》するための、一族挙げての運動の始まりだった。祖母はアナベルと口をきかなくなった。兄は〝コネのある〟連中を使って痛い目にあわせてやるとアブドゥルを脅したが、後に、アブドゥルの仕事を知って脅しを取り下げた。絶対に負けないとアナベルは誓ったが、そういう反対があること自体が二人の愛に水を差した。恋愛を愉しむどころか、戦争を戦わなくてはならなかった。彼女はついにそれに耐えられなくなり、自分のほうから関係に終止符を打った。

そしてアブドゥルは、海外で潜入工作をする覚悟ができたことを局に告げたのだった。

11

タオ・ティンが裸の身体にタオルを巻き、頭を別のタオルでくるんで浴室から出てきたとき、ベッドに坐っているチャン・カイは新聞を読んでいたタブレットから顔を上げ、三つあるクローゼットを全部開け放って着るものを物色している彼女を見つめた。間もなく、身体と頭を覆っていたタオルが床に落ちた。

カイは裸の妻という景色を堪能し、自分の運の良さを喜んだ。何百万人もの視聴者が彼女に恋をするには理由がある。彼女は完璧だった。ほっそりとして形のいい身体、象牙のようなクリーム色の肌、漆黒の豊かな髪。

そして、彼女は面白かった。

カイに背を向けたまま、ティンが言った。「あなたが何を見てるか、わかってるわよ」

カイは小さく笑い、抗議する振りをした。「オン - ラインで『人民日報』を読んでるよ」

「嘘つきね」

「どうして嘘だとわかるんだ？」

「わたし、人の心が読めるの」

「それは奇跡の力だな」

「男の人が何を考えているかなんて、いつだってお見通しよ」

「そんなことがどうしてできるんだ？」

「だって、いつだって同じことしか考えないんだもの」

彼女はブラとパンティを着けると、着るものの棚の前に立ってまた少し考えた。カイは彼女を眺めてベッドにいつづけるのが後ろめたくなってきた。やらなくてはならないことがたくさんあった。自分のために、国のために。しかし、妻から目を離すことが難しかった。

カイは言った。「きみの場合、何を着るかは問題じゃないんじゃないか？　撮影所に入ったとたんに、非現実的な衣装に着替えることになるんだから」彼女が着るものにこだわるのは、共演の若くてハンサムな男優のためではないかと、ときどき悪い疑いに煩わされることがあった。おれといるよりはるかに長い時間を一緒にいるのだから、と。

ティンが応えた。「何を着るかはいつでも大問題よ。わたしは有名人なの。人々は特別であることをわたしに期待しているの。運転手、ドアマン、清掃員、庭師、みんなが家族や友人にこう言うの――『今日、だれを見たと思う？――タオ・ティンだ！　そう、「宮廷の愛」のあのタオ・ティンだ！』ってね。現実のタオ・ティンはあんまり美しくないなんて、彼らに言わせたくないわ」

「わかった、そのとおりだ」

「どのみち、撮影所へは直行しないの。今日は大掛かりな戦闘シーンを撮影することになっているから、わたしは二時まで用なしなのよ」

「自由な時間のある朝に何をするつもりでいるんだ？」

「母を買い物に連れていこうと思ってる」

「いいじゃないか」

ティンは母親のカオ・アンニと仲がよく、やはり役者の彼女と毎日電話で話していた。父親はティンが十三のときに交通事故で世を去っていた。その事故のとき同乗していた母は後遺症で足を引きずることになったが、ナレーションや吹き替えという、声優としての新しい仕事に活路を見出《みいだ》していた。

カイはアンニが好きだった。「あんまり歩かせるんじゃないぞ」彼はティンに言った。「おくびにも出さないけど、いまでも足は痛いんだから」

ティンが微笑した。「わかってるわよ」

もちろん、彼女はわかっていた。母親のことはよく考えて思いやるよう、カイはティンに繰り返し言っていた。親のように振る舞わないよう努めてはいたが、ときどき、思わずそうなることがあった。「ごめん」カイは謝った。

「母のことを案じてくれて嬉しいわ。母もあなたのことが好きなの。自分が死んでも、あなたがわたしの面倒を見てくれるって安心してるわ」

「もちろんだよ」

何を着るか決まったらしく、ティンは色の褪《あ》せた〈リーヴァイス〉のブルージーンズを穿いた。

彼女から目を離さないまま、カイは今日これからのことに頭を切り替えた。重要なスパイと会うことになっていた。

北朝鮮との国境に近い小さな都市、延吉《イエンチー》行きの昼の便を予約してあった。現在のカイは対外情報局長という立場にあったが、最も貴重なスパイの何人かとはいまも直接会うことにしていた。彼らのほとんどが、カイがもっと下っ端だったころに採用した者たちだった。北朝鮮のハン・ハスンという将軍もその一人で、もう何年も前から、北朝鮮内部で何が起こっているかを国家安全部に教えてくれる、最高の内部情報源だった。

そして、北朝鮮は中国にとっての大きな弱点でもあった。

泣き所であり、アキレス腱《けん》であり、スーパーマンを無力化して死に至らしめるクリプトナイトであり、強靭《きょうじん》な肉体に存在する、想像し得る限りの致命的な弱点といっても過言ではなかった。大事な味方であるけれども、どうしようもないほど信頼できない相手でもあった。カイは定期的にハンと会っていて、予定されたもの以外にも、緊急時には互いに接触を要求できるようにもしてあった。今日は定期的に会う場合の一つだが、重要であることに変わりはなかった。

ティンが明るいブルーのスウェットシャツを着て、カウボーイ・ブーツに足を入れた。カイはベッドの横の時計を見て、腰を上げた。

手早く顔を洗い、身体をきれいにして、仕事用のスーツに袖を通した。そのあいだに、ティンはキスをして出ていった。

北京はスモッグに覆われていた。カイはどこであれ歩いて行かなくてはならない場合に備えてマスクを準備した。オーヴァーナイトバッグはすでに旅の準備を終えていた。カイは厚手の冬のコートを出して腕に掛けた。延吉は寒い町だった。

カイはアパートを出た。

延吉の人口は四十万で、そのほぼ半分が朝鮮人だった。

町は第二次世界大戦後に急速に拡大していて、高度を下げる機内から見下ろすと、広いプルハートン川の両側に近代的な建物が肩を寄せ合うように列をなして並んでいた。中国は北朝鮮の主要な貿易相手であり、毎日数千の人々が国境を行き来して仕事をしていて、延吉はそういう取引の重要な中継地になっていた。

加えて、数十万、あるいは数百万の朝鮮人が中国に住み、仕事をしていた。多くは移民として登録されていたが、そのなかには売春婦、あるいは少なくない数の無報酬の農業労働者や買われてきた花嫁がいて、そう呼ばれてはいないけれども、実際は奴隷と同じだった。北朝鮮の暮らしがあまりにも劣悪に過ぎるので、仮に奴隷だとしても中国では充分に食べていけるのだから、そう悪い運命でもないのかもしれない、というのがカイの見方だった。

延吉は中国のどの都市より多くの朝鮮人を抱えていて、朝鮮語のテレビ局が二つあった。延吉に住んでいる朝鮮人の一人がハン・ヒヨン、聡明で有能な若い女性で、実はハン将軍の庶子《しょし》だった。それを知っている朝鮮人は一人もいず、中国人もほんの一握りに過ぎなかった。デパートの支配人をしていて、高給取りであり、その上に販売手数料まで懐《ふところ》に入ることになっていた。

カイは国内線用の朝暘川《チヤオヤンチュアン》空港に降り立つと、タクシーで市内中心部へ向かった。通りには、道路標識はすべて二か国語仕立てで、中国語の上に朝鮮語が記されていた。通りには、韓国風のセクシーで垢抜《あかぬ》けした服装の若い女性が散見された。大規模なチェーン・ホテルにチェックインすると、延吉の厳しい寒さに備えて厚手のコートを着てから、すぐにまた外へ出た。ホテルの入口で客待ちをしているタクシーは無視し、何街区《ブロック》か歩いてから流しのタクシーを捕まえて、郊外のウマルト・スーパーマーケットへ行ってくれと運転手に指示した。

ハン将軍は中国との国境近く、北朝鮮北部のヨンジョンドン核ミサイル基地に配属されていて、延吉で定期的に会議を開いている合同国境監視委員会のメンバーでもあったから、少なくとも月に一度、国境を越えて延吉へやってきていた。

ハンはもうずいぶん前に平城《ピョンヤン》――北朝鮮の首都――体制に幻滅し、中国のスパイになってくれたのだった。カイは彼に高額の報酬を以《もっ》て報いていたが、それはハンの娘のヒヨンを経由することになっていた。

タクシーは開発中の郊外へと走り、ウマルトの前で止まった。本当の目的地は通りを二本隔てたところにあった。カイはタクシーを降りると、大きな家を建てている最中の建設現場へ徒歩で向かった。そこが、ハンが国家安全部から得た金を使っているところだった。土地も建物もヒヨン名義で、彼女がカイから送られた金のなかから費用を支払っていた。ハン将軍は退役が近く、カイが用意した新しい身分で別人になって北朝鮮から消え、この素敵な新居で娘や孫と黄金の年月を過ごすことを計画していた。

建設現場に近づいても、ハンの姿はなかった。通りから見られることのないよう、用心しているのだ。いまは半分完成したガレージにいて、おそらく現場監督だろうと思われる人物と流暢な中国語で苦もなく話していた。将軍はカイを見たとたん、こう言って会話を切り上げた。「会計士と話があるんだ」そして、カイと握手をした。

ハンは六十代で年齢を感じさせず、物理学の博士号を持っていた。「案内しよう」彼が勢い込んで言った。

配管系統の工事はすべて終わり、いまはドア、窓、クローゼット、食器戸棚などが取り付けられているところだった。新居の工事を案内されてふと気がついてみると、カイはハンが羨ましくなっていた。これまでにカイが住んだどの家より広かった。ハンが誇らしげに指さした先は、ヒヨンと彼女の夫の続き部屋になっている寝室だった。さらに、娘夫婦の子供たちのためのいくらか狭い寝室が二つ、そして、ハン自身のための独立式のアパート。おれたちはこのための金を渡していたのか、とカイは思った。しかし、ハンにはそれだけの価値があった。

巡回を終えて外に出ると、寒さにもかかわらず家の裏にとどまった。そこなら通りのだれからも見られる心配がなく、建設業者に話を聞かれる恐れもなかった。寒風が吹いていて、カイはコートを持ってきて正解だったと自分を褒めた。「それで、北朝鮮の様子はどうなんです?」彼は訊いた。

「きみが考えているより悪い」ハンが即答した。「われわれがいかに中国に依存しているかは、もちろん、きみも知っているだろう。わが国の経済は破綻《はたん》している。成功している産業は武器の製造と輸出だけだ。農業部門はぞっとするほど非効率で、必要量の七十パーセントしか生産できていない。危機の連鎖だ」

「それで、新たな危機が生じたと？」

「アメリカが制裁を強化してきた」

それはカイも初耳だった。「どんなふうに？」

「既存の制裁をさらに強化してくれた。ヴェトナムへ石炭を運んでいた北朝鮮の船がマニラで押さえられた。メルセデスのリムジン十二台分の支払いがドイツの銀行に拒否された。行先がピョンヤンだと疑われるというのがその理由だ。書類には台湾と記載されているにもかかわらずだ。さらに、北朝鮮の船にガソリンを移している最中のロシアの船籍の船が、ウラジオストック沖合で検問を受けた」

「一つ一つは小さなことだが、そういうことをしている者全員を尻込みさせることにはなりますね」

「そのとおりだ。だが、わが政府は気がついていないかもしれないが、われわれに残されている食料と生活必需品は六週間分しかない。われわれは飢餓寸前なんだ」

「六週間分しかないんですか！」カイはショックを受けた。

「だれにも認めてはいないが、ピョンヤンは北京に緊急経済支援を求めようとしている」

役に立つ情報だった。ウー・ベイにあらかじめ知らせてやることができる。「金額は？」

「欲しがっているのは金ですらない。必要なのは、米、豚肉、ガソリン、鉄、鉄鋼だ」

たぶん、中国政府は北朝鮮の欲しがっているものを与えるだろう。これまでも常にそうだった。「新たな失敗に対する党内の反応は？」

「不満の声は出てくるだろう、いつだってそうだからな。だが、中国がいまの体制を支えてくれる限り、そういう声はいずれ消えてなくなる」

「ひどいな、そうやって無能な体制がいつまでもつづくわけですか」

ハンが短く笑った。「わざわざ図星と認めるまでもないほどの図星だな」

カイにはアメリカ人の連絡相手も何人かいたが、一番はニール・デイヴィッドソン、北京駐在アメリカ大使館付きCIA支局員だった。ニールに便利のいいよう、アメリカ大使館の近く、朝陽公園路にある〈東方紅《ドンファンホン》〉で、二人で朝食をとることにした。公用車は使わなかった。そうとはっきりわかるし、ニールとのことはだれにも知られたくなかったから、タクシーを拾った。

ニールとは、敵同士であるとしても、気が合った。彼と会っていると、多少の相互理解さえあれば中国とアメリカのようなライヴァル関係にある国であっても平和は可能であるかのようで、案外それは真実かもしれなかった。

カイはニールが明らかにするつもりのなかったことを知るときがたびたびあった。ニールは必ずしも本当のことを教えるわけではなかったが、曖昧な言い回しのなかに手掛かりが見つかることが往々にしてあった。

〈東方紅〉は手ごろな値段のレストランで、主な客は中国人と中央商業地区で働く外国人だった。観光客を呼ぶ努力はしていなかったし、英語を話すウェイターもいなかった。カイがお茶を注文して待っていると、間もなくニールがやってきた。

ニールはテキサス出身で、カウボーイ風なところはなかったが、訛りだけはカイでもわかるほど強く、小男で禿げていた。今朝はジムへ行っていたとのことで――体重を落とす必要があるという説明だった――、着替えもせず、くたびれたスニーカーに〈ナイキ〉の黒のウォーミングアップ・ジャケットという格好のままだった。そして、おれの妻はブルージーンズにカウボーイ・ブーツで仕事に行くわけだ、とカイは思った。面白い世界だ。

ニールは不自由なく北京語を話したが、発音はひどかった。彼は粥《かゆ》と半熟卵を注文し、カイは醤油味《しょうゆ》の拉麵《ラーメン》と煮卵を頼んだ。

カイは言った。「粥を食っても体重は落ちないぞ。中国料理は高カロリーなんだ」

「アメリカの食い物ほどじゃないさ」ニールが応じた。「われわれのところじゃベーコンにまで砂糖が入ってる。それはともかく、用件は何だ?」

単刀直入だった。ここまで愛想のない中国人はいなかった。しかし、カイはすぐに本題に入るアメリカ式のやり方が好きになりはじめていたから、同じく率直に答えた。

「北朝鮮だ」

「なるほど」ニールが淡々と応じた。

「アメリカは制裁を強化しているそうだな」

「それはずいぶん前からだし、制裁を課しているのは国連だ」

「だが、ここにきて、アメリカとその友好国は本気でそれを強化しているじゃないか。海上臨検して積荷を差し押さえ、制裁に違背する国際間の支払いを妨害しているだろう」

「かもな」

「ニール、はぐらかすのはやめてくれ。理由を教えてくれればいいんだ」

「アフリカの武器だよ」

カイは控えめな憤慨を装って言った。「ピーター・アッカーマン伍長のことを言っているのか？　彼を殺したのはテロリストだ！」

「残念ながら、そいつは中国製の銃を使っていた」

「銃を使った犯罪が起こったからと言って、きみたちは普通、その銃の製造者を責めないだろう」カイは微笑して付け加えた。「もし責めたら、〈スミス&ウェッソン〉はとうの昔に潰れているはずだからな」

「かもな」

ニールははっきり返事をすることを避けていた。もう少し率直にさせなくてはならないと考えて、カイは言った。「いまの世界最大の犯罪産業は何だか知っているか？　金の面でだが？」

「武器の違法取引だろ？」

カイはうなずいた。「ドラッグよりも大きいし、人身売買よりも大きい」

「そうであっても不思議はないだろうな」

「中国の銃もアメリカの銃も、世界じゅうのブラック・マーケットで簡単に手に入る」

「〝手に入る〟という点については、確かにそのとおりだ」ニールが認めた。「だが、〝簡単に〟という点はどうかな？　違うんじゃないか。アッカーマン伍長を殺した銃は普通のブラック・マーケットで買われたものじゃないはずだ。あれが売られたとき、二つの政府が知らん顔をしたんだ。スーダン政府と中国政府がな」

「知らないのか？　われわれはきみたちと同じぐらいイスラム教テロリストを嫌っているんだぞ」

「ことを単純にし過ぎるなよ。きみたちが嫌っているのは、中国にいるイスラム教テロリストだろう。アフリカのイスラム教テロリストのことなんて気にもしてないんじゃないのか？」

ニールの言っていることは、平静ではいられないぐらい事実に近かった。

カイは言った。「残念だが、ニール、スーダンはわれわれの友好国で、彼らに銃を売るのはいい商売なんだ。だから、やめるつもりはない。アッカーマン伍長のことは、たった一人のことだろう」

「問題はアッカーマン伍長じゃない、榴弾砲《りゅうだんほう》だ」

カイは動揺した。ニールがそこまで知っているとは思っていなかった。二週間前に読んだ報告書の詳細を思い出した。アメリカをはじめとする合同軍がアル・ブスタンというＩＳＧＳの大規模で重要な拠点を急襲し、そこで自走榴弾砲を見つけた。それがアメリカが国連決議を提案しようとしたきっかけになったのだった。

料理がきて、カイに考える時間を与えてくれた。友人の前で気を許している振りこそしているものの、自分でもわかるほど緊張していた。ゆっくりと麺をすすったが、実際、食欲はほとんどなかった。ニールは運動したあととあって空腹らしく、粥を貪《むさぼ》っていた。ともに食べ終わると、カイは要約した。「では、グリーン大統領は北朝鮮への制裁強化を利用し、アル・ブスタンに自走砲があったことに関して中国を罰しようとしているんだな」

「それ以上だよ、カイ」ニールが言った。「きみたちが売る武器の最終使用者について、もっと慎重になってほしがっているんだ」

「それは最上層部に伝える、約束する」カイは言った。

その約束に意味はなかったが、ニールは自分の言い分を伝えたことで満足したらしく、話題を変えた。「あの素敵なティンは元気か？」

「ありがとう、ずいぶん元気でやっているよ」ニールはティンの圧倒的な魅力に取りつかれた数百万の男の一人だった。カイはもう何とも思わなくなっていた。「アパートは見つかったのか？」

「ああ――ようやくな」

「よかった」ニールがもっといい住まいを探していたこと、それを見つけて引っ越したこと、そこの住所と電話番号を、カイはすでに知っていた。それに、その建物に住んでいる全員の正体と過去もわかっていた。国家安全部は北京にいる外国人工作員、特にアメリカ人に関して、しっかりと監視しつづけていた。

食事代はカイが払って、二人はレストランを出た。ニールは徒歩で大使館へ向かい、カイはタクシーを呼び止めた。

北朝鮮の緊急支援要求については、中国共産党国際部が招集した権力上層にいる少人数の会議で検討が行なわれた。海淀区復興路四番地の国際部本部は外務省より小さく、派手でもなかったが、力という点では優っていた。部長執務室からは、中国人民革命を展示している軍事博物館が見え、その屋根には大きな赤い星がそびえていた。国家安全部大臣のフー・チューユーは、直属の部下のカイを伴っていた。フーとしてはカイを前面に立てるような事態にならないほうがいいのだろうが、北朝鮮の危機に関するすべての事実を掌《たなごころ》を指すように知っているわけではなかったから、万一自分が馬鹿に見えるようなことにならないための用心だろうと思われた。何であれ細かいことはカイに説明させ、齟齬《そご》があったらカイのせいにできるというわけだった。

テーブルを囲んでいるのは男ばかりで、壁際に坐っている補助員のなかには女性も何人かいたが、カイの考えでは、中国政府中枢部にはもっと女性が必要だった。父の考えは逆だったが。

フー・アイグオ国際部長がウー・ベイ外務大臣に、今日ここで話し合う問題の概略の説明を求めた。

「北朝鮮は経済危機に陥っている」ウーが説明を開始した。

「いつものことではないですか」コン・チャオが言った。彼はカイの友人であり、政治的な味方でもあった。外務大臣の発言をこういうふうにさえぎるのはいささか礼を欠いていたが、コンはその誹《そし》りを受ける心配がなかった。軍人としての見事な実績を誇り、人民解放軍の通信テクノロジーを完璧に近代化させて、いまは国家防衛大臣の地位にあった。

ウーがコンを無視してつづけた。「ピョンヤン政府は大規模支援を求めている」

「いつものことです」コンがまたさえぎった。

コンはカイと同い年だが、もっと若く見えた。実際、慎重にわざと乱れさせたヘアスタイルと、生意気そうな笑顔は、早熟の学生と言っても通用しそうだった。中国の政治の世界では大半が保守的に見えるよう用心していて、カイもその例に漏れなかったが、コンはリベラルな態度を宣伝するためにそういう格好をしているのだった。カイは彼の度胸が気に入っていた。

ウーが言った。「要求が届いたのは昨日の遅い時間だが、それがくることは、安全部からの情報のおかげであらかじめわかっていた」そして、フー・チューユーを見た。安全部大臣は感謝されて小さく頭を下げた。カイの仕事が認められて満足そうだった。

ウーが報告を締めくくった。「そのメッセージはカン・ウジン最高指導者からわれらがチェン・ハオラン国家主席に宛《あ》てられたもので、今日の会議はチェン国家主席がどう対応すべきかを討議するものである」

カイはこの会議について事前に考えていて、討議がどう進むかもわかっていた。党守旧派と進歩派が衝突することになる。それは想定内で、問題はその戦いをどう決着させるかにあった。そして、カイにはその作戦があった。

コン・チャオが口火を切った。「よろしいですか、部長」さっきの礼を失した振舞いの埋め合わせかもしれなかった。フー・アイグオがうなずくのを待って、コンがつづけた。「この一年、あるいはそれ以上前から、北朝鮮は中国政府に露骨に反抗してきています。また、南朝鮮領内の陸海に小規模な侵入を繰り返し、ソウルを悪意を持って挑発しています。さらによくないことに、長距離ミサイルと核弾頭の発射実験を繰り返し、国際的な敵意を掻き立てつづけています。その結果、国連は北朝鮮への貿易制裁を決議しました――」そして、指を立てて強調した。「その制裁が、北朝鮮の経済危機がつづく主要な要因の一つになっているのです！」

カイはうなずいて同意した。コンの主張はすべて事実だった。最高指導者こそが、彼自身の問題の作者だった。

コンがつづけた。「われわれの抗議をピョンヤンは無視しつづけています。いまや、われわれへの反抗を罰するべきです。そうしなければ、彼らはどういう結論を導き出すでしょう? 核開発計画を継続でき、国連の制裁を小馬鹿にできると考えるはずです。何をしても常に中国が介入して、自分たちのしたことの尻拭いをしてくれるんだから、と」

フー・アイグオが言った。「ありがとう、コン、いかにもきみらしい鋭い意見だった」

コンの向かいで、ファン・リン将軍が磨き上げた木のテーブルを太くて短い指で叩いていた。早く発言したくてたまらないという様子だった。フー・アイグオがうなずいて言った。「ファン将軍」

ファン・リンはフー・チューユーとカイの父親、チャン・ジャンジュンの友人だった。三人とも力を持っている国家安全保障委員会のメンバーで、国際的な事象について鷹《たか》派的な考えを共有していた。「いくつかの点を指摘させてもらいたい」ファンが言った。喧嘩腰に近い唸るような口調で、話すのは北京語だったが、北部中国の耳障りな訛りがあった。「一つ、北朝鮮は中国と、アメリカに支配されている南朝鮮のあいだの重要極まりない緩衝地帯である。二つ、もし支援を拒否したら、ピョンヤン政府は崩壊するはずである。三つ、そうなれば、北朝鮮と南朝鮮の、いうところの〝再統一〟を要求する声が、すぐさま国際的に湧き起こるはずである。四つ、再統一は耳には心地いいが、西側資本主義に乗っ取られることに他ならない——東ドイツがどうなったかを思い出してみるといい！　五つ、そうなったら、中国は最終的にこの不倶《ふぐ》戴天《たいてん》の敵と国境で対峙《たいじ》することになる。六つ、これはアメリカの長期的な中国包囲計画の一部である。やつらの究極の目的は、中華人民共和国を崩壊させることにある。ロシアを崩壊させたようにして、だ。したがって、北朝鮮の支援要請を拒否すべきではない——これが私の結論である。ありがとう、部長」

フー・アイグオの顔にかすかだが当惑が浮かんだ。「双方の意見とも理に適っていると思うが」彼は言った。「見方としては正反対だな」

カイは言った。「部長、よろしいでしょうか。私はこのテーブルを囲んでおられる先輩諸氏のような経験も知恵もありませんが、つい一昨日、北朝鮮上層部にいる情報源と定期的な情報交換をしたばかりなのです」

「つづけてくれ」フー・アイグオが促した。

「北朝鮮は食糧も、生活必需品も、六週間分しかないのだそうです。それが尽きたら、大規模な飢餓と社会崩壊が起こり、数百万の人々が北朝鮮から徒歩で国境を越えてきて、われわれに慈悲を乞う危険があります。そのことを忘れないでいただきたいのです」

フアン将軍が言った。「それなら支援するべきだ！」

「しかし、その支援をしないことで、彼らの思い上がった振舞いを罰することにもなるのです」コンが反論した。「是非とも、そうすべきです。さもないと、まったく手に負えなくなりますよ！」

カイは言った。「私の提案は簡単なものです。とりあえず支援要請を拒否して、ピョンヤンを罰する。しかし、六週間が過ぎるぎりぎりのところで、体制崩壊阻止に間に合うよう支援を行なうというのはどうでしょう」

その提案を考慮する、一瞬の沈黙があった。

まずコンが口を開き、鷹揚《おうよう》なところを見せた。「私の提案より優れていると考えます」

「それがいいかもしれんな」ファン将軍が渋々同意した。「だが、日々、状況をしっかりと監視しなくてはならないぞ。もし危機が予想を超えるものだったら、援助を至急前倒ししなくてはならなくなるだろうからな」

フー・アイグオが言った。「そうだな、それは必須のことだ。ありがとう、将軍」

おれの計画は受け入れられそうだな、とカイは判断した。何しろ、正しい解決策なんだから。とりあえずはおれにとってもうまくいったということだ。

フー・アイグオがテーブルの面々を見て言った。「もし異論がなければ……？」

異議を唱える者はいなかった。

「では、カイの提案をこの会議の結論とし、チェン主席に伝えることとする」

12

タマラとタブは二人とも、しかし別々に、結婚式に招待されていた。二人の関係はいまも秘密だったから、別々の車で会場に着いた。アメリカ大使館広報部長のドリュー・サンドバーグとイギリスの伝道所のアネット・セシルの結婚式である。会場はアネットの親戚のイギリスのオイルマンの広壮な自宅で、招待客がいるのは窓の外の日除《ひよ》けが室内に陰を作り、エアコンがきいている広い部屋だった。

式は人間味を感じさせ、タマラは興味をそそられた。こういう結婚式は初めてだった。クレアという快活な中年女性が司会を務め、結婚の喜びとやり甲斐《がい》を短く話した。分別のある語り口だった。アネットとドリューが自分たちで書き上げた誓いにサインし、読み上げた。タマラが涙ぐむほど感動的な誓いだった。そのあと、ファレル・ウィリアムズの「ハッピー」を全員で歌った。タマラは思った――もう一度結婚するなら、こういう式がしたい。

四週間前なら、こういう思いは生まれなかっただろう。

タマラは部屋の向こうにいるタブをこっそりうかがった。彼はこういう式が好きだろうか? ああいう形の誓いに心を打たれただろうか? わからなかった。

オイルマンは式だけでなく披露宴《ひろうえん》にも自宅を提供していいと言ってくれたが、自分たちの友だちは賑やかなうえに何をしでかすかわからず、家を傷つけるかもしれないからと、アネットが申し出を辞退していた。式のあと、新郎新婦は結婚を正式に登録しに行き、招待客は今日のために貸し切りになっている地元の大きなレストランへ向かった。

そこはキリスト教徒であるチャド人が経営する北アフリカ料理が売りの店で、アルコールも問題なく提供していた。大食堂は香辛料の匂いが漂い、陰の多い中庭に噴水があった。ビュッフェに並んでいる料理は涎《よだれ》が出そうだった——黄金色に歯ごたえよく揚がったスウィートポテトにカットしたライムを添えて香りづけしたフリッター、チリ・ソースのきいた山羊のシチューのオクラ添え、アイーシャという雑穀を丸めて揚げたものと、それにつけて食べるピーナッツ・ソース、などなど。タマラが特に気に入ったのは、スライスした胡瓜とバナナに玄米を混ぜて、スパイシーな蜂蜜のドレッシングをかけたサラダだった。ワインはモロッコのもの、ビールは〈ガラ〉が並んでいた。

客の大半はンジャメナ外交界の若手で占められていた。タマラはしばらくニック・

コリンズワースの秘書のラヤンと話した。長身で上品なチャド人女性で、タマラと同じくパリで学んでいた。何となくお高くとまっているようなところがあったが、タマラは彼女が好きだった。話題は結婚式のことになったが、いい式だったということで意見が一致した。

その間《かん》も、タブに定期的に視線を送った。室内を歩き回っている彼を目で追うのは難しかったが、それでも見失うことはなかった。まだ言葉を交わしていなかった。ときどき視線が合い、そのたびに、うなずきもせずにすぐ目をそらした。触れることも話すこともできず、まるで宇宙服を着てそこにいるような気がした。

アネットとドリューが披露宴の装いで再登場した。二人とも、この世のものとも思えないほど幸せそうだった。タマラはそういう二人が羨ましく、目を離すことができなかった。

バンドが演奏を始め、披露宴はいよいよ盛り上がりを見せはじめた。タマラはタブと話すことをようやく自分に許し、それでも小声にとどめて言った。「まったく、いまだに仕事仲間止まりの振りをしなくちゃならないなんて、ほんとに嫌になるぐらい難しいわね」

タブはビールの瓶を手にして陽気に振る舞っているように見えたが、実はほとんど飲んでいなかった。「ぼくもだよ」

「わたしだけじゃなくて嬉しいわ」

タブが笑い、新郎新婦へ顎をしゃくった。「あの二人を見てみろよ。ドリューのやつ、アネットから一時《いっとき》たりと手を離さないじゃないか。まあ、気持ちはよくわかるけどね」

客の大半が音楽に合わせて踊っていた。「中庭へ出ましょうよ」タマラは誘った。

「人もそんなに多くないようだし」

二人は中庭へ出て噴水を眺めた。先客が六人ほどいて、タマラは彼らがいなくなってくれることを願った。

タブが言った。「もっと一緒にいる時間が必要だな。会っては別れ、会っては別れの繰り返しだ。もっと親密になりたいよ」

「もっと親密になる、ですって?」タマラはにやりと笑った。「あなた、まだわたしについて知らない部分があるの? 自分の身体と同じぐらいわたしの身体を知り尽くしてるくせに?」

「そういう意味じゃないよ」タブが言った。

褐色の目に見つめられて、タマラはいつものように身体の奥がわずかにざわついた。

「わかってるわ、ちょっとからかっただけよ」

しかし、タブは本気だった。「週末を全部使ってどこかへ行こう。だれにも邪魔されず、よそよそしい振りをしなくてすむところへ」

それもいいかもしれない、タマラはその気になりはじめたが、どうすればそんなことができるのかがわからなかった。「どういうこと？　休暇を取るとか、そういうこと？」

「そうだよ。もうすぐきみの誕生日だろう、知ってるんだ」

誕生日を教えた記憶はなかったが、彼なら突き止めるのは簡単なはずだった。何しろ、スパイなのだから。「日曜に」タマラは言った。「三十になるわ。大パーティをする予定はないけどね」

「きみをどこかへ連れていきたいんだ、誕生日のプレゼントとしてね」

タブへの想いがとたんに高まった。何てこと、わたし、この人がやっぱり好きなんだわ。だけど、問題がある。「凄くいい考えだけど」タマラは言った。「行けるところなんて、どこかあるの？　ここはホテルに偽名でチェックインできるリゾートじゃないのよ。首都のンジャメナはともかく、それ以外のところなら、この国のどこへ行ったって、わたしたちは初めて見るキリンのカップルと同じぐらい目立つわよ」

「マラケシュにいいホテルがあるんだ」

「モロッコ？　本気なの？」

「もちろん」

「ここからの直行便はないわよ。パリかカサブランカか、あるいはその両方を経由しなくちゃならないわ。週末のあいだにそれは無理よ」

「その問題を解決できたら？」

「それ以外にどういう方法があるの？　ジェット推進の駱駝でもいるの？」

「母が飛行機を持ってるんだ」

　タマラは噴き出した。「タブ！　わたし、いつになったらあなたに慣れることができるのかしら？　お母さまが飛行機を持っていらっしゃるですって？　わたしの母はファーストクラスにも乗ったことがないのよ」

　タブが哀しそうな笑みを浮かべた。「信じてもらうのは難しいだろうとわかっているんだが、きみのお父さんとお母さんのことを考えると怖気《おじけ》づいてしまうんだよ」

「そうなの？　でも、それを信じるのは難しいわね」

「ぼくの父はセールスマンで、事実、腕もいいんだけど、知的ではない。きみのお父さんは大学教授で、歴史に関する著作もある。ぼくの母は金持ちの女性が馬鹿馬鹿しいほどの大金を出しても欲しがる時計やハンドバッグを作る才能がある。きみのお母さんは高校の校長で、数百人、あるいは数千人の若者を教育する責任を負っている。きみのご両親は金儲けのことなど考えておられない。でも、それはある意味で、金儲けより凄いことだ。たぶん、ぼくは金持ちの甘やかされたガキだと見なされるんじゃないだろうか」

この短い演説のなかに二つのことがあるのをタマラは見抜いていた。一つは、彼が自分を恥じているということで、それは彼のような出自家柄の男性には珍しいことだった。もう一つは、そっちのほうが重要なのだが、彼がタマラの両親と会うつもりでいるのではないかということだった。だとすれば、彼は将来の展望を持っていて、そのなかにタマラも入っていることを意味していた。

タマラはそのどちらについても何も言わず、こう訊くにとどめた。「ほんとにそんなことができるの？」

「飛行機が空いてるかどうかを確かめる必要はあるけどね」

「ロマンティックだわ。いまここでセックスできないのが残念なぐらいよ」

タブが片眉を上げた。「できない理由は見つからないけどな」

「噴水のなかでやる？」

「それもいいかもしれないけど、今日は新郎新婦が主役なんだから、その座を奪ったら礼を失したことになるだろう」

「まったく、どこまで保守的なら気がすむの？　わかった、それならあなたのアパートへ行きましょうよ」

「ぼくが先に出よう。新郎新婦にもだれにも何も言わずにこっそり失礼するから、きみはドリューとアネットにきちんと挨拶して、数分遅れで出てくればいい」

「わかった」

「そうすれば、ぼくのアパートをそれなりにきれいに片づける余裕もできるからね。食洗機を使い、靴下を洗濯籠に放り込んで、ごみを出しておくよ」

「そこまでするの？　わたしのためだけに？」

「裸になってベッドできみの到着を待つこともできるけど？」

「そっちのほうがいいわ」

「何て女だ」タブが言った。「了解した」


翌朝、大使館構内の自分のアパートで目覚めたとき、タマラは何かが変わったことを自覚した。タブとの関係が一段進んでいた。彼はもうただの男友だちではなく、愛人以上の存在になっていた。カップル、噂の二人、これからは出かけるときも一緒。そう仕向けたのはタマラではなかった。すべて、タブの考えだった。

タマラはしばらくベッドに横になったまま、ぞくぞくするような興奮を愉しんだ。

起き上がると、留守番電話にメッセージが残されていることに気がついた。

〝あなたのお祖母《ばあ》さんのために、バナナを十四本買ってください。ありがとう――ハロウン〟

縮みつつある湖の岸の半ば見捨てられた村と、強い印象を放つ黒い肌のアラブ人がニュージャージー訛りの英語で言った言葉が、いきなりよみがえった。「メッセージは数字で伝えられる。たとえば、八キロメートルとか十五ドルといったようにだ。そして、その数字が会いたい時間を意味している。二十四時間表示だから、十五ドルは十五時、すなわち、午後三時だ。最初の待ち合わせ場所は大市場《ル・グラン・マルシェ》だ」

タマラは興奮したが、あまり期待しすぎるなと自分を戒めた。アブドゥルはハロウンのことを詳しく知っていたわけではない。ハロウンは秘密情報に接することができるかもしれないが、できないかもしれない。金欲しさに接触してきたいかさまな男だという可能性だってある。楽観は禁物だ。

シャワーを浴びて着替えをし、深皿に盛ったブラン・フレークを食べたあと、アブドゥルが目印として渡してくれたスカーフを首に巻いた。オレンジの水玉模様の、特徴的な模様のブルーのスカーフだった。そして、砂漠の朝の穏やかな空気のなかへ出ていった。埃が舞い、鬱陶《うっとう》しい暑さがやってくる前の、チャドでお気に入りの時間だった。

デクスターはオフィスのデスクでコーヒーを飲んでいた。今日は青と白のストライプのシアサッカーのスーツだった。色鮮やかなアラブのローブと垢抜けしたフランスのファッションのこの国で、彼はアメリカで仕立てたありきたりのスーツに固執していた。壁には大学時代に所属していた野球チームの一員だった彼が、誇らしげにトロフィーを掲げている写真が飾られていた。

「今日の午後、ル・グラン・マルシェで情報提供者と会います」タマラは報告した。

「情報提供者というのはだれだ？」

「アブドゥルによれば、テロに幻滅した元テロリストです。ハロウンと自称していて、クーセリの川の対岸に住んでいます」

「信頼できるのか？」

「それはだれにもわかりません」デクスターの期待を何とかすることが重要だった。充分な見込みのない約束は許してくれないことが多かった。「それをこれから確かめようと思っています」

「不首尾に終わる可能性がありそうだな」

「そうですね」

「ル・グラン・マルシェは広大だぞ。どうやってお互いを確認するんだ？」

タマラはスカーフに触れた。「これです」

デクスターが肩をすくめた。「まあ、いいだろう。やってみろ」

タマラは退出しようとした。

デクスターが言った。「いま、カリムのことを考えていたんだ」

タマラは振り返った。今度は何？

デクスターが言った。「彼は将軍の大演説の原稿を見せるときみに約束したんだったな」

「カリムは何も約束していません」タマラはきっぱりと答えた。「何ができるかやってみると言ってくれただけです」

「何であれ――」

「そのことについてはあまりしつこく言いたくないんです。演説原稿を見ることがわれわれにとって重要だと知られたら、何もしないままにしておくほうがいいと考えはじめるかもしれませんから」

デクスターが苛立った。「情報提供をしてくれないのなら、役立たずということだろう」

「今度会ったときに、さりげなく訊くことはできると思います」

デクスターが眉をひそめた。「彼は大物だぞ」

話をどこへ向かわせようとしているんだろう、とタマラは訝った。「もちろん、大物です。だから、彼の信頼を勝ち得ているのが嬉しいんです」

「きみはＣＩＡに入って何年になる？　五年か？」

「はい」

「これが最初の海外赴任だな」

何を言おうとしているのかわかってきて、怒りが頭をもたげた。「勿体《もったい》なんかつけないで、デクスター」相応の礼儀などかまっていられなかった。「はっきり言ったらどうなんです」

「きみはまだ新参というべき立場で、この世界のこともよくわかっていない」タマラの口調がデクスターの言葉を荒くさせた。「カリムのようなハイ・レヴェルな情報に接することのできる、重要な情報源の相手をするには経験が不足している」

このくそったれ、タマラは内心で吐き捨てた。「経験が不足していないからこそ、彼を引き寄せることができたんじゃないですか」

「それとこれとは話が別だ、当たり前だろう」

上司と争うべきでないことぐらいわかってるでしょう、タマラは自分を戒めた。上司と口論して勝ち目はないんだから。「それで、わたしの代わりにだれを考えているんですか？」

「私自身が対応しようかと思っている」

なるほど、そういうことなのね。わたしの仕事を横取りして自分の手柄にするわけだ。博士課程の学生の発見を基に論文を発表する教授みたいに。なんて古典的なやり方をするのかしら。

デクスターが言った。「彼への連絡方法は、電話番号などを含めて、すべてきみの報告書に書いてあるな」

「必要なものはすべてコンピューターのファイルにあります」ただし、いくつかの細かい部分は除いてね。例えば、カリムの奥さんの携帯電話の番号がそうだけど、カリムはだれにも接触されたくないときはその電話を持ち歩いているのよ。でも、デクスター、あなたはその電話にはかけられない。いい気味だわ。

「よし」デクスターが言った。「とりあえず、用はすんだ」

面会は終わり、タマラはオフィスをあとにして自分のデスクに戻った。

午前の遅い時間になって、電話にメッセージが届いた。

〝マラケシュ特急は明早朝出発し、月曜の仕事に間に合う時間に帰る。いいね？〟

明日は土曜だから、あるのは四十八時間だ。タマラは返信した。

〝もちろんよ、可愛い小さなお尻さん〟

カリムにもう一度会っておくことにした。デクスターの考えを伝えておくのが礼儀に適っているし、そういう知らせは直接伝えるべきだと思われた。もちろん耳に心地いい話に改変し、別の部署へ異動になることにした。

時計を見ると、正午が近くなっていた。この時間なら、カリムはラミー・ホテルのインターナショナル・バーにいることが多かった。一緒に一杯飲む時間はあった。ホテルからル・グラン・マルシェへ直行すれば、二時までには着ける。

タマラは車を呼んだ。

自分で運転するのは極力避けるよう言われていた。ンジャメナの広い大通りは二輪や三輪の大小の乗り物が溢れていた。バイク、スクーター、モペット、ときどきそこに旧式のパリジャン・ヴェロ・ソレックス——前輪の上に小型のアコーディオンほどの大きさの五十CCエンジンを取り付けた自転車——が混じっていた。ワシントンDCにいるときのタマラは、サドルが低くてハンドルの位置が高い、V-ツイン・エンジンを搭載したファットボーイを乗り回していた。だが、それはチャドでは派手過ぎた。〝目立つな〟が外交や情報の仕事の基本ルールであり、ここへ配属になったときに手放してしまった。いつか取り戻す日がくるかもしれないが。

途中、小さなコンヴィニエンス・ストアの前で車を止めてもらい、朝食用のシリアルを一箱、ミネラル・ウォーターを一本、チューブ入りの歯磨きを一本、ティッシュペーパーを一箱買い、レジ袋に入れてもらった。それをトランクに入れておいてくれるよう、そして、戻ってくるまで待っていてくれるよう運転手に頼んで、ラミー・ホテルへ向かった。

ホテルのロビーは混雑していた。ここでの昼食や、ほかのレストランでのデートのために待ち合わせているのだった。シカゴかパリにいるみたいで、この中央区域はアフリカの国際的な都市の典型だった。旅の多い人間というのは、自分の周りの環境や雰囲気がなるべく同じようであるのを好むのかもしれなかった。

インターナショナル・バーは昼食前に一杯やる時間だった。混んでいたが、夕刻のカクテル・アワーより静かでビジネスライクに感じられた。客の大半はヨーロッパ風の服装で、伝統的なローブの者も何人かいた。圧倒的に男性が多かったが、私服姿のマーカス大佐がいた。しかし、カリムの姿はなかった。

だが、タブがいた。

窓際の席で視線を外へ送っている横顔が見えた。肩にパッドの入っていないダークブルーの上衣にライトブルーのシャツ、彼のお気に入りの服装だった。思いがけないところで思いがけない人物を見たことに驚き、嬉しくて笑みが弾けた。彼のほうへ一歩踏み出した瞬間、足が止まった。彼は独りではなかった。

一緒にいる女性はタブと同じぐらい背が高く、ほっそりしていた。四十代半ばぐらいか、だとすれば、タブより十歳年上ということになる。ショルダーレングスのブロンドの髪は縦縞模様に染められて、上品にカットされていた。上手に薄化粧していて、シンプルなリネンのシフト・ドレスは夏を思わせるミッドブルーだった。

二人は方形のテーブルに仕事の話をしているときのように向かい合ってではなく、隣り合って坐っていて、仲がいいことを示唆していた。テーブルには飲み物が二つあり、タブのグラスの中身は一日のいまの時間なら〈ペリエ〉とライムのスライスだろうと思われた。女性の前にあるのはマティーニのグラスだった。

彼女はタブのほうへ身を乗り出し、目を覗き込んで、声は小さいけれども熱心に話していた。タブはほとんどしゃべらずに聞き役に徹し、言葉を発するとしても一言か二言だったが、様子からして当惑しているようでも拒絶しているようでもなかった。会話をリードしているのは彼女だが、彼も望んでそれに参加しているようだった。彼女がテーブルの上のタブの右手に左手を重ねた。タマラはそのとき、薬指に結婚指輪があることに気がついた。タブはしばらく手をそのままにしていたが、ついにグラスに伸ばして、彼女の手を逃れた。

彼女が束の間タブから目を離し、そこにいるほかの客を見渡した。特にだれかを探しているふうではなく、タマラを通り過ぎたときも、とどまるでもなく、何らかの反応を示すわけでもなかった。お互いに会ったことがなかった。その目がタブに戻った。彼以外、眼中になかった。

タマラは不意に自分を意識した。盗み見しているのに気づかれたら、恥ずかしい思いをすることになる。踵を返してバーを出た。

ロビーで足を止めて考えた。なぜわたしが当惑するの？　恥じ入るような何をしたというの？

タマラはカウチに腰を下ろし、態勢を立て直そうとした。そこには十人かそこらの客がいて、同僚がやってくるのを、部屋の準備ができるのを、質問したことの答えをコンシェルジェが持ってきてくれるのを待っていた。タブがだれかと一杯やる理由はいくらだってある。彼女は友人かもしれないし、連絡員かもしれないし、DGSEの同僚かもしれないし、セールスマンかもしれない。どんな可能性だってある。

でも、彼女は落ち着き払っていた。いい服装で、美人で、独りだった。テーブルの上でタブの手に自分の手を重ねることさえした。

だけど、じゃれてはいなかった。タマラは眉をひそめた。どうしてそうとわかるの？ 答えはすぐに出た。じゃれるにはお互いを知り過ぎているからだ。

彼女はタブの親戚かもしれない。母親の末の妹、叔母かもしれない。でも、叔母が甥《おい》と飲むのにあんなに服装に気を遣うことはないはずだ。もう一度思い出してみた――ダイヤモンドのピアス、趣味のいいシルクのスカーフ、片方の手首に二重か三重の金のブレスレット、そして、ハイヒール。

だれなんだろう？

バーへ戻ろうか。二人のテーブルへ行って、こう言おうか。「あら、タブ。カリム・アジズを探しているんだけど、見なかった？」そうしたら、タブも彼女を紹介してくれるのではないだろうか。

でも、そのやり方には懸念すべきところがある。タブがためらい、女性のほうは邪魔が入ったことを恨みに思う可能性がある。そうなったら、わたしは歓迎されざる侵入者だ。

かまうもんですか、とタマラはバーへ引き返した。

入ったとたんにスーザン・マーカス大佐と出くわした。帰ろうとしているところだったが、足を止め、タマラの両頰にフランス式のキスをした。いつものきびきびした態度ではなく、優しさと、ほとんど愛情に近いものが感じられた。お互いに命がけの撃ち合いを潜り抜けて生き延びていて、それによって絆《きずな》が生まれていた。スーザンが訊いた。「どう、大丈夫？」

「ええ、元気です」スーザンにぶっきらぼうな態度はとりたくなかったが、どうしても頭から離れてくれない問題があった。

スーザンがつづけた。「わたしたちのあの……冒険から二週間が経ったわけだけど、心理的に影響することがときどきあるのよ」

「わたしなら本当に大丈夫です」

「ああいうことがあったあとは、カウンセラーに相談すべきなの。それが普通よ」

タマラは敢えて耳を傾けた。これはスーザンの老婆心《ろうばしん》だった。トラウマのカウンセリングなど、自分では思いつきもしなかった。スーザンが言った〝ああいうこと〟とは、人を殺したことを意味していた。助けを求めるべきだと言ってくれたCIA支局員はいなかった。「そこまではしなくても大丈夫です」タマラは言った。

スーザンがタマラの腕に軽く触れた。「それは最善の判断じゃないかもしれないわよ。とにかく、一度カウンセリングを受けなさい」

タマラはうなずいた。「ありがとうございます。そうすることにします」

「どういたしまして」

タマラは出ていこうとするスーザンを引き止めた。「ところで……」

「何?」

「あの窓際のテーブルでタブダル・サドウルと話している女性ですけど、ご存じですか? 彼女もDGSEなんでしょうか?」

スーザンがその女性に目を留めて微笑した。「いいえ、あれはレオニー・ラネット、フランスの石油会社〈トタル〉の大物よ」

「そうですか。それなら、たぶん彼のお父さまの友だちなんでしょうね。お父さまは〈トタル〉の重役ですから……わたしの記憶が正しければ、ですけど」

「そうかもしれないわね」スーザンがいたずらっぽい顔になった。「でも、どっちにしても、彼女はクーガー女よ」

タマラはぞくりとした。クーガー女とは若い男に目のない熟女のことだった。「彼をものにしようとしているとか?」

「あら、そんな時期はとっくに過ぎてるわ。何か月も付き合っていて、もう終わったとわたしは思っていたんだけど、そうじゃなかったみたいね」

タマラはパンチを食らったような気がした。泣くんじゃないわよと自分に言い聞かせて、急いで話題を変えた。「カリム・アジズを探しているんですけど、ここにはいないみたいですね」

「少なくともわたしは見ていないわね」

二人は一緒にホテルを出た。スーザンは軍の車に乗り込み、タマラは乗ってきた車の運転手を見つけて言った。「ル・グラン・マルシェへ行ってちょうだい。でも、三ブロック手前で降りるから、そこで待っていてもらえるかしら」

タマラはタクシーの後部席に沈み、泣くのをこらえようとした。タブのやつ、よくもこんなことができるわね。ずっと彼女とわたしと二股をかけていたの? 信じ難いことだけれど、あの様子を見ると親密であるのは間違いない。彼女はタブの手に自分の手を重ね、タブはその手を押し戻そうともしなかった。

マーケットは長大なシャルル・ド・ゴール通りの西の端、大使館の大半が集まっている地区にあった。運転手がタクシーを止め、タマラはオレンジの水玉模様の青いスカーフを頭に巻いた。車を降り、買ったもので膨れたスーパーマーケットのレジ袋をトランクから出した。これで、買い物をしている普通の主婦に見えるはずだった。

本来なら楽観と期待に満ちて勢い込んでいるはずだった。ハロウンに会い、話を聞く。その話は軍の役に立つ重要な情報に違いない、と。しかし、いま頭にはタブとあの女のことしかなかった。顔を寄せ、テーブルの上で手を重ね、声をひそめて、いかにも親密そうに話していた。

わたしが疑っているような関係ではないと証明されないとも限らない、とタマラは自分を納得させようとしつづけた。だが、いまやタブとは一度ならず枕《まくら》を共にし、お互いについての多くを知ってしまっていた。タブの両親が飼っているグレートデンの名前までわかっていた。〝怠け者《フラヌール》〟。けれども、レオニーという名前は聞いたことがない。

「本物だと思ったのに」タマラは通りを歩きながら、悲しく独りごちた。「愛だと思ったのに」

市場に着き、目の前の任務に無理やり集中した。普通のスーパーマーケットが一軒と、百軒を下らない露店が並んでいた。そのあいだの通路は明るい色の服装のチャド人で混み合い、そのなかに、野球帽に歩きやすいウォーキング・シューズという格好の観光客が散見された。商品を盆に載せたり、手に持ったりした露天商が群衆に声をかけ、見込みがありそうだと睨むとしつこくつきまとい、タマラはアブドゥルが〈クレオパトラ〉を売っているのではないかと半ば期待した。

このどこかに、テロ・グループを裏切ろうとしている男がいるはずだった。タマラのほうから彼を見つけることはできなかった。何しろ、顔つきも身体つきも知らないのだから。向こうが接触してくるのを油断なく待つしかなかった。

採れたての果物や野菜が並ぶさまは壮観だった。中古の電気機器は大きな商売になっているらしかった。ケーブル、プラグ、コネクター、スイッチ。思わず頬が緩んだのは、ヨーロッパのサッカー・チームのレプリカ・ユニフォームが並ぶ露店を見たときだった。マンチェスター・ユナイテッド、ACミラン、バイエルン・ミュンヘン、レアル・マドリード、オリンピク・ド・マルセイユ。

明るい色のプリントの布地を持った男がタマラの前に現われ、彼女の顔の前に掲げて英語で言った。「あんたにぴったりだ」

「いえ、結構よ」タマラは断わった。

言葉がアラビア語に切り替わった。「ハロウンです」

タマラは目を凝らして男を値踏みした。細面のアラブ人で、頭を包んでいるスカーフの下の黒い目がまっすぐに彼女を見つめていた。鬚も髭も薄いところを見ると、二十歳ぐらいだろうか。着ているのはゆったりとした裾の長い民族衣装だが、その下にあるのはがっちりと引き締まった身体だった。

タマラは親指と人差し指で布地を擦《こす》って質を確かめる振りをしながら、ささやくようなアラビア語で訊いた。「どんな情報？」

「独りですか？」

「もちろん」

ハロウンが布地をもう少しほどいて、プリント柄がもっと広範囲に見えるようにした。鮮やかなレモンとフクシアの柄が現われた。「ＩＳＧＳはングエリ・ブリッジのことをとても喜んでいます」彼は言った。

「喜んでいる？」タマラは驚いた。「彼らは負けたのよ？」

「二人が死にました。ですが、死者は楽園へ行くんです。それに、アメリカ人を一人殺しています」

奇妙だが、よく知られている敵の論理だった。アメリカ人を殺したことは勝利と見なされ、自分たちの死は殉教と見なされる。いいことばかりというわけだ。その理屈については、タマラももちろん知っていた。「あのあと、どうなったの？」

「ある男がわれわれを祝福しにきました。たくさんの国の闘争の英雄だということでした。五日滞在して、帰っていきました」

タマラは話しながらも布地を検めつづけ、生地の品質の話をしているように見せかけた。「その男の名前は？」

「〝アフガン〟と呼ばれていました」

タマラの緊張はいきなり最高潮に達した。北アフリカにアフガン人はたくさんいるかもしれないが、CIAが関心を持っている〝アフガン〟は一人しかいない。「人相風体《ふうてい》を教えて」

「長身で、黒い髪に白いものが増えていて、鬚は黒かったですね」

「何かもっと特徴的なところはない？　例えば、はっきりした傷痕《きずあと》があるとか？」ハロウンを誘導したくはなかったが、どうしても聞いておく必要のある、決定的に重要な特徴があった。

「親指が」ハロウンが言った。「吹き飛ばされてなくなっていました。アメリカの銃弾だということでした」

アル・ファラビだ――タマラの興奮が募った。ISGSの指導者、最重要指名手配犯だ。タマラは反射的にコットンの布地から目を離して南を見た。露店と買い物客しか見えなかったが、その方向、わずか一マイルかそこら行くとカメルーンで、近くのグランド・モスクの光塔《ミナレット》に立てば見えるはずだった。アル・ファラビはすぐそこにいたのだ。

「それから」ハロウンが言った。「心の部分というか……そこにもう一つ特徴があるかもしれません」

「それは何？」

「彼は憎悪に燃えているんです。殺したがっているし、殺すことを心底願っています。そして、殺しを繰り返したがっています。アルコールやコカイン、あるいはセックスや博打の依存者に似ているかもしれません。彼が依存しているのは殺しです。決して満足することのない飢えを抱えているんです。だれかが彼を殺すまで、それが変わることはないでしょう。神よ、早くその日を到来させたまえ」

タマラはしばらく言葉を失った。ハロウンの話に、その強烈さに、度肝を抜かれていた。ようやく呪縛《じゅばく》が解けて、彼女は言った。「その五日のあいだに、彼は何をしたの？　あなたたちのグループに祝意を表わす以外に？」

「われわれに特別な訓練を施していました。町の外、ときには何マイルも離れたところに集められ、そのあと、彼が自分の仲間と一緒にやってくるんです」

「そこで何を学んだの？」

「路肩や側溝に仕掛ける爆弾や自爆用の爆弾の造り方、電話についてのすべて、暗号メッセージについてのすべて、セキュリティについてのすべて、近隣の電話を全部無力化する方法です」

そんなこと、わたしだって知らないわ。「帰るとき、どこへ行くか言ってた？」タマラは訊いた。

「いや」

「何かほのめかさなかった?」

「どこへ行くつもりなのか、われわれのリーダーが直接訊いたんですが、こう答えただけでした——『神が導いてくださるところだ』」

〝教えるつもりはない〟という意味ね、とタマラは考えた。

ハロウンが訊いた。「あの煙草売りはどうしていますか?」

これは純粋に友好的な質問なのか、それとも、情報を得ようとする企てだろうか? タマラは言った。「この前聞いたところでは、元気だそうよ」

「長い旅に出ると言っていましたが」

「何日も連絡が取れないことがよくあるわ」

「彼が大丈夫ならいいんだけどな」ハロウンが神経質に周囲に目を配った。「この布地を買ってもらわないと困ります」

「わかった」タマラはポケットから何枚か紙幣を出した。

ハロウンは頭がよくて誠実そうだった。その判定は推測でしかなかったが、少なくとももう一度会う価値はある、と本能が教えていた。「次はどこで会うの?」タマラは訊いた。

「国立博物館」

そこなら行ったことがあった。規模は小さいが、面白いところだった。「わかった」タマラは紙幣を渡した。

ハロウンが付け加えた。「有名な頭蓋骨《ずがいこつ》の隣りです」

「それなら知ってるわ」その博物館の展示物の売り物は、七百万年前の、人類の祖先の可能性があるとされている類人猿の部分的な頭蓋骨だった。

ハロウンが布地を畳んでタマラに渡した。タマラはそれをスーパーマーケットのレジ袋に入れた。ハロウンは踵を返して人混みに紛れ込んでいった。

タマラは待たせてあった車で大使館へ引き返し、自分のデスクに戻った。タブのことはすべて頭から閉め出し、ハロウンと会ったことに関する報告書を書かなくてはならなかった。

報告書は控えめにして、これが最初のハロウンとの接触であること、CIAには彼が信頼できるかどうかを示す記録がないことを強調した。しかし、アル・ファラビに関するわずかな記述は電撃的なニュースとなって、すぐさま北アフリカと中東の全CIA支局に中継されるはずだった。そのメッセージの末尾にデクスターのサインがあるであろうことは疑いの余地がなかった。

報告書が完成するころには、CIAのスタッフも家路につきはじめていた。タマラもアパートに帰った。レオニー・ラネットを頭から追い出さなくてはならないような問題はもうなかった。

携帯電話にタブからのメッセージが届いていた。

〝今夜、会えないかな。明日の出発は朝が早いし〟

どうするか、決めなくてはならなかった。わたしを騙している疑いのある男と一緒に休暇をつづけることは、それが短いものであってもできるはずがない。レオニーのことをはっきりさせなくてはならない。何をためらっているの？　恐れることは何もないんじゃないの？

恐れることはあるに決まっていた。拒絶されるのが、屈辱を味わわされるのが、間違った愚かな判断をしたという後悔に苛《さいな》まれるのが、ぞっとするほど怖かった。

でも、すべては何かの誤解だったということもあるのではないか。可能性は低いと思われるけれども、訊いてみないわけにはいかない。

タマラはメールを送った。

〝いま、どこ？〟

すぐに返信があった。

〝自宅で荷造りしてる〟

タマラは返信に返信した。

〝いまから行く〟

この結果、行かなくてはならなくなった。

タマラは自分でもわかるほど震えながら階段を上がり、タブのアパートのドアをノックした。一瞬、皺ひとつない部屋着兼パジャマ姿のレオニーがドアを開けるのではないかという、悪夢のような想像が頭をよぎった。

だが、ドアを開けたのはタブだった。騙されていたという嫌悪を感じているにもかかわらず、白のTシャツに色の褪せたジーンズ、裸足の彼はとても魅惑的だった。

「マイ・ダーリン！」タブが言った。「さあ、入って――そろそろ合鍵を渡してもいいころだな。でも、荷物はどうした？」

「荷造りはしてないわ」タマラは部屋へ入りながら言った。「だって、行かないことにしたんだもの」

タブが青くなった。「一体どうしたんだ？」

「坐ってよ、話があるわ」

「いいけど、その前に水かコーヒーかワインでもどう？」

「いらない」

タブが向かいに腰を下ろした。「何があったんだ？」

「今日、お昼ごろにインターナショナル・バーを覗いたの」

「ぼくもあそこにいたんだよ！　でも、きみは見なかったな――そうか、レオニーと一緒のところを見たのか」

「彼女は美人で、独りで、あなたはとても親密そうだった。男女があんなふうに一緒にいたら、どんな関係か、わたしだってだれだってわかるわよ。彼女ったら、ちょっとのあいだだけど、あなたの手に自分の手を重ねたじゃない」

タブが何も言わずにうなずいた。だったら、わたしと付き合うのをやめると、いつ腹立ちまぎれに切り出されても不思議はないわね、とタマラは覚悟した。

だが、そうはならなかった。

タマラは言い募った。「たまたま彼女がだれか知っている人がそこにいて、あなたと彼女が何か月も親密な関係をつづけていると教えてくれたの」

タブが深いため息をついた。「ぼくが悪かった。彼女のことをきみに教えておくべきだった」

「何を教えておくべきだったの、はっきり言ってちょうだい」

「確かにレオニーとは六か月、親密な関係にあった。それを恥じるつもりはない。彼女は聡明で魅力的で、ぼくはいまも彼女を好ましく思っている。だけど、彼女との関係はぼくと君がチャド湖へ行ったひと月前に終わってるんだ」

「丸々ひと月じゃないの！　どういうことよ。何があなたをそんなに長く待たせたのかしら？」

タブがゆがんだ笑みを浮かべた。「まあ、嫌味の一つも言う資格がきみにはあるからな。ぼくはきみに嘘をついたこともないし、きみを騙したこともない。だけど、すべてを教えなかったから、それをもって騙したことになると言うんだろ？ 実は、あんなにすぐにきみに恋をして、あんなにすぐに本気になったことに当惑しているんだよ。いまもまだ当惑している。だって、まるでカサノバみたいじゃないか。本当のぼくはそうじゃないのに。実際、シーズンの終わりにゴールの数を自慢するサッカー選手のように、釣り上げた女性の数を自慢する男をぼくは軽蔑している。それでも、きみには本当のことを教えるべきだった」

「どっちが関係を終わらせたの？ あなた、それとも、彼女？」

「ぼくだ」

「なぜ？ あなたは彼女を好きだったし、いまも好きなんでしょ？」

「彼女が嘘をついたんだ。それがわかって、裏切られたと感じた」

「どんな嘘？」

「独身だと言っていたけど、実はそうじゃなかった。パリに夫がいて、寄宿学校に行っている息子も二人いた。ぼくと同じ、〈エルミタージュ・インターナシオナル〉だ。夏には彼らと一緒に過ごすために自宅へ帰るんだ」

「それで破局に至ったわけね——彼女が結婚していたから」

「亭主持ちの女と寝るのは気が進まなくてね。そういうことをするほかの男を非難はしないが、ぼくには向いてない。恥ずべき秘密を持ちたくないんだ」

初めて自分の過去を話したとき、本当にジョナサンと離婚していることをタブが何としてもはっきりさせようとしたことを、タマラは思い出した。

いまのタブの話がよく作られた嘘であるなら、実に見事な出来栄えだった。

タマラは言った。「あなたと彼女の関係はひと月前に終わったんでしょう。今日、手を握り合っていたのはなぜ？」その言葉が口から出たとたんに後悔した。反則攻撃だった。実際には手を握り合っていたわけではないのだから。

しかし、タブは逃げを打って言い逃れようとするほど未熟ではなかった。「レオニーが会いたいと言ってきたんだ。話がしたいってね」彼は肩をすくめた。「断わっては可哀そうだと思ったんだよ」

「どんな話だったの？」

「よりを戻したいと言ってきた。もちろん、拒否したよ。だけど、あんまり素っ気なくあしらいたくなかったんだ」

「わたしが見たのはその現場ということね。あなた、素っ気ないどころか、とても優しくしていたじゃない」

「白状すると、それを後悔はしていないけど、きみに前もって話しておかなかったことは、これ以上ないぐらい後悔しているよ。もう手遅れだろうけどね」

「彼女、あなたを愛してると言ったの？」

タブがためらったあとで言った。「何を訊かれても正直に教えるつもりだけど、本当にその質問の答えを聞きたいのかな？」

「まったく」タマラは言った。「まるで後光が射していないのが不思議なぐらい礼儀正しいのね」

タブが小さく笑った。「きみはぼくと別れようとしているときでさえ笑わせてくれるんだな」

「わたし、あなたと別れようとしてなんかないわよ」タマラは熱い涙が頬を伝うのがわかった。「こんなに愛してるのに、別れたりできるもんですか」

タブがタマラの両手を取った。「まだ推測もできていないかもしれないから言うけど、ぼくもきみを愛しているよ。実際……」そして、間を置いた。「いいかい、きみにもぼくにも、かつては愛した人がいた。でも、こんなふうな気持ちになった相手は一人もいなかったことはわかってもらいたい。これまでも、これからも、絶対にいないことを」

「こっちへきて、抱擁《ハグ》してくれる？」

タブは頼まれたとおりのことを、もっと力を込めてした。

タマラは言った。「二度とこんなふうにわたしを怖がらせないでね、わかった?」

「神に誓うよ」

「ありがとう」

13

アメリカ大統領に土曜休みはなかったが、それでも、平日とは違っていた。ホワイトハウスはいつもより静かで、電話もそんなに頻繁には鳴らなかった。世界情勢に関する国務省の長大な報告書、財務省からの税関係の数字が膨大に並んだ報告書、国防総省からの数十億ドルを必要とする武器システムの技術的仕様書といった、時間と集中力が要求される書類を処理するチャンスで、それはポーリーンにとって歓迎すべきことだった。土曜の午後の遅い時間は〈条約調印の間《トリーティ・ルーム》〉で仕事をすることを好んだ。オーヴァル・オフィスよりはるかに古い、レジデンスの隣りの上品で伝統的な空間である。ポーリーンは十八代大統領ユリシーズ・グラントのトリーティ・テーブルに向かっていた。背後で背の高いグランドファーザー・クロックが音高く時を刻み、したいことをすべてやるための時間は多くないことを前の大統領の霊が思い出させてくれているかのようだった。

しかし、一人の時間は長くつづかなかった。今日、ポーリーンの平和はジャクリーン・ブロディ首席補佐官に破られた。ジャクリーンはよく笑い、緊張とは無縁に見えたが、芯《しん》は鋼のようだった。筋肉質で引き締まった身体を維持していて、それは厳密に計算した食事と定期的な厳しい運動の組み合わせの賜物《たまもの》でしかなかった。離婚していて、子供たちはすでに成人し、ロマンティックな人生ではないように見えたが、実際、ホワイトハウスのなかにしか彼女の人生はないと言っても過言ではなかった。

腰を下ろしたとたんにジャクリーンが口を開いた。「今朝、ベン・ライリーが会いにきたわ」

ベン・ライリーはシークレットサーヴィスの長官で、そこは危険が及ぶ可能性があると考えられる大統領や政府高官の警護を担当する部局だった。ポーリーンは訊いた。

「何の用だったの?」

「副大統領警護担当から、問題があると報告が上がっているとのことだった」

ポーリーンは読書眼鏡を外すと年代物の机に置き、ため息をついた。「つづけてちょうだい」

「ミルトが女性と関係を持っているようなの」

ポーリーンは肩をすくめた。それがどうだっていうの? 「彼は独身でしょう、別に問題はないと思うけど? 相手はだれなの?」

「そこが問題なのよ。リタ・クロスという名前なんだけど、まだ十六なの」

「それは駄目よ」

「そのとおりよ」

「ミルトはいくつだったかしら？」

「六十二よ」

「まったく、どうしてそんな無分別なことを」

「ワシントンＤＣの承諾年齢は十六なの。だから、ミルトは少なくとも犯罪を犯しているわけではないわね」

「だけど、それでも……」

「わかってる」

ポーリーンは太ったミルトがほっそりしたティーンエージャーにのしかかっているところを思わず想像して不快になり、首を振ってそれを追い払った。「違うわよね……まさか、ミルトはお金で彼女を買ってはいないわよね？」

「まあ、実際にお金を渡してはいないわね」

「それはどういう意味？」

「物を贈っているのよ」

「たとえば？」

「一万ドルの自転車を買ってやっているわ」

「なんてこと、それはまずいわよ。ろくでなしの〈ニューヨーク・メイル〉の一面が目に見えるようだわ。彼女との関係を終わらせるよう、ミルトを説得できないかしら?」

「たぶん、無理でしょうね。ミルト担当の護衛によれば、完全に目が眩《くら》んでいるそうよ。だけど、説得できたとしても、無駄なんじゃないかしら。どのみち、彼女がミルトとのことを新聞に売るでしょうからね」

「それじゃ、程度はともかく、スキャンダルは避けられないわけね」

「しかも、来年早々にそうなる可能性があるわ。予備選が始まっているころにね」

「だったら、その前に何とかしなくちゃ駄目ね」

「そうね」

「ミルトを解任するしかないかしら」

「できるだけ早くにね」

ポーリーンは読書眼鏡を掛け直した。話は終わりという合図だった。「ミルトを見つけて、ここへこさせてちょうだい、ジャクリーン……」そして、振り返ってグランドファーザー・クロックを見た。「明日の朝一番に……」

「わかった」ジャクリーンが腰を上げた。

「それから、サンディップにもこのことを伝えておいてちょうだい。記者会見を開かなくちゃならないでしょうからね。ミルトは一身上の理由で辞任することにしましょう」

「アメリカ国民と大統領への多年の奉仕に、あなたの口から感謝するのを忘れないでね——」

「そのあと、新しい副大統領を選ばなくてはならないから、候補者のリストをお願いね」

「わかった」ジャクリーンが退出した。

人口密集貧困地域に学校が不足していることに関する報告書を何ページか読みすすめたとき、ホールで物音がした。ワシントンにやってきて、ホワイトハウスに泊まることになっている両親が、いま到着したようだった。母親のものとわかる、甲高くて憂わしげな声がした。「ポーリーン？　どこにいるの？」

ポーリーンは立ち上がって部屋を出た。

母はセンター・ホールにいた。そこは無意味に広い空間で、使われたことのない調度で飾られていた——中央に八角形の机、蓋をして施錠されているグランドピアノ、ソファ、だれも坐らない椅子。母の顔に戸惑いが浮かんでいた。

クリスティン・ワグナーは七十五歳、ピンクのカーディガンにツイードのスカートという服装だった。ポーリーンはその半分の年齢の母親を思い出した。きびきびとして有能で、朝食を作りながらワイシャツにアイロンをかけ、ポーリーンの宿題を見、玄関を出る父親のグレイのフランネルのスーツの肩にブラシをかけ、スクールバスのクラクションに気づいた。かつては抜け目がなくて意志堅固だった女性が、この数年で気弱で心配性の年寄りになってしまっていた。「ああ、ようやく出てきてくれたわね」まるでポーリーンが隠れていたかのような口調だった。

ポーリーンは母にキスをした。「ようこそ、お母さん。大歓迎よ。会えて嬉しいわ」

父が現われた。キース・ワグナーは髪こそ白くなっていたが、きちんと手入れされた髭はいまも黒かった。半世紀のあいだネイヴィブルーとグレイのスーツで通したビジネスマンで、いまはブラウンが気に入っているようだった。今日はいままで見たことのない服装で、淡い黄褐色のスポーツ・コートにチョコレート色のズボン、同色のネクタイだった。ポーリーンは父の頬にキスをし、イースト・シッティング・ホールへ案内した。ジェリーも合流した。

話題は両親の趣味のことになった。キースはシカゴ選《え》り抜きの実業家の集まる〈コマーシャル・クラブ〉の理事をしていて、クリスティンは地元の二つの学校で、ヴォランティアで読み聞かせをしていた。

ピッパがやってきて、祖父母にキスをした。

キースが言った。「それで、ポーリーン、最近ではどんな世界危機を解決したんだ？」

「中国が自国の武器売買にもっと慎重になってくれるよう努力しているところよ」

娘はその問題を説明する準備ができていたが、父は自分自身の回想のほうに関心があった。「私も昔、ときどきだが中国と取引をしたことがある。ビニール袋を何百万枚も向こうから買って、こっちは病院を売った。中国人というのは恐ろしく抜け目のない人種だ。何かをすると決めたら、必ずやり通す。独裁政府にもいいところはあるんだ」

ポーリーンは言った。「列車を時間通りに走らせるところかしら」

ジェリーが知ったかぶりをして披露した。「それは実は作り話じゃないのかな。だって、ムッソリーニは独裁者だったけど、一度として時間通りに列車を走らせなかったぜ」

キースは聞いていなかった。「中国は自分たちの進路に立ちふさがろうとする小さなグループをいちいち宥《なだ》めたりすかしたりする必要がない。自分たちの土地を護ろうと抗議の声を上げる、取るに足りない連中や――」

クリスティンが夫をたしなめた。「キース！」ピッパが忍び笑いを漏らしたが、キースは両方を無視した。

「――満月の夜に先祖の霊が集まる聖なる土地だと考える連中をな」

ピッパが言った。「独裁政府にはもう一つ、凄いところがあるわ。それは彼らが六百万人のユダヤ人を殺そうとしたら、だれも止められないところよ」

ポーリーンはピッパを黙らせるべきかどうか考え、そもそもはキースのまいた種なのだからと、何も言わないでおくことにした。

しかし、キースはお構いなしだった。「そう言えば、思い出したぞ、ピッパ。おまえのお母さんもたった十四のときに、すべての質問に気の利いた答えを返していたな」

クリスティンが言った。「お祖父《じい》さんの言うことに耳を貸しちゃ駄目よ、ピッパ。これから三年か四年、あなたはあとで思い返したらひどく恥ずかしく思えるようなことを必ずするでしょう。でも、年寄りになったら、もう一度ああいうことができないのがとても残念に思われるようになるの」

ポーリーンは嬉しくなって笑った。昔の母の閃きだった。戦闘的で面白い。

キースが不機嫌になった。「そんなのは年寄りの知ったかぶりだ」

会話が剣呑《けんのん》な方向へ向かいつつあることに気づいて、ポーリーンは立ち上がった。「ディナーにしましょう」そして、全員をセンター・ホールからダイニングルームへ案内した。

自分を支えることのできる人たちだとは、ポーリーンはもう両親のことを見なしていなかった。それは徐々にそうなってきたのだった。視野が狭くなり、現代世界との接触がなくなり、判断が見当違いになっていく。いつの日か、ピッパもわたしに同じことを感じるようになる。ポーリーンは食卓に着きながら考えた――あとどのぐらいでそういう日がくるのだろう？　十年か、それとも、二十年か？　そう思うと落ち着かなくなった。ピッパは世界に出ていく、自分で判断する、わたしは傍観するだけで何もできない。

キースとジェリーはビジネスの話をしていて、女性三人はその邪魔をしないでいた。ジェリーはかつて、何でも打ち明けることのできるわたしの親友だった。いつからそうでなくなったのだろう？　はっきりとはわからない。少しずつそうなってしまった。でも、その理由は？　ピッパのことが原因だろうか？　ほかの子の親を見ていてわかったのだけれど、子育てに関する意見の食い違いは、夫婦としての関係に最悪の亀裂《きれつ》を生じさせることがある。それは道徳、信仰、価値観について最も深いところに根づいている確信に関係していて、夫婦相和すことができるかどうか、決定的な事実を露わにする。

若い世代は既存のそういうものに挑戦すべきだとポーリーンは考えていた。それが世界を進めていくのだ。変化は用心深くなくてはならず、思慮分別をもって行なわれなくてはならないと考えていたから彼女自身は保守だったが、変化などまったく必要ないと考えるタイプではなかった。すべてがいまよりはるかによかったと、過去を黄金時代と見なして懐かしがり、あのころに戻りたいと願う、もっと性質《たち》のよくないタイプでもなかった。

ジェリーは違っていた。古き良き時代に用はなかった。若い世代には成熟と知恵が必要で、世界を変えようとするのはそのあとでなくてはならないと言っていた。よりふさわしい時を待つ人々によって世界が変わることはない、とポーリーンは確信していた。

人々はジェリーのほうを好んでいた。

まったく。

わたしに何ができるだろう？　ジェリーはもっと家族――彼自身のことだ――との時間を作ってほしがっている。でも、それは無理な相談だ。大統領は必要とするものをすべて与えられているが、時間だけはそうではない。

ジェリーと結婚するはるか以前、わたしは公益に関わる仕事をしていた。でも、ジェリーはそれを意外だとは思わなかったはずだ。それに、大統領になれと熱心に後押ししてくれた。勝っても負けても、自分のキャリアにとっていいことしかないと率直に言いもした。わたしが勝ったら、四年あるいは八年はいまの仕事を中断するが、そのあとは法律の世界のスーパースターだと。だけど、わたしが大統領になると、自分と一緒にいてくれる時間がほとんどなくなったことを恨めしく思いはじめた。もしかすると、もっとわたしの仕事に関わることになるだろうと考えていたのかもしれない。大統領としてのわたしが判断すべきことについて、相談してくれるはずだと期待していたのかもしれない。もしかして仕事を中断すべきではなかったのではないかと後悔しているのかもしれない。もしかして——

もしかして、わたしはジェリーと結婚するべきではなかったのかもしれない。

もっと一緒の時間を過ごしたいというジェリーの強い願いを、なぜわたしは分かち合わなかったのか？

どんなに忙しくても定期的に夜のデートを愉しみ、そのときはお互いに相手のことだけを考え、ロマンティックなディナーを堪能し、映画を観に行ったり、肩を並べてカウチで寛《くつろ》ぎながら音楽を聴いたりするカップルだっているのに。

そう考えると、気持ちが沈んだ。

労働組合についてキースと意見の一致を見ているジェリーをうかがっていると、彼との問題は彼が面白くないところに原因があるのだと気がついた。

見方が厳しくなりすぎているかもしれないが、それは事実だった。ジェリーが退屈になりはじめていた。セクシーだとも思えなくなっていた。それに、あまりわたしの力になってくれていない。

だとすると、何が残っている？

ポーリーンは事実を見るのが常だった。
これはもうわたしが彼を愛していないということだろうか？
それが事実でないことを願った。

翌朝は父と朝食を食べた。仕事をしていたとき、シカゴ大学へ通っていたときと同じだった。二人とも雲雀《ひばり》と同じで朝が早かった。ポーリーンはミューズリにミルク、父はトーストにコーヒー。父娘ともにそんなに食べなかった。父は昔と変わることなく、新聞のビジネス欄に没頭していた。それは心地いい沈黙だった。ポーリーンは多少の未練を残しながら、先に食事を終えてウェスト・ウィングへ移動した。

ミルトは面会時間を早朝に指定していたが、それはそのあとで教会へ行くのに間に合うという理由からだった。彼とはオーヴァル・オフィスで会うつもりだった。だれかを辞めさせるときは、形式張った雰囲気がふさわしかった。

到着したミルトは褐色のツイードのスーツ姿で、田舎紳士のように見えた。「主の日《ローズ・デイ》の早朝に呼びつけてくれるとは、ムーアが何をしでかしたんだ？」

「これはジェイムズ・ムーアとは関係ないの」ポーリーンは言った。「かけてちょうだい」

「だったら、何なんだ？」

「リタ・クロスよ」

ミルトが背筋を伸ばし、昂然と顎を突き出した。「いったい何の話だ?」

ポーリーンは戯言を聞く耳は持ち合わせていなかった。人生は短すぎるぐらい短いのだ。「お願いだから、知らない振りなんかしないでちょうだい」彼女は言った。

「私以外、だれの問題でもないと思うがな」

「副大統領が十六歳の娘と寝ていたら、それはみんなの問題よ、ミルト――これ以上、愚かな振舞いをするのはやめて」

「彼女とのことが友だち以上の関係だと断言できる者はいないはずだ」

「馬鹿を言わないで」ポーリーンは腹が立ってきた。もう少し現実的で成熟した考えをもって対応し、ルールを犯したことを認めて、潔く辞任してくれるだろうと考えていた。だが、そうはいかなかった。

「彼女は承認年齢に達している」ミルトが言った。切り札を切るカード・プレイヤーのような口調だった。

「リタ・クロスとの関係をメディアに訊かれたときに、そう言うのね。それならスキャンダルにはならないと、なかったことにしてもらえるとでも思ってるの? どうなの?」

ミルトは明らかに余裕を失っていた。「外に漏れないようにすればいいだろう」

「それは無理ね。あなたの護衛が気づいてジャクリーンに報告し、ジャクリーンがわたしとサンディップに報告した。全部、この二十四時間のことなの。それに、リタはどうなの？　彼女には十六歳の友だちはいないの？　六十二歳の男から一万ドルの自転車をもらうために彼女が何をしていると考えるかしらね？　一緒にボード・ゲームをしていると思うとでも？」

「いいだろう、大統領、きみの言い分はわかった」ミルトが身を乗り出し、秘密めかして声をひそめた。同僚と同僚が話すような口調だった。「ここは私に任せてくれ、うまく丸く収めるから。約束する」

その提案は論外で、ミルトもそれはわかっているはずだった。「ふざけないでちょうだい、ミルト。何だろうとあなたに任せるつもりなんかあるものですか。これはアメリカをよりよくしようと頑張っている全員を傷つけずにはすまないスキャンダルなの。わたしにできるのはダメージを最小化することぐらいで、そのためには、これをいつ、どういう形で明らかにするかをわたしが決め、わたしが何とかするしかないの」

もう助かる望みはないことがようやくわかりはじめたらしく、ミルトが惨《みじ》めな顔と声で言った。「私は何をすればいいかな？」

「教会へ行って罪を告白し、二度と同じことは繰り返さないと神に誓うのね。そのあと、リタに電話して、すべてが終わったことを告げるの。そして、一身上の都合を理由にした辞表を提出してちょうだい。嘘はつかないで。健康上の問題とか、何であれそういう理由は駄目ですからね。明日の朝九時までに、この机に間違いなく届けること」

ミルトが立ち上がった。「いいか、彼女のことは本気なんだ」彼は小声で言った。「私の生涯の恋人だ」

ポーリーンはその言葉を信じた。馬鹿げていたが、意に反してちくりと同情が胸を刺し、ポーリーンは言った。「本当に彼女を愛しているのなら、関係を断って、彼女を普通のティーンエージャーの生活に帰してやるのね。さあ、そろそろ正しいことをしに行きなさい」

ミルトが哀しそうな顔で言った。「きみはきつい女だな、ポーリーン」

「そうよ」ポーリーンは応えた。「だって、きつい仕事をしているんですもの」

（上巻終わり）

◉訳者紹介　戸田裕之（とだ　ひろゆき）
1954年島根県生まれ。早稲田大学卒業後、編集者を経て翻訳家に。訳書に、フリーマントル『顔をなくした男』、アーチャー『15のわけあり小説』『クリフトン年代記』（全7部）『嘘ばっかり』『運命のコイン』『レンブラントをとり返せ』（以上、新潮文庫）、フォレット『巨人たちの落日』『凍てつく世界』『永遠の始まり』（以上、ソフトバンク文庫）、『火の柱』（扶桑社ミステリー）、ミード『雪の狼』（二見文庫）、ネスボ『レパード』『ファントム』（集英社文庫）など。

ネヴァー（上）

発行日　2021年12月10日　初版第1刷発行

著　者　ケン・フォレット
訳　者　戸田裕之

発行者　久保田榮一
発行所　株式会社 扶桑社
〒105-8070
東京都港区芝浦1-1-1　浜松町ビルディング
電話　03-6368-8870(編集)
03-6368-8891(郵便室)
www.fusosha.co.jp

印刷・製本　図書印刷株式会社

定価はカバーに表示してあります。
造本には十分注意しておりますが、落丁・乱丁(本のページの抜け落ちや順序の間違い)の場合は、小社郵便室宛にお送りください。送料は小社負担でお取り替えいたします(古書店で購入したものについては、お取り替えできません)。なお、本書のコピー、スキャン、デジタル化等の無断複製は著作権法上の例外を除き禁じられています。本書を代行業者等の第三者に依頼してスキャンやデジタル化することは、たとえ個人や家庭内での利用でも著作権法違反です。

Japanese edition © Hiroyuki Toda, Fusosha Publishing Inc. 2021
Printed in Japan
ISBN 978-4-594-08886-6　C0197